VUELVES EN CADA CANCIÓN

Las canciones de nuestra vida

Anna Garcia

Editado por Harlequin Ibérica.
Una división de HarperCollins Ibérica, S.A.
Núñez de Balboa, 56
28001 Madrid

© 2017 Anna García
© 2017 Harlequin Ibérica, una división de HarperCollins Ibérica, S.A.
Vuelves en cada canción, n.º 132 - 5.7.17

Todos los derechos están reservados incluidos los de reproducción, total o parcial. Esta edición ha sido publicada con autorización de Harlequin Books S.A.
Esta es una obra de ficción. Nombres, caracteres, lugares, y situaciones son producto de la imaginación del autor o son utilizados ficticiamente, y cualquier parecido con personas, vivas o muertas, establecimientos de negocios (comerciales), hechos o situaciones son pura coincidencia.
® Harlequin, HQN y logotipo Harlequin son marcas registradas por Harlequin Enterprises Limited.
® y ™ son marcas registradas por Harlequin Enterprises Limited y sus filiales, utilizadas con licencia. Las marcas que lleven ® están registradas en la Oficina Española de Patentes y Marcas y en otros países.
Imágenes de cubierta utilizadas con permiso de Dreamstime.com.

I.S.B.N.: 978-84-687-9786-1
Depósito legal: M-10758-2017

INFORMACIÓN DE INTERÉS

Los títulos de la mayoría de los capítulos hacen referencia a una canción que, o bien por el significado de la misma, o bien porque sonaba en mi Spotify cuando escribía, tienen mucho que ver con el devenir de la historia.

Por si a alguien le interesa saber cuál es, aquí tenéis la lista:

Capítulo 1   *Just a feeling* de Maroon 5
Capítulo 2   *How to save a life* de The Fray
Capítulo 3   *Losing my religion* de REM
Wonderful *World* de Sam Cooke (canción extra)
Capítulo 4   *One and only* de Adele
Capítulo 5   *The pieces don't fit anymore* de James Morrison
Capítulo 6   *My heart is open* de Maroon 5
Capítulo 7   *Don't know why* de Norah Jones
Capítulo 8   *No one else like you* de Maroon 5

CAPÍTULO 1

Just a feeling

—Oh mierda, Rick. Creo que estoy algo mareada. Espera, ¿he dicho mierda?

Sharon se apoya contra la pared de ladrillos de un edificio para intentar recobrar la verticalidad, totalmente ebria, notando como se le traba ligeramente la lengua al hablar y como le empieza a resultar muy difícil enfocar la vista. Cuando lo consigue, reconoce a Rick mirándola con una sonrisa en la cara.

—¿Siempre has sido así de sexy? Joder, ¿he dicho eso en voz alta? ¡Perfecto! Y ahora encima también digo joder... ¿Qué me estás haciendo? ¿Me has envenenado o algo?

—A mí que me registren. He bebido lo mismo que tú —contesta él caminando hacia ella, encogiéndose de hombros mientras mantiene las manos en los bolsillos.

—Vale, entonces, ¿por qué no me he fijado en ti hasta ahora?

—Porque estabas demasiado ocupada con Sully... —responde Rick a escasos centímetros de la boca de Sharon, haciendo que su pecho roce ligeramente el de ella, pero sin llegar a sacar las manos de los bolsillos.

Ella traga saliva con dificultad y Rick sabe que la tiene justo donde la quería. De todos modos, prefiere no precipitarse y seguir calentándola hasta que le sea imposible echar a correr. Así pues, dibujando una sonrisa de medio lado en su rostro, se retira varios pasos y le da la espalda, mirando hacia la carretera.

—Me parece que es hora de irse a dormir... Te pediré un taxi. ¿Recuerdas en qué hotel estás hospedada?

—Espera... —dice Sharon caminando hacia él, manteniendo el equilibrio, a duras penas sobre sus tacones de aguja de diez centímetros—. ¿Tienes prisa?

Cuando se planta frente a él, apoya las manos en su pecho, provocándole con la mirada mientras se pasa la lengua por los labios de forma seductora. Él la mira y sonríe, porque realmente está disfrutando de este pequeño acto altruista hacia su amigo. Ojalá todos los favores que hiciera en su vida fueran tan... agradables de hacer como este, piensa mientras clava los ojos en los labios de Sharon.

—Vamos... Una copa más... Por favor... —le pide ella dibujando con el dedo un camino imaginario en el pecho.

Un taxi para a su lado en ese momento. Rick gira la cabeza hacia el vehículo y luego hacia Sharon, haciéndose de rogar un rato más, aunque su decisión está tomada desde hace rato.

—Una —dice levantando un dedo—. ¿Dónde quieres ir?

—¿Aprovechamos este taxi y vamos a mi hotel? Está cerca y así luego no te verás obligado a acompañarme...

—Está bien... —claudica él, haciéndose el resignado aunque regodeándose en su interior por lo bien que está saliendo todo.

En cuanto entran, Sharon le indica el destino al conductor mientras Rick, siguiendo con su plan maestro, saca su teléfono y lee algún correo electrónico del trabajo, como si no le diera la más mínima importancia a lo que está sucediendo. De repente, siente la mano de ella en su pierna, ascendiendo lentamente desde la rodilla hacia la entrepierna. Sin despegar la vista de la pantalla del móvil, sonríe y niega con la cabeza, justo antes de agarrar su mano y colocarla de nuevo en el regazo de ella. Sharon, lejos de amilanarse, sonríe de forma pícara y, acercando su boca a la oreja de Rick, susurra:

–No me digas que no te apetece...

Rick gira la cabeza hacia ella y la mira sopesando su respuesta, pero antes de poder darla, el taxi para al lado del hotel. Paga al conductor y enseguida se baja, aguantando la puerta a Sharon y tendiéndole una mano para ayudarla a mantener la verticalidad. En cuanto entran en el bar del hotel, caminan hacia una mesa apartada mientras Rick no puede parar de pensar que esta misma situación es la que vivió Connor hace unas semanas, solo que ahora es ella la que no es muy consciente de sus actos. Una vez sentados y con las copas en la mesa, Sharon vuelve a la carga, acercándose a él hasta rozarle la pierna con la suya.

–Tenía entendido que eras más... travieso.

–Suelo comportarme cuando se trata de las novias de mis amigos. –Rick mete la mano en el bolsillo del pantalón y sonríe victorioso.

–¿De qué hablas? –contesta ella separándose de él algo confundida–. Sully y yo ya no tenemos nada.

–¿No? Cualquiera lo diría...

–No te entiendo...

–Según creo, intercambiasteis algo más que palabras hace unas semanas... Para haber huido, cortando de raíz todo tipo de relación, se te veía bastante interesada en retomar el... contacto.

–No me digas que te vas a poner celoso.

–Para nada, pero no me gustaría entrometerme donde no me llaman.

–Lo que había entre Sully y yo, se acabó cuando me trasladé a París. Lo que pasó hace unas semanas, fue solo sexo, sin sentimientos de por medio.

El alcohol hace cada vez más mella en ella y cuesta más entenderla. Se quita los zapatos de tacón y pasa las piernas por encima de las de Rick. En un gesto para nada casual, restriega un pie contra su entrepierna. En condiciones normales, teniendo a una tía como Sharon tan a tiro y dispuesta, se habría abalanzado sobre ella como un felino, pero en este caso, tenía un claro propósito que cumplir antes. Así, haciendo acopio de todo su autocontrol, desliza una mano por la pierna de Sharon, hasta llegar a la altura del muslo, ya por debajo de la tela del vestido. Sin dejar de mirarla para ser testigo de su reacción, toca la tela de encaje de su tanga y agarra una de las tiras entre los dedos. Dando un fuerte tirón, lo rompe mientras ella, lejos de sorprenderse, cierra los ojos y echa la cabeza hacia atrás, jadeando de puro placer. Cuando vuelve a mirarle, su mirada quema. Está totalmente encendida, justo donde quería tenerla, así que cree que ha llegado el momento de actuar. Sin pensárselo dos veces, acerca su cara a la de ella y saquea su boca sin ningún reparo, mordiendo su labio inferior y tirando de él. La agarra por la cintura y la sienta en su regazo, levantándole el vestido hasta los muslos. Agarra cada cachete del trasero de Sharon con una mano y la aprieta contra su ya abultada entrepierna. Hunde la cabeza en su cuello y empieza a mordisquearlo hasta que nota como es ella la que se mueve sensualmente encima de su regazo, frotándose contra su erección. En ese momento, cuando sabe que Sharon vendería su alma al diablo porque la subiera a la habitación, aunque la llevara hasta allí arrastrándola de los pelos, apoya la frente en el hombro de ella y dice:

—No puedo hacerlo...

Cogiéndola por la cintura, la aparta a un lado y se revuelve incómodo en el sofá, mientras ella le mira sin podérselo creer.

—¡¿Cómo que no puedes hacerlo?! ¡No puedes estar hablando en serio! ¡¿Y me dejas así?!

—Lo siento, Sharon —se excusa Rick interpretando el papel de su vida—, pero tengo la sensación de que lo tuyo con Connor no está zanjado. Esto es un error...

—¡Es solo un polvo, Rick! ¡No te estoy jurando amor eterno! ¡Pensaba que tú eras de mi misma opinión!

—Y lo soy, pero no cuando mis actos pueden llegar a afectar de alguna manera a mi mejor amigo...

—¡A Sully le trae totalmente sin cuidado lo que pase esta noche entre tú y yo!

—Sharon, si a Sully no le importaras, hace unas noches no habría pasado nada entre vosotros...

—¡No pasó nada!

—¿Cómo? ¿Qué quieres decir?

Sharon se deja caer con pesadez contra el respaldo del sofá y, fijando la vista en su copa, mostrando su cara más vulnerable, confiesa:

—Que no pasó nada, Rick. Bueno, sí, bebimos, nos besamos y estábamos a punto de acostarnos.

—¿Y qué pasó entonces? —pregunta Rick haciendo gala de su faceta más comprensiva y amigable.

—Zoe es lo que pasó... Ese tonto está totalmente enamorado de la taxista.

—No entiendo... Pero él me dijo...

—Él te explicó la versión de los hechos que yo le conté, básicamente, porque no recordaba nada de lo sucedido. Pero en realidad, no pasó nada. Una vez en la habitación, cuando ya estábamos incluso desnudos, a él le embargó un repentino remordimiento, a pesar de estar borracho como una cuba.

Sharon sonríe y niega con la cabeza con mucha suficiencia, tanto que Rick tiene que hacer verdaderos esfuerzos por mantener la calma y no echar a perder su plan maestro.

–Fue patético verlo llorar mientras repetía una y otra vez: no puedo hacerle esto a Zoe, no puedo hacérselo. Yo la quiero –dice gesticulando con las manos como una auténtica borracha de manual.

Rick aprieta con fuerza los dientes, respirando con rapidez por la nariz, mientras escucha la confesión de la víbora. En estos momentos, desearía poder grabar la confesión en vídeo para que Sharon pudiera morirse de vergüenza al ver el espectáculo que está montando. Un espectáculo que, además, no es nada propio de su habitual estilo refinado.

–Al final, cayó redondo en la cama y yo me quedé a dos velas –concluye ella encogiéndose de hombros con resignación.

–¿Y por qué le dijiste que habíais follado?

–Porque no podía soportar la idea de verme rechazada y, menos aún, reemplazada por una simple taxista.

–Pero... –Rick duda antes de hablar porque tiene la sensación de que ella se va a dar cuenta de su excesiva curiosidad–, él la quiere, Sharon. Y... has provocado que rompan...

–¡¿Cómo va a querer a esa?! No está a su altura. ¡Por el amor de Dios, que conduce un taxi que huele a vómito! Sully se merece a alguien con más...

–Sully se merece a alguien que le quiera, y está claro que esa no eres tú.

Sharon le mira con una ceja levantada, sin importarle lo que Rick piense de ella, con un único objetivo a la vista.

–Lo que sea. Entonces, ¿qué me dices? –le pregunta sin ningún remordimiento, volviendo a echarse encima de él, poniendo la mano en su entrepierna, apretándola con total descaro.

Él la mira sin decir nada, dejándose hacer, observando

cómo Sharon vuelve a sentarse en su regazo y empieza a desatar el nudo de su corbata. Se muestra impertérrito mientras ve como ella acerca la boca a su cuello y siente sus dientes contra la piel. Entonces, ella le da un mordisco y él enrosca la mano alrededor de su pelo y le da un fuerte tirón para apartarla. La mantiene agarrada del pelo durante unos segundos, mirándola con absoluta frialdad. Es una hija de puta, piensa Rick, pero está a tiro y dispuesta a todo. Además, no cree que a Sully le importe que se la beneficie, así que como un depredador, sin soltarle el pelo para que ella sepa quién manda, y manoseando uno de sus pechos con la mano libre, besa los labios de Sharon con violencia. Cuando ella empieza a jadear con fuerza, Rick mira por encima de su hombro hacia el camarero, que parece estar acostumbrado a este tipo de escarceos amorosos, ya que ni siquiera levanta la cabeza de la bayeta con la que está limpiando la barra.

–Subamos a mi habitación –le jadea Sharon en la oreja tirando luego de su mano para ayudarle a ponerse en pie.

Rick tira un billete encima de la barra y camina hacia los ascensores junto a Sharon. En cuanto entran en uno y las puertas se cierran, Sharon le besa con ansia, enroscando una pierna alrededor de su cintura e intentando desabrochar el pantalón con ambas manos. Cuando consigue hacerlo y la prenda cae hasta el suelo, resbalando por las piernas de Rick, ella empieza a agacharse hasta ponerse de rodillas. Sin pensárselo dos veces, a riesgo de hacer saltar algún tipo de alarma, aprieta con el puño el botón para detener el ascensor. Baja la vista de nuevo hacia Sharon y, tras intercambiar una sonrisa pícara, observa la maestría con la que sus labios y lengua trabajan. Pocos segundos después, se ve obligado a agarrarse al pasamano, resoplando con fuerza. Por si acaso ella tuviera pensado alejarse, la agarra del pelo para impedírselo y pocos segundos después, se vacía dentro de su boca. Cuando vuelve a abrir los ojos, se seca las gotas de sudor de la frente con la manga de la camisa y se sube los calzoncillos y los pantalones. Mira de reojo a Sharon, que ha apretado el botón para poner en marcha de nuevo el ascensor, mientras se coloca bien la tela del vestido entallado. Saca el móvil del bolsillo y sonríe al ver que sigue grabando.

–¿Qué te hace tanta gracia? –le pregunta Sharon volviendo a pegarse a él.

–Cosas mías –responde Rick mirándola de arriba abajo.

En ese momento, el ascensor llega a su planta y las puertas se abren suavemente. Sharon sale y, al ver que Rick no hace lo propio, se gira hacia él.

–¿Qué haces? Hemos llegado. ¿No sales?

–No –contesta él acercándose hasta la puerta para impedir que se cierre–. Ya he conseguido de ti lo que quería, y encima me llevo una mamada de regalo.

–¿Qué...? No te entiendo...

–Ni falta que hace. Vuélvete a París y déjanos en paz, que bastante daño has hecho ya.

En cuanto Rick da un paso hacia atrás, con una sonrisa de superioridad dibujada en la cara, las puertas empiezan a cerrarse ante la incomprensión de Sharon, que es incapaz de reaccionar. Solo cuando el ascensor ha empezado a bajar, Rick oye unos golpes en la puerta mientras la escucha insultarle.

A la mañana siguiente, Rick corre para llegar a la oficina como nunca antes lo había hecho. Saluda a varios compañeros en el vestíbulo mientras pasa entre ellos como una bala. En lugar de esperar a alguno de los ascensores, sube las escaleras de tres en tres, así que cuando llega a la planta cuarenta y ocho, el aire es un bien que empieza a escasear en sus pulmones.

–¡Joder! Esta semana no hace falta que pise el gimnasio... –dice para sí mismo mientras entra en el vestíbulo de la agencia.

–Rick, el señor Dillon quiere que vayas a su despacho a verle –le dice la recepcionista cuando pasa por delante de ella.

–Sí, en un rato voy –contesta sin pararse, dirigiéndose con rapidez hacia el despacho de Connor, en el que irrumpe sin molestarse en llamar–. ¡Sully!

En cuanto entra y lo encuentra vacío y totalmente ordenado, se queda parado. Da varias vueltas sobre sí mismo, intentando recordar si le comentó que se iba a coger algún día libre o si tenían alguna reunión a la que él había olvidado asistir.

–¿Dónde está Sully? –pregunta a la recepcionista cuando vuelve a salir al pasillo.

–Me parece que de eso quiere hablarte el señor Dillon... –le contesta agachando la mirada y centrándose de nuevo en la pantalla del ordenador.

Rick arruga la frente y empieza a caminar hacia el despacho de su jefe, aún con el teléfono en la mano, dispuesto a demostrarle a Sully que no se acostó con Sharon, que ella, presa de la envidia, se lo había inventado todo.

–Bruce, soy Rick –dice mientras llama a la puerta con los nudillos.

–Pasa –le responde su jefe desde dentro.

En cuanto lo hace, señalando hacia el pasillo, aún con la frente arrugada, le pregunta a su jefe:

–¿Dónde está Sully? ¿Me he olvidado de alguna reunión? Porque no recuerdo que me dijera que se cogía algún día libre...

—Rick, siéntate un momento... —le pide Bruce con la cara compungida.

—¿Qué cojones pasa? ¿Por qué me miras así?

—Rick, Connor se ha ido —le suelta al cabo de un rato, enseñándole un papel—. Me ha dejado una carta renunciando al puesto por motivos personales.

—¡¿Qué?! No puede ser... —dice cogiendo la carta y leyéndola.

Sus ojos se mueven con rapidez por la hoja mientras lo lee, bajo la atenta y preocupada mirada de Bruce.

—Me he encontrado la carta en mi mesa esta mañana. Pensaba que tú sabrías algo, pero por tu cara veo que no...

—¡Maldito imbécil! ¿Es irrevocable? ¿No pretende volver?

—Por mí puede hacerlo cuando quiera. Sois mi mayor tesoro y estaría loco si quisiera perderos a alguno de los dos... ¿Crees que es por lo de su padre? Porque si es por eso, si hablas con él, dile que puedo darle todo el tiempo que necesite.

—No creo que sea por lo de su padre... —contesta Rick buscando el número de su amigo en la agenda del móvil.

—A mí tampoco me lo ha cogido... —le informa Bruce cuando le ve alejarse el teléfono de la oreja.

Rick se levanta de la silla, sin saber qué hacer ni qué decir. Él que llegaba tan contento, seguro de que la grabación que consiguió ayer devolvería la sonrisa a su amigo y le daría la fuerza necesaria para luchar por Zoe.

—Necesito... —dice mirando de un lado a otro—. Necesito pensar...

—Tranquilo. Todos lo necesitamos. Solo quiero que sepas que confío en ti y cuento contigo para liderar esta agencia a pesar de la marcha de Sully.

—Yo...

Rick baja los hombros en señal de derrota y sale al

pasillo, dando un fuerte portazo. Tras un momento de indecisión, entra en su despacho y camina decidido hacia la botella de whisky. Pone una cantidad generosa en un vaso y se lo bebe de un trago. Se vuelve a servir y se acerca a la ventana, donde observa el tráfico de la ciudad, apoyando un brazo en el cristal. Al rato, se fija en el reflejo de su escritorio que se proyecta en la ventana, y que encima de él hay un par de sobres. Se gira rápidamente y se sienta en su silla. En uno de los sobres, el de color blanco, ve su nombre escrito. En el otro, algo más grande y acolchado, es el nombre de Zoe el que se puede leer. Coge el suyo y cuando lo abre, saca una hoja de papel escrita a mano. Reconoce enseguida la letra de Sully.

Hola, Rick,
Supongo que debes de haber hablado ya con Bruce y que ahora mismo estarás muy cabreado conmigo. Tienes que saber que si me ha costado tomar esta decisión, es en gran parte por ti. Eres mi mejor amigo, como mi tercer hermano, y solo soy capaz de recordar buenos momentos a tu lado. Es por eso mismo, por la amistad que nos une, que te pido que intentes entender los motivos de mi marcha.

Los acontecimientos de estas últimas semanas me han sobrepasado y me han llevado a un estado de autodestrucción bastante preocupante. No puedo comer, no puedo dormir, no puedo rendir en el trabajo y no soy, ni de lejos, la mejor compañía posible.

Necesito alejarme de ella, a pesar de que eso signifique alejarme de ti y de mis hermanos. Ella se merece ser feliz y yo no lo seré si veo cómo rehace su vida alejada de mí. Soy así de egoísta.

Perdóname si al principio no te cojo el teléfono, ni a ti ni a nadie, pero necesito un tiempo prudencial para ha-

cerlo sin ponerme a llorar como un imbécil. Te juro que cuando esté listo, me pondré en contacto con vosotros.

Aún no sé a dónde voy a ir. Quizá intente comprobar que mi padre no mentía cuando decía que en Cork llueve trescientos días al año y los otros sesenta y cinco nieva. Me apetece también pasear por las calles de París o estirarme en una playa del Caribe. Ver o hacer cosas que me quiten a Zoe de la cabeza. Te tengo que pedir un favor. Te he dejado un sobre para ella. Necesito que se lo des y que te asegures de que lo abre y de que acepta lo que he guardado en su interior.

De mis hermanos tampoco me he despedido, básicamente porque habrían sido capaces de pegarme una paliza para no dejarme ir, y valoro un poco mi vida. Les he dejado una carta como esta que estás leyendo, para intentar que lo entiendan.

Te prometo que volveremos a encontrarnos.

Te quiero (ahora mismo estarás pensando que soy un marica),
Sully

Rick no puede evitar sonreír al acabar la carta porque, a pesar de estar en total desacuerdo con su marcha, entiende perfectamente los motivos de la misma. Aun así, vuelve a intentar llamarle, con el mismo nulo éxito de antes, y luego le escribe un mensaje.

Acabo de leer tu carta, marica. Necesito contarte algo muy importante. Llámame en cuanto leas esto.

Rick deja el teléfono y la carta encima de la mesa y coge entonces el sobre dirigido a Zoe. Conociendo a Sully, puede haber cometido cualquier locura por esta mujer, así que asegurarse de que ella acepte lo que sea que haya en el interior, puede convertirse en una ardua tarea. Entonces, su móvil empieza a sonar.

—Espero que sea realmente importante y no una treta de las tuyas, porque te cuelgo —dice Connor al otro lado de la línea.

—Yo también me alegro de oírte, gilipollas.

Se quedan en silencio durante unos segundos, pero ambos sonríen.

—¿Dónde estás? —le pregunta entonces Rick.

—En el aeropuerto.

—¿Ya? ¿Tan rápido?

—Era algo que tenía decidido desde hacía un tiempo. Si no me he ido antes era para no dejar a mi padre.

—Y a los demás que nos jodan.

—Los demás podéis valeros por vosotros mismos...

—No te creas... Me siento perdido... ¿Qué hago cuando la vieja Folger me pregunte por ti? ¿Y si decide que yo sea tu sustituto y me acosa?

—Seguro que algo se te ocurre... Oye, tengo que coger un vuelo... ¿Qué es eso tan importante?

—Verás, tienes que escuchar algo que te hará cambiar de opinión.

—Rick —suspira Connor—, no es una decisión que haya tomado a la ligera...

—Sully, aquella noche no te acostaste con Sharon. Ella se lo inventó todo porque estaba celosa de Zoe.

—¿Qué...? Rick, ¿cómo...?

—Ayer la emborraché y la grabé con el móvil. Lo confesó todo, Sully. Me dijo que te dormiste al poco de llegar a la habitación. Puedes hacérselo escuchar a Zoe y demostrarle que no le fuiste infiel.

Ambos se quedan callados durante unos segundos. Connor procesando las palabras de su amigo y Rick esperando a que Sully empiece a gritar de alegría. Lejos de eso, el ánimo de Rick decae cuando su amigo dice:

—Sí le fui infiel, Rick.

–Pero...
–Aunque no me la tirara, recuerdo querer hacerlo.
–¡Venga ya, Sully! ¡Yo también me quiero tirar a Monica Bellucci y eso no quiere decir que lo haya hecho!
–Odié a Zoe por mentirme, quise hacerle daño, quise que Sharon me besara, quise que me quitara la ropa en el ascensor, quise que me la chupara mientras yo intentaba abrir la puerta de su habitación... Quise hacer todo eso. No sé en tu mundo, Rick, pero en el mío, eso también es ser infiel.
–Pero...

Rick se calla al escuchar de fondo una voz enlatada de la megafonía del aeropuerto que avisa del embarque de uno de los vuelos.

–Me tengo que ir, Rick.
–Pero le puedo dejar escuchar la grabación a Zoe...
–Como veas... Yo, mientras le des el sobre y te asegures de que lo acepte, estaré contento. Me tengo que ir, Rick.
–Vale... Cuídate mucho.
–Tú también.
–Nada de mariconadas.
–De acuerdo.
–Que te follen.
–Y a ti.

Cuando cuelgan, Rick vuelve a coger el sobre dirigido a Zoe y lo observa durante un rato, dando pequeños golpes en la mesa con él. Niega con la cabeza con una sonrisa en los labios porque Sully es así de exigente consigo mismo, y si eso es lo que necesita para ser feliz, él no es nadie para reprocharle nada.

Justo al colgar, Connor mira su teléfono durante unos segundos y luego lo apaga antes de guardarlo de nuevo en su mochila. Saca el billete y se pone al final de la cola de embarque.

—¡Connor!

De repente oye como alguien dice su nombre a lo lejos. Se gira pero no ve a nadie conocido, aunque juraría que sonaba como la voz de Sarah. Es entonces cuando, más allá del arco de seguridad por el que solo pueden entrar los pasajeros, confirma que está en lo cierto y la ve a ella junto a su hermano Kai, gesticulando con ambos brazos para llamar su atención. Arruga la frente y abre los brazos preguntándoles qué narices hacen allí, pero ellos no paran de llamarle y de hacer aspavientos. Echa un vistazo de nuevo a la cola de embarque, aún queda mucha gente por entrar y parece que las azafatas se lo toman con calma y son minuciosas, así que da media vuelta y corre hacia atrás.

—¿Qué hacéis aquí? —les pregunta a través del cristal que les separa.

—¿Qué cojones significa esto? —dice Kai mostrándole la carta que les escribió.

—Lo necesito —contesta agachando la cabeza—. No espero que lo entiendas, pero sí que respetes mi decisión. Yo no puedo...

—¡Eh! Connor, Connor, calla un momento —le interrumpe Kai—. Claro que lo entiendo, pero no puedo creer que te fueras sin despedirte. No puedo creer que pensaras que esta puta carta sería suficiente...

—Yo no... —Connor niega con la cabeza mientras se le humedecen los ojos. Mira a Kai y a Sarah, la cual no ha sido capaz de retener las lágrimas—. No podía deciros adiós. Esto ya me está resultando lo suficientemente duro, como para añadir más obstáculos.

—Escúchame —le dice Kai apretando la mandíbula con fuerza para detener sus emociones—. Prométeme que volverás. Prométeme que cuando hayas superado lo de Zoe, regresarás a casa. ¡Prométemelo, maldita sea!

El pecho de Kai sube y baja con rapidez. Se frota los ojos con el brazo y golpea el cristal con rabia. Connor mira a un lado y a otro y de repente sale corriendo hacia su izquierda. Salta por encima de uno de los cordones de seguridad, traspasando al otro lado del cristal. Una vez allí, corre hacia su hermano y se tira a sus brazos.

–Joder... Eres un gilipollas, ¿lo sabías? –le dice Kai cuando se separan, cogiéndole la cara con ambas manos.

–Viene de familia... –responde Connor sonriendo.

–Evan te va a matar y luego a mí por no avisarle, pero hemos venido tan pronto hemos leído la carta –dice Kai, justo antes de que Connor fije la vista en la pobre Sarah–. Cuidado porque venía dispuesta a darte hostias hasta que suplicaras clemencia...

Connor sonríe agachando la cabeza antes de caminar hacia Sarah. En cuanto se pone frente a ella, se encoge de hombros y hace una mueca de disculpa.

–Lo siento.

–No te lo perdonaré nunca, que lo sepas –solloza ella contra su pecho, golpeándolo con suavidad.

–Perdona, perdona... No me veía con fuerzas de despedirme de todos...

–Así que no lo hiciste de nadie. Muy bonito –dice Sarah, mientras Connor la mira–. No es justo lo que os estáis haciendo.

–Cuídala mucho, ¿vale? ¿Me lo prometes?

Connor mira de nuevo hacia su puerta de embarque y ve como los últimos pasajeros entregan los billetes y pasaportes a las azafatas.

–Me tengo que ir –dice caminando hacia atrás sin dejar de mirarles a los dos.

—¡Prométemelo! —le grita Kai cuando Connor ya ha pasado al otro lado del cristal.

—¡Lo prometo! —responde él levantando el pulgar sin dejar de correr hacia las azafatas, que le miran con cara de mala leche.

Zoe deambula por su apartamento, recién levantada a pesar de ser cerca de las siete de la tarde. No es que haya dormido hasta tan tarde, de hecho llevaba varias horas despierta, sino que no encontraba ningún motivo para salir de la cama. Hayley, como lleva haciendo desde que la ex de Evan desapareciera del mapa, se ha casi mudado con él a su casa, aunque siga teniendo parte de su armario aquí.

Se sienta en el sofá, enciende la televisión y, con el mando a distancia en la mano, pasa de un canal a otro sin prestar atención a nada en particular. Al final, deja el mando a un lado y sin saber en qué canal se ha quedado, mira con apatía la pantalla. Se descubre viendo «El último superviviente», un programa que ella y Hayley solían tragarse en ocasiones, donde sueltan en mitad de la nada a un tío que es la mezcla perfecta entre McGyver y Spiderman, con la misión de volver a la civilización buscándose la vida con los recursos que vaya encontrando por el camino. La verdad es que siempre se lo han pasado bien viendo el programa, sobre todo porque el tío se acababa desnudando en nueve de cada diez episodios y la verdad es que tiene un cuerpo digno de admirar. Pero esta vez, ver como destripaba a una oveja muerta y utilizaba su piel a modo de petate para meter su ropa y cruzar un río a nado, no la hizo disfrutar para nada. No podía parar de llorar por la pobre oveja. Con los ojos rojos de tanto llorar, se limpia la cara con la manga de la sudadera, que para colmo se da cuenta de que es de Connor.

—Oh, mierda —solloza sin control.

En ese momento, llaman al timbre y se paraliza por completo. ¿Será él? ¿Quiere que sea él?

—¿Zoe, estás ahí? Soy Rick.

Vale, no es él, piensa sin saber si sentir alivio o decepción, mientras se acerca a la puerta. En cuanto la abre, Rick, cuya cara ya denota una inseguridad nada propia de él, se derrumba aún más.

—Hola... Esto... preguntar si estás bien no tiene mucho sentido ahora, ¿no?

—¿Qué? Ah, ¿lo dices porque estoy llorando? —dice ella secándose la cara con más empeño mientras se aparta a un lado para dejarle pasar—. Es que acabo de ver como despellejaban a una oveja para convertir su piel en una bolsa impermeable para meter ropa y poder cruzar un río...

Zoe se calla al ver la cara de Rick, que la mira con los ojos y la boca muy abiertos, tentado de salir huyendo por donde ha venido.

—Normalmente no me hace llorar y es entretenido... —prosigue ella intentando dar una explicación a su comportamiento, aunque por la expresión de él no lo está consiguiendo, así que vuelve a callarse y se coloca varios mechones de pelo detrás de la oreja de forma compulsiva.

—Eres un poco rara —le suelta Rick mirándola fijamente antes de apagar la televisión—, y voy a apagar esto antes de que me montes otra escena cuando el tipo ese abra en canal un bisonte y se meta dentro para guarecerse y no pasar la noche al raso.

Es entonces cuando Zoe se da cuenta de que lleva un sobre en una mano y un *pack* de seis botellas de cerveza en la otra. Rick, al ver que ella las mira, las alza para mostrárselas.

—Tengo que darte una cosa y quiero que escuches otra, y creo que vamos a necesitar algo de ayuda de nuestras amigas rubias embotelladas.

Rick empieza a abrir cajones para buscar un abridor hasta que pierde la paciencia y, apoyando el cuello de la botella en la encimera de la cocina, hace saltar la chapa de un golpe seco. Repite la operación con otra botella y coloca cada una frente a un taburete. Ambos se sientan y Rick le acerca su botella para brindar. Zoe, totalmente descolocada, tarda unos segundos en reaccionar, pero luego piensa que tampoco tiene otra cosa mejor que hacer, y que beber quizá le sirva para dejar de pensar en Connor.

—Sully me ha dejado este sobre para ti.

O tal vez no. Antes de cogerlo, Zoe se fija en el sobre y en su nombre escrito en él. Luego, se da cuenta de las palabras exactas de Rick.

—¿Qué quieres decir con que me ha dejado esta carta? ¿Dónde está Connor? ¿Se ha ido?

—Abre el sobre, por favor.

Zoe lo coge con ambas manos y, tras unos segundos, lo rasga y saca del interior una hoja escrita a mano por Connor, unas llaves y otro sobre blanco y más pequeño. Mira a Rick buscando respuestas, pero él se encoge de hombros.

—A mí no me mires. Yo solo soy el portador y el que se tiene que asegurar de que lo aceptas.

—¿Aceptar el qué?

—Lo que sea que haya aquí dentro.

Ella arruga la frente y traga saliva intentando enfocar la vista.

Hola, Zoe
La verdad es que no sé siquiera por dónde empezar...

Debería decirte esto en persona, pero no tengo el valor necesario para hacerlo, así que espero que me perdones por ello.

He decidido irme por un tiempo. Necesito alejarme de todo y tomarme un descanso. Necesito alejarme de ti porque soy incapaz de mirarte a la cara sin sentir vergüenza de mí mismo. No puedo estar a tu lado y no acercarme a ti, olerte, acariciar tu piel o besar tus labios. Necesito alejarme porque soy un egoísta de mierda, y no quiero ver cómo rehaces tu vida en brazos de otro, aunque sé que mereces ser feliz.

Prometo volver de aquí a un tiempo, cuando me sienta preparado para mirarte de nuevo sin romperme en pedazos.

Durante estas semanas alejado de ti, he podido pensar mucho y quiero recompensarte por todo el daño que te he hecho.

En el sobre encontrarás unas llaves. Son las de mi apartamento. Si no te has deshecho de él, debes de tener aún el juego que te di. Este es el mío. Quiero que te lo quedes y que vivas allí. Sé que Hayley pasa mucho tiempo en casa de Evan, así que ya no tienes excusa. Además, en el baño hay una ducha a la que no puedes decirle que no, y en el armario tienes gran parte de tu ropa...

Ahora, turno para el otro sobre. Me tomé la libertad de sacar algunas fotos a tus pinturas y he hablado con varias galerías de arte. Una de ellas quiere exponer tus obras. De hecho, van tan en serio que en el sobre encontrarás un cheque de cinco mil dólares como pago adelantado. Quieren verte y hablar contigo. En el interior encontrarás la tarjeta de la tratante de arte con la que debes ponerte en contacto. Siento haberme entrometido de alguna manera, pero quería que llegaras a trabajar en lo que te gusta, así que me he asegurado de que tuvieras motivos suficientes para poder invertir todo tu tiempo en hacer algo que te haga feliz.

Así pues, ¿te mudarás a vivir a tu nuevo apartamento? ¿Dejarás de trabajar en el taxi y te dedicarás a pintar?

Necesito que digas que sí. Dime que sí. Bueno, díselo a Rick. Dile a Rick que aceptas mis propuestas.

Quiero devolver la felicidad a tu mirada y que vuelvas a sonreír. Quiero devolverte lo que te quité.

Te quiero. Siempre te querré.
Connor

Zoe, relee la carta una segunda vez, enjuagándose las lágrimas bajo la atenta mirada de Rick, que intenta descifrar lo que pone en la carta, sin mucho éxito.

—¿Qué...? —es lo único que se atreve a decir.

—Es que no sé si debo... O sea, no... Es increíble —solloza Zoe sin dejar de mirar el papel, cuya tinta aparece corrida en algunas partes por las lágrimas que le han caído encima—. Connor es increíble...

—Entonces, ¿aceptas?

Ella levanta la vista y le mira sorbiendo los mocos. Mira las llaves del apartamento de Connor y se las acerca al corazón mientras asiente con una sonrisa en los labios. Rick la observa desconcertado, pensando que realmente nunca conseguirá entender a las mujeres. ¿Por qué no pueden simplemente llorar de tristeza y reír de felicidad? ¿Por qué a veces lloran desconsoladamente con una sonrisa en los labios?

—¿Eso es un sí? —pregunta para asegurarse.

—Sí. Es un sí. Sí me mudaré a su apartamento y sí acepto el cheque de la galería de arte y les llamaré para firmar el contrato con ellos.

—¿Eso ha hecho? —pregunta con los ojos a punto de

salirse de las órbitas–. ¡Jajaja! Es el puto amo. Joder, no sabes qué peso me quitas de encima.

Coge otra botella y vuelve a abrirla de la misma forma que antes.

–¿No deberías tomártelo con más calma? –le pregunta Zoe.

–No. Bebe un poco tú también y agárrate porque vienen curvas.

–Y luego yo soy la rara... –dice Zoe para sí misma mientras se lleva la botella a los labios.

–De acuerdo. Mientras Sul, digo Connor, ideaba todo esto, yo puse en práctica un plan que ha confirmado mis sospechas.

–A ver, habla claro, Colombo.

–Yo sabía que Connor era incapaz de hacer lo que hizo. Sabía que no se había follado a Sharon.

–¿Quieres decir que ellos no...?

–No se acostaron, Zoe.

–¿Cómo...? ¿Cuándo...?

–La emborraché y logré que confesara. Connor iba tan borracho que se durmió. Sharon mintió. Y lo mejor de todo es que la he grabado mientras me lo contaba todo –dice Rick sacando su teléfono y poniéndolo frente a ella–. ¿Quieres oírlo?

Zoe mira fijamente el móvil, sin parpadear, intentando averiguar los motivos por los cuales Sharon podría llegar a hacer eso.

–¿Connor sabe todo esto? –le pregunta señalando al teléfono.

–Sí... Se lo he dicho esta mañana. Así que cuando te preparó todo esto, no lo sabía aún.

–¿Y qué te dijo él?

–Bueno... No recuerdo sus palabras exactas...

–Rick, por favor. ¿Qué dijo?

—Él cree que, aunque no se haya acostado con ella, te fue infiel –confiesa Rick.

—Entonces, si él piensa así, supongo que hay ciertas partes de la historia que sí son verdad.

—Bueno, no sé, quizá es algo que debas preguntárselo a él...

—Sí, ahora le llamo. Ah no, espera, que quiere alejarse de mí y no hablará conmigo. Rick, cuéntamelo. La verdad no puede hacerme más daño.

Con los hombros caídos y las manos en el regazo agarrando su cerveza, Rick la mira derrotado.

—Sí comieron juntos. Sí fueron al bar y se emborracharon. Sí se besaron y subieron a la habitación. Y a partir de ahí empieza la mentira.

—Así que él sí iba con intención de acostarse con ella...

—Pero no lo hicieron...

—Porque bebió unas copas de más, y teniendo en cuenta lo poco que estaba comiendo últimamente... Unas copas menos o algo más de comida en su estómago, y la línea que separa la verdad de la mentira estaría algo más allá.

—Bueno, yo solo intentaba ayudar... Tienes que escucharlo, de verdad...

Zoe mira el teléfono de nuevo y haciendo acopio de todo el valor necesario, aprieta el botón para iniciar la reproducción de la grabación. Cuando escucha la voz de Sharon, algo se revuelve en su interior y es entonces cuando se da cuenta de que la idea de Rick de traer las cervezas, ha sido brillante. Mientras la escucha, acaba con la que tenía entre manos y le hace señas para que le abra otra.

—Será puta... –se le escapa a Zoe cuando la oye suplicar para engatusar a Rick y llevárselo a la cama.

Hasta que llega a la parte de la confesión de que no

pasó nada y nota el desprecio en su tono de voz cuando explica cómo Connor lloraba y repetía una y otra vez que quería a Zoe y que era incapaz de serle infiel. Se lleva una mano a la boca, producto de la emoción, mientras empieza a sentir como se le encoge el corazón. Le gustaría arrancarle la cabeza a esa hija de puta, por haberla menospreciado, por haber mentido a Connor, pero sobre todo, por haberse reído de él. En cuanto la grabación llega al momento en que Rick y ella suben en el ascensor, él la detiene y se guarda el teléfono en el bolsillo.

–¿Qué me dices ahora?

–Que al final a Sharon le salió bien su maldito plan, aunque no consiguiera llevarse a Connor a la cama.

–Yo no lo veo así porque, a pesar de todo, los dos os seguís queriendo más que a nada ni nadie en el mundo. Es algo que ella no puede impedir.

–Es muy difícil seguir queriendo a alguien que está a miles de kilómetros de ti.

–Pero no imposible.

CAPÍTULO 2

How to save a life

–Pero... pero, ¿por qué no me avisasteis?
–Lo siento, Evan. No tuvimos tiempo de hacerlo. Leímos en la carta que iba a largarse y directamente cogimos el coche sin saber con exactitud si llegaríamos o no a tiempo.

Evan agacha la cabeza mientras su hermano intenta hacerle entender la situación. Ha podido leer la carta y conocer así de primera mano la explicación de Connor acerca de su marcha. Al igual que Kai, entiende los motivos, pero nunca podrá perdonarle que no se haya despedido de él.

–Volverá, Evan, no te preocupes...
–¡Y una mierda! –grita haciendo aspavientos con los brazos–. Se fue por culpa de Zoe y mientras ella siga aquí, no volverá.
–Si dices eso delante of Hayley, te meterás en problemas...
–Entiéndeme... Connor se ha ido porque es incapaz de verla casi a diario, porque está enamorado, Kai... Prefiere estar a miles de kilómetros de distancia de todo y de todos, antes que no estar con ella.
–¿Sabes una cosa, Evan? Si esto mismo llega a pasar hace unos meses, le hubiera traído de vuelta a casa arrastrándole por la oreja y le hubiera pegado de hostias hasta hacerle entrar en razón. Pero ahora, le entiendo perfec-

tamente. Sería incapaz de vivir sin Sarah –confiesa Kai rascándose la nuca.

Ambos se quedan mirando al suelo, perdidos en sus propios pensamientos, recordando a las causantes de sus respectivos quebraderos de cabeza, sin poder dejar de sonreír.

–¿Sabes si se llegó a despedir de ella? –pregunta Evan pensativo.

–No lo creo.

–En el fondo, me siento algo responsable de que se haya ido...

–¿Tú? ¿Qué tienes tú que ver en ello?

–Ya sabes, Nueva York es una ciudad enorme. ¿Qué probabilidades tienes de volverte a encontrar con tu ex, una vez has roto?

–Pocas... Yo al menos, no me he vuelto a encontrar con casi ninguna tía de las que me he tirado a lo largo de mi vida... Gracias a Dios...

–Excepto si resulta que tu ex es la mejor amiga de la novia de tu hermano.

–Cierto. Ahí se complica la cosa... –contesta Kai después de sopesarlo unos segundos–. Pues sí, en el fondo tienes parte de culpa.

–Joder, gracias por tus ánimos...

–¿Qué se supone que tengo que decir?

–No sé. Quizá algo así como, «no te preocupes, Evan, no es culpa tuya». Me ayudaría a sentirme algo mejor.

–De acuerdo. No te preocupes, Evan, no es culpa tuya.

–Gracias.

–De nada –contesta Kai con una sonrisa burlona–. Aquí me tienes para lo que necesites.

–¿Te das cuenta de que gracias a Connor, nosotros dos conocimos a Sarah y a Hayley?

–¿Estás intentando hacerme sentir mal?

—Puede. ¿Funciona?

—En absoluto. El que la cagó fue él, no nosotros. Si hubiera mantenido el churro dentro de la braqueta, todo esto no habría sucedido nunca.

—¿Qué hubieras hecho si te llega a pasar a ti? —le pregunta Evan.

—¿Si hubiera tenido un desliz con otra? Lo dudo porque, como Sarah, ninguna...

—¿Qué pasa? ¿Ha instalado micros por toda la casa y tienes miedo de que te oiga? —dice Evan mirando de un lado a otro—. Ahora en serio, ¿qué habrías hecho en el lugar de Connor?

—Negarlo como un cabrón. No había pruebas, así que era la palabra de Sharon contra la de él. Estaba tirado... ¿Te has liado con Sharon? ¡No! ¿Te has acostado con ella? ¡No! ¿Te la ha chupado como si no hubiera un mañana? ¡No!

Kai se encoge de hombros y abre los brazos bajo la atónita mirada de su hermano.

—Así de fácil. Pero para su desgracia, Connor tiene un sentido de la responsabilidad y de la auto-flagelación muy acusado.

—Supongo que te refieres a que tiene integridad...

—En ocasiones, la línea que separa la integridad y la idiotez, es muy fina, casi imperceptible.

Evan observa cómo su hermano, sin siquiera inmutarse, se da la vuelta y vuelve a centrar su atención en el armario de su padre, del que están sacando la ropa para meterla en cajas y darla a la beneficencia.

—En serio que a veces creo que Sarah debería recibir una especie de paga por la labor social que está haciendo contigo... —dice Evan, aunque Kai, si le ha oído, no parece molestarse en contestar.

—Chicos —irrumpe Sarah en el dormitorio.

—Hablando de Roma... —suelta Evan.

—Abajo está todo más o menos controlado. Me han llamado Hayley y Zoe y me voy un rato con ellas.

—¿Qué vais a hacer?

—Ir al nuevo apartamento de Zoe.

—¿En serio? ¿Zoe tiene nuevo apartamento? —pregunta Kai levantando las cejas—. ¿Dónde?

—En el Soho —contesta Sarah con una sonrisa en los labios.

—¿En serio? —dice Evan—. ¿Cerca de donde vivía Connor?

—No, cerca no. Exactamente donde vivía Connor —asegura Sarah.

—¿Connor le ha dejado su piso a Zoe? —pregunta Kai con la boca abierta mientras ella asiente sonriendo—. Estoy alucinando.

—Pues espera a que te cuente el resto...

—Gracias, chicas. En serio que no me veía capaz de hacer esto sola —dice Zoe mientras las tres miran hacia la fachada del edificio—. Son demasiados recuerdos...

—Es comprensible —dice Sarah pasando su brazo alrededor de los hombros de Zoe—. Para eso estamos aquí, para que no tengas que enfrentarte sola a esto.

—Y porque somos cotillas por naturaleza. Queremos registrarlo absolutamente todo, cajón de la ropa interior incluido —añade Hayley.

—Sí —confiesa Sarah—, para eso también.

—Porque digo yo que algo de ropa se habrá dejado, ¿no? Aunque sea en el cubo de la ropa sucia...

—¡Hayley! —le recrimina Zoe.

—Que sí, que sí, que si te ha dejado ropa para lavar, la quemamos, pero no antes de echarle un vistazo...

Las tres entran en el edificio, y suben en el ascensor hasta el ático sin poder parar de reír. Zoe sabía que si llamaba a sus amigas, el amargo trago de entrar de nuevo en casa de Connor sería más llevadero y, de momento, parece haber acertado de lleno. Con la llave metida en la cerradura, antes de girarla para abrir la puerta, resopla varias veces.

—Vamos allá —dice abriendo.

En cuanto pone un pie en el espacio diáfano que componen el recibidor, la cocina, el comedor y el salón, un aroma familiar la invade por completo. Totalmente abrumada por los recuerdos que ese simple olor ha despertado en ella, se ve obligada a cerrar los ojos. Hayley y Sarah no la pierden de vista, y la flanquean preocupadas, hasta que ven como una hermosa sonrisa empieza a dibujarse en sus labios.

—¿Estás bien? —le preguntan.

—Sí —contesta ella totalmente embargada por la emoción—. Son muchos recuerdos, pero acabo de comprobar que, entre estas cuatro paredes, son todos buenos.

Empieza a caminar hacia la cocina, donde está todo perfectamente recogido.

—Ha limpiado, porque cuando vine el otro día, en la cocina había platos por fregar... —dice Sarah.

Pero Zoe no la escucha. Plantada frente a la nevera, con la vista fija en la puerta, recorre con los dedos las letras de la nueva palabra escrita con los ya famosos imanes.

—Siempre —dice Sarah detrás de ella—. Parece como si estuvierais jugando a encadenar palabras. Me parece que esa es la respuesta a tu «aún» y ahora es tu turno.

Zoe sonríe y entonces se percata de la nota amarilla que hay junto a los imanes.

Aparte de algo de ropa, me he tomado la libertad de

llevarme la foto y tu dibujo. También he hecho algo de compra.

Abre entonces la puerta de la nevera y se queda con la boca abierta.

—No me jodas que te ha llenado la nevera —dice Hayley mientras Zoe asiente, abriendo el cajón de las verduras y sacando un manojo de rábanos sin poder parar de reír.

—No me lo puedo creer... —dice con lágrimas en los ojos.

—¿Los rábanos tienen un significado especial para vosotros o te has vuelto loca de remate? —pregunta Sarah.

—Es una tontería... Cuando íbamos juntos al supermercado y yo cogía cosas como rábanos, leche de soja o hamburguesas de tofu, él me miraba con cara de asco y se negaba en redondo a comprarlas, acusándome de querer envenenarle.

Hayley y Sarah la observan mientras ella vuelve a meter los rábanos en el cajón y comprueba que Connor no se ha olvidado de nada, negando con la cabeza sin perder la sonrisa en ningún momento.

—Por aquí tienes más notitas amarillas... —dice Hayley señalando al televisor.

Cuando Zoe se acerca y la despega de la pantalla, ve que es algo más larga que la otra. La lee detenidamente y enseguida se gira en busca del mando a distancia. Cuando lo encuentra, se sienta en el sofá, encogiendo las piernas, y enciende el televisor.

—¡Jajaja! ¡No me lo puedo creer! —dice mirando encandilada el partido de baloncesto que acaba de aparecer en la pantalla.

Sarah y Hayley se sientan a ambos lados de su amiga y se quedan también embobadas mirando el partido que están retransmitiendo, como unas forofas más, rememorando aquellas noches que pasaban en casa de Donovan. Cuando cambia de canal, Hayley no puede reprimir un grito al ver que están dando un programa de reformas. Con lágrimas en los ojos, Zoe vuelve a leer la nota.

He ordenado de nuevo los canales. Creo que habré acertado. Te recomiendo que veas mucho el primero, para que cuando vuelva me cueste algo más de esfuerzo ganarte. Luego te he sintonizado esos canales que te gustan tanto en los que emiten programas de reformas de casa, pasteles imposibles, subastas de trasteros y cambios de imagen radicales. También tienes muchos de arte, pero sabes que de eso no entiendo mucho, así que no sé si he escogido bien. Bueno, tienes el manual de instrucciones en el cajón del mueble.

–¿Vamos a mirar si hay más notas? –dice Hayley entusiasmada al cabo de unos minutos de silencio.

–¡Vamos! –interviene Sarah poniéndose en pie con más ímpetu del que le hubiera gustado demostrar–. Uy, perdón. Me he emocionado demasiado.

Emocionada, y algo nerviosa, Zoe recorre la estancia con la vista, hasta que se fija en la librería. Allí, ve otra nota enganchada, aunque lo que realmente le llama la atención es que ese rincón está algo más despejado de muebles y hay más sitio frente a los estantes repletos de libros. Camina hacia allí y despega la nota.

Siempre te gustó este rincón. Creo que entra la suficiente luz por las ventanas para que puedas pintar aquí, ¿no? He movido las dos butacas para que tengas más sitio.

Zoe gira la cabeza hacia los enormes ventanales, esos que tanto le gustaban y que tan buenos recuerdos le traen. De repente, puede imaginarse el caballete frente a ella, los bártulos de pintura encima de la mesa auxiliar y todo bañado por una hermosa luz.

—Este será mi nuevo rincón de pintar —les informa Zoe a las chicas.

—Me gusta —dice Hayley mientras Sarah asiente.

—Sigamos —sigue Zoe mucho más animada, caminando a paso ligero hacia el resto de habitaciones de la casa.

Entran en el dormitorio de Connor, el que ambos compartían, y se sienta en la cama. Con las manos a ambos lados de sus piernas, acaricia la mullida colcha, tomándose un tiempo para comprobar que todo sigue tal y como recordaba en su memoria. Al cabo de unos segundos, ve el papel amarillo enganchado en la puerta del armario, se levanta y lo lee.

No me he llevado toda mi ropa, pero la he guardado en las cajas que verás apiladas a tu izquierda para que no te moleste. Creo que te he dejado suficiente sitio. Si no, el armario del cuarto de invitados está vacío.

—¿Qué? ¿Se ha dejado algo de ropa? —pregunta Hayley con una sonrisa pícara.

—La ha guardado en estas cajas —responde Zoe con el armario ya abierto—. Y te prohíbo abrir los cajones de la cómoda.

—Vale, vale... —claudica mostrando las palmas de las manos.

—Y ahora, a mi lugar favorito —dice Zoe entrando en el baño a toda prisa.

Una vez dentro, con los ojos brillantes por la emoción, se acerca a la ducha y apoya las manos en la mampara.

—Esta es la famosa ducha de la que siempre hablas, ¿verdad? —le pregunta Hayley.

—La misma...

Zoe desengancha la nota del cristal y la lee.

No hace falta que diga nada aquí, solo... DISFRÚTALA.

Enciende el reproductor de música del baño y enseguida les envuelve una música que a ella le es muy conocida. Se acuerda perfectamente del día en que le nombró esta canción, cuando le dijo que le encantaba, y que era preciosa, a pesar de ser muy triste. Se apoya contra la pared y se deja resbalar por ella mientras tararea la canción en voz baja. Connor no podía haber escogido una mejor, porque es un claro símil de cómo se siente ella ahora. Ha conseguido que olvide el mal trago de venir al apartamento por primera vez, y que no se le haya borrado la sonrisa de la cara en ningún momento.

–¿Estás bien? –le pregunta Sarah apoyando una mano en su rodilla.

–Sí... Estoy muy bien –dice secándose alguna lágrima que le asoma por los ojos.

–Pues cuando leas esto vas a estar mejor –interviene Hayley portando otra nota.

Dos mañanas a la semana, los martes y los jueves, viene la Sra. Clumsky a limpiar. Si te interesa cambiar los días o añadir alguno más, solo tienes que decírselo. Ya la he puesto al corriente de la nueva situación.

Cuando acaba de leer, mira a Hayley y a Sarah apretando los labios y encogiéndose de hombros. Las dos se sientan en el suelo frente a ella y entonces Hayley les da una botella de cerveza a cada una.

–Habrá que comprar en breve. No ha dejado muchas... –dice su amiga mientras hacen chocar las botellas para brindar–. Pero por todo lo demás, tengo que decirte que me encanta. ¡Con mujer de la limpieza y todo! Chica, estoy por darle plantón a Evan y venirme a vivir contigo.

Dos días más tarde, todos han sido citados en el despacho de un notario para la lectura del testamento de Donovan. En cuanto les hacen pasar a un despacho, enorme pero modesto, aparece un hombre de mediana edad, repeinado y con unas pequeñas gafas apoyadas en el puente de la nariz. Después de presentarse y darles la mano a todos, se sienta detrás de su escritorio, coge un abrecartas para rasgar el sobre que traía con él y lee en voz baja las primeras líneas.

–Bueno –dice finalmente–. Como ya saben, les he hecho venir para leer la declaración de últimas voluntades del señor Donovan O'Sullivan. Aparte de con ustedes, me he puesto en contacto con su otro hermano, Connor, pero me ha comunicado que está en el extranjero y que no le va a ser posible asistir. De todos modos, me ha confirmado que acepta totalmente las voluntades de su difunto padre.

Hace una larga pausa para mirarlos uno a uno hasta que, cuando él cree oportuno, deja el papel encima de la mesa y, cruzando las manos frente a él, prosigue:

–Como ustedes sabrán, el señor O'Sullivan no era amigo de formalidades...

–Gracias a Dios –susurra Kai removiéndose en la silla, mientras Evan ríe agachando la cabeza y Sarah le reprocha su comentario con la mirada.

–Como iba diciendo –prosigue el notario–, el señor O'Sullivan no era amigo de las formalidades, así que vino a verme hace algunas semanas, y decidió dejarles su testamento grabado en un vídeo.

Todos abren los ojos como platos y giran la cabeza hacia el televisor situado frente a ellos, al lado de la mesa del notario, entendiendo ahora que estuviera ahí.

–Cuando ustedes estén listos...

Kai y Evan asienten, no muy convencidos, tras tomarse unos segundos para hacerse a la idea de volver a ver la imagen de su padre. Entonces, el notario coge el mando y la grabación se pone en marcha. Evan coge la mano de

Hayley de inmediato para sentirse arropado mientras que Kai se cruza de brazos a la altura del pecho, arrugando la frente y apretando la mandíbula con fuerza, bajo la atenta mirada de Sarah, que no le quita ojo ni un segundo. En cuanto la imagen de Donovan aparece en la pantalla, a todos se les escapa un pequeño jadeo o suspiro. La emoción empieza a brillar en sus ojos, incluso en los de Kai, aunque intente disimularlo con todas sus fuerzas.

–¿Ya puedo? ¿Está grabando? –dice Donovan.

–Sí, señor –se escucha responder a la secretaria del notario–. Cuando quiera.

–¿Seguro? Porque yo no veo ninguna luz ni nada que indique que está grabando...

–Se lo aseguro, señor O'Sullivan, está grabando...

A todos se les escapa la risa al instante. Ni en las últimas semanas de vida, Donovan perdió su peculiar carácter. A pesar de que la enfermedad era temida, entre otras cosas, por convertir a los enfermos en alguien muy distintos a los que eran en realidad, Donovan no perdió su sello de identidad en ningún momento.

–Vale, si usted lo dice... –prosigue no muy convencido aún, aunque, mirando ya a cámara, dice–: Bueno, si me estáis viendo por la tele, es que he muerto. ¡Vaya! ¡Cómo suena eso! Creo que lo he escuchado alguna vez en alguna película... ¿Cuál era?

Kai y Evan se llevan la mano a la cara, mientras niegan con la cabeza. Las chicas en cambio, no pueden parar de sonreír, mirando la pantalla con lágrimas en los ojos.

–Es igual –continúa hablando Donovan–. Prefiero ocupar mi memoria con cosas realmente importantes que recordar. Voy al grano porque no tenemos mucho tiempo. No me refiero al que me queda a mí, que también, sino que el notario tiene otra cita después de la mía y no me puedo entretener mucho...

—Oh, por favor, papá —le habla Kai a la pantalla como si le estuviera recriminando su comportamiento.

—Antes de nada, quiero dirigirme a mis tres chicas. Sarah, tengo que agradecerte muchas cosas, quizá demasiadas para la recompensa que te llevas a cambio... He hecho todo lo que he podido con Kai. Falta mucho por pulir, pero si lo haces bien, al final te sale alguien como yo. Gracias por cuidarme, gracias por ser mi amiga, gracias por no dejarme solo y gracias por hacer sonreír a Kai.

Sarah rompe a llorar sin consuelo, limpiándose las mejillas con un pañuelo y abanicándose para darse aire en los ojos.

—Hayley —sigue entonces Donovan—. Gracias por tu frescura, gracias por tus risas, gracias por esas multas de tráfico que nos quitaste y, sobre todo, gracias por devolver la ilusión a mi pequeño Evan.

—De nada —contesta Hayley entre sollozos mientras Evan la arropa con su brazo.

—Y por último, Zoe... —Donovan agacha la mirada y cuando la levanta, tiene los ojos húmedos.

—Ah, no —dice ella—. No me hagas esto, por favor...

—Has sido tan importante en mi vida... No te lo puedes ni llegar a imaginar... Desde que murió su madre, Connor se cargó la responsabilidad de cuidar de todos nosotros. Quizá fue nuestra culpa, yo tampoco pasaba mucho tiempo en casa porque tenía que ganar dinero para sacarles adelante... Supongo que a todos nos vino bien volver a tener una figura responsable en casa... El problema es que nunca descansaba, siempre preocupado, siempre alerta, siempre disponible para todo el mundo... menos para él mismo. Apareciste en su vida en el justo y preciso momento, cuando más lo necesitaba. Por fin le veía sonreír, por fin veía que estaba con una chica que le correspondía de verdad, que le daba todo el cariño que él necesitaba. Le he visto estar nervioso por ti, le he visto mirarte embobado, le he visto sonreír como un tonto sin motivo alguno, le he visto mover cielo y tierra por verte feliz, le he visto reír contigo y llorar por ti. Y por todo ello, aunque no haya salido bien, te doy las gracias.

Zoe mira a la pantalla fijamente, sin siquiera pestañear, emocionada a la vez que totalmente agradecida por las palabras de Donovan. No le pide que perdone a su hijo, no le intenta disculpar de ninguna manera, solo le da las gracias por el tiempo que estuvo junto a él.

–Gracias a las tres, de todo corazón.

Donovan hace una pausa, se seca las lágrimas y cambia el semblante para dirigirse a sus tres chicos, sin él saber, claro está, que Connor no estaría presente en este momento.

–Bueno –dice frotándose las manos, nervioso–. Mis niños... Mis chicos... Mis hombres... Quiero que sepáis que estoy tremendamente orgulloso de los tres, que os quiero con locura, aunque Kai piense que eso son mariconadas, y que os recordaré siempre. Esta enfermedad no podrá conmigo, no podrá quitarme el mejor recuerdo que tengo, que sois vosotros tres.

Evan llora como un crío, mientras Kai mueve un pie de forma compulsiva, picando contra el suelo una y otra vez, mientras se muerde el labio inferior con mucha fuerza.

–Kai... ¿Qué te puedo decir? Eres, eres tan parecido a mí... Te miro y me veo a mí mismo con tu edad. Por eso te pido que sigas igual, y que sí, eso que sientes aquí dentro –dice tocándose el pecho con la mano–, es lo correcto. Ella es la indicada. Sabes que se ha acabado el tiempo de jugar y ahora tienes que ser responsable, cuidar de ella y de su hija. ¿Lo sabes verdad?

Kai asiente repetidamente, sorbiendo por la nariz aunque reteniendo las lágrimas, demostrando ser el tipo duro de siempre.

–Escucha, tengo una cosa para ti –continúa Donovan mostrando las llaves de su casa–. Es tuya. No quiero que la vendáis, quiero que te la quedes. Quiero que te mudes a mi casa con Sarah y Vicky.

El notario saca entonces el mismo manojo de llaves que Donovan sostiene en el vídeo, y se lo tiende a Kai. Él lo coge y se lo queda mirando detenidamente durante unos segundos. Luego mira a Sarah, buscando su aprobación. Ella sonríe y asiente con la cabeza, haciendo que los ojos de Kai se iluminen de golpe.

–¿Eso es un sí? –le pregunta él.

–Por supuesto. Estaremos encantadas –le responde ella.

A Hayley y a Zoe se les escapan unas pequeñas palmadas de alegría, mientras Evan les mira sonriendo con sinceridad.

–Evan...

Al escuchar su nombre, palidece al instante.

–¿Yo? No va...

–Tu turno. A Connor le dejo el último porque él y yo ya hemos hablado a menudo, ¿verdad, hijo? –dice Donovan como si hubiera escuchado las protestas de Evan.

La pregunta se queda volando en el aire, dejando a todos muy sorprendidos, mirándose los unos a los otros, preguntándose si Connor ya conocía el contenido del testamento.

–Evan. Lo que te dejo a ti, tiene un significado muy especial para mí y para tu madre...

Donovan muestra entonces una pequeña caja de terciopelo negro. La abre lentamente y enseña su contenido a la cámara.

—Este es el anillo de tu madre. Se lo regalé mucho después de haberle pedido matrimonio, cuando pude ahorrar el dinero necesario para comprarlo. Recuerdo que ella decía que no tenía que gastarme tanto, pero yo quería que tuviera un anillo con el que pudiera sentirse orgullosa. Ella quería que te lo regalara a ti cuando llegara el momento, pero yo no quise dártelo cuando me dijiste que te ibas a casar con Julie, porque sabía que ella no era la indicada. Ahora sí ha llegado el momento de hacerlo.

Evan abre mucho los ojos cuando el notario le tiende la pequeña caja. La abre con sumo cuidado y admira el anillo. Traga saliva repetidas veces, aún sin atreverse a mirar a Hayley, totalmente aterrorizado de su reacción.

—Es... precioso —se atreve a decir ella al cabo de un buen rato.

—¿Lo dices en serio? —pregunta él al instante, mirándola algo asustado.

—Sí... Es... muy bonito...

—Entonces, ¿no tienes intención de salir huyendo ni nada de eso?

—No, no quiero alejarme de ti —responde ella sonriendo con timidez.

—Bien... —dice Evan sonriendo, ilusionado como un niño pequeño.

—Vale... —añade ella mientras él agarra su mano con fuerza.

Zoe sonríe emocionada, acordándose de aquella conversación de hace unas semanas. Aquella que parece tan lejana ya, cuando Hayley les confesó a ella y a Sarah que la idea de casarse ya no le parecía tan descabellada. Y lo acaba de demostrar.

—Connor —dice entonces Donovan, haciendo que todos aguanten la respiración durante unos segundos—. Voy a tener que mentir a tu madre... ¿Eres consciente de ello?

Justo antes de morir me hizo prometer que me aseguraría de que los tres fuerais felices. Era lo único que le preocupaba. Y, después de tantos años intentándolo contigo, sin éxito, aparece Zoe y obra el milagro. Era perfecto, porque por fin iba a poder cumplir la promesa que le hice a tu madre. Pero la cagaste, así que ahora, ¿con qué cara me presento yo allí arriba, y le digo que no lo he conseguido, que no eres feliz.

Todos miran de reojo a Zoe, que escucha atentamente a Donovan, el cual, sabedor de que ella estaría escuchando, le está dando un soberano repaso a su hijo.

—Estos días hemos tenido mucho tiempo para hablar, y me tranquiliza saber que eres consciente de que la has cagado a base de bien. Lo que necesito que me prometas, es que harás todo lo posible por volver a ser feliz, y los dos sabemos cuál es el único camino posible para lograrlo.

Zoe agacha la cabeza y una lágrima cae en su regazo. Intenta ser lo más discreta posible, pero un sollozo se escapa de sus labios, alertando a los demás de su estado. Hayley se levanta enseguida y se sienta a su lado.

—Eh, tranquila —le susurra—. Lo que le está diciendo Donovan a su hijo es precioso. ¿Te das cuenta?

—Sí... —responde Zoe.

—Te tienes que sentir súper orgullosa y puedes ir con la cabeza bien alta.

Zoe mira a su amiga sonriendo sin despegar los labios, asintiendo lentamente con la cabeza, mientras se seca algunas lágrimas con los dedos.

—Sé que hemos hablado de la herencia, y que me dijiste que no querías nada, pero como padre tengo el deber moral de daros algo a cada uno. Te dejaré este libro en tu dormitorio de casa —dice mostrando una guía de Irlanda con una enorme sonrisa en la cara—. Quiero que sigas mis pasos y, con suerte, que acabes haciendo como yo, cruzando el charco para recuperar al amor de tu vida.

—Me parece que Connor también ha aceptado su herencia —dice Kai sonriendo al entender que lo que su hermano hacía en el aeropuerto, era hacer lo que su padre le pidió.

—Vale, pues creo ya está —prosigue su padre, mirando a la cámara, emocionado a la vez que radiante de felicidad—. Quiero que sepáis que os quiero muchísimo a los seis y que no me he olvidado de vosotros en ningún momento, ni lo haré cuando ya no esté.

Cuando la pantalla se vuelve de color negro, el notario apaga el televisor y, tras mirarles durante unos segundos, les tiende unos papeles.

—Necesito que firmen aquí si aceptan su herencia —les dice señalando un punto en los documentos—. Ya le he enviado una copia a su hermano por correo electrónico para que me la devuelva firmada.

—De acuerdo —dice Kai mientras él y su hermano firman los documentos.

—Les acompaño en el sentimiento...

—¿Qué le trae hasta Kinsale? —le pregunta el taxista—. Es precioso, pero no es un pueblo famoso por salir en las guías turísticas... ¿Tiene usted familia aquí?

—No lo sé —contesta con sinceridad—. Mi padre era de aquí, pero no sé si queda algún familiar... Sé que tenía varios hermanos, pero perdieron el contacto cuando él se marchó.

—¿Quién en su sano juicio se marcharía de Irlanda?

Connor le mira sonriendo, y poco después responde:

—Alguien que lo ha perdido por completo por una mujer.

–Uy –contesta el taxista haciendo una mueca de dolor–. Totalmente comprensible. Solo una mujer puede ser responsable de que un hombre cambie de vida por completo o incluso de que se mude a otro continente.

–Sí...

Connor observa como la carretera, hasta ahora flanqueada a ambos lados por verdes prados, se empieza a acercar a la costa. A su derecha, puede ver unos preciosos acantilados y, a lo lejos, un enorme faro pintado de color blanco y azul. Se queda embobado mirando el mar, hasta que, de repente, un pintoresco pueblo de casas pintadas de colores, aparece ante sus ojos.

–Hemos llegado –le informa el taxista–. Bienvenido a Kinsale.

–¡Vaya! –dice Connor admirando las casas.

–Bonito, ¿verdad?

–Pues sí... ¿Qué le debo?

–Sesenta euros, señor.

Connor saca su billetera y, aún algo novato manejando esta nueva moneda, mira los billetes uno por uno antes de dárselos al conductor.

–Perfecto –dice el hombre al coger el dinero–. Si sube por esa calle, la de al lado del pub, llegará al centro del pueblo.

–De acuerdo. Gracias.

En cuanto se baja, Connor se cuelga la mochila a la espalda, mientras observa alejarse al taxi. Se levanta un aire bastante frío y se sube la cremallera de la sudadera. Entre el poquísimo equipaje que le cabía en la mochila, no incluyó ningún abrigo, así que si el tiempo empeora, tendrá que comprarse algo. Mete las manos en los bolsillos de los vaqueros y mira alrededor. La verdad es que el sitio es espectacular: el color llamativo de las casas, el azul intenso del mar, los enormes acantilados y ese ruido constante del agua chocando contra las rocas.

Abre la guía y vuelve a mirar la dirección que su padre le escribió a mano en la primera página, y que él dio por hecho que debería ser la primera parada en su viaje. Sin saber si el rumbo que está tomando es el correcto, empieza a caminar hacia la calle que le ha indicado el taxista. Pasa al lado del pub, aún cerrado a estas horas de la tarde y entonces ve a un par de ancianos que charlan animados, sentados en los bancos de una plaza. No quiere pasar el resto de la tarde dando vueltas, así que se acerca a ellos y, mostrándoles la dirección, les pregunta:

—Disculpen, ¿podrían indicarme por dónde llegar a aquí?

Uno de los ancianos le coge la guía de las manos y se la acerca hasta que su nariz toca contra las hojas, intentando leer lo que hay escrito, levantándose las gafas.

—¿Para qué jorobas llevas las gafas, Enoch? —le recrimina el otro anciano arrebatándole la guía—. Anda, trae acá.

—Pues porque, para tu información, querido Duncan, me hacen parecer interesante. ¿No cree usted, joven? —le pregunta el primer viejo a Connor, que le mira atónito—. ¿A que realzan el color de mis ojos? ¿Acaso los jóvenes de hoy en día no se ponen gafas para parecer más modernos? Pues yo también.

—Ya, el problema es que tus gafas fueron modernas en los años treinta, no ahora. Déjate de mandangas. Hillcrest es allá arriba, ¿no? Donde el parque... —dice señalando por encima de sus cabezas.

—¿Tú crees? ¿Hillcrest no es abajo, cerca del puerto? —contesta el otro anciano señalando hacia el mar.

Connor se gira para mirar en esa dirección, casi seguro de haber comprobado el nombre de todas las calles por las que ha pasado y sin recordar que ninguna se llamara Hillcrest.

–¡Qué dices! ¡Anda, anda, vete pidiendo hora en la residencia porque lo tuyo ya es demencia senil! Hillcrest es donde el parque, más allá de la calle Woodlands.

Connor parece ser espectador de un partido de tenis, moviendo la cabeza de uno a otro, viendo como pelean por ver quién tiene razón, escuchándoles atentamente ya que le cuesta entender el acento, y empezando a perder la esperanza de que puedan ayudarle. Mira alrededor, intentando buscar a alguna otra persona que pueda ayudarle, hasta que de repente escucha:

–¿Hillcrest no es donde la casa de los O'Sullivan? Donde Rory...

–¡Sí! ¡Sí! O'Sullivan –dice Connor volviendo a recuperar la esperanza de golpe–. Mi padre era Donovan O'Sullivan.

–¿Donnie? ¿El que se fue para América detrás de unas faldas?

–El mismo –contesta Connor sonriendo–. La de las faldas era mi madre.

–¿Han muerto los dos? –pregunta el viejo Enoch.

–Mi madre hace bastantes años, y mi padre hará una semana.

–Vaya... Lo sentimos...

–Soy Connor, por cierto –dice dándoles la mano a los dos.

–Veo que, aunque tu padre nos traicionara por una mujer, quiso guardar un recuerdo de sus raíces irlandesas en ti... Bonito nombre.

–Sí... Hizo lo mismo con mis hermanos, Kai y Evan.

–Malakai, precioso nombre, sí señor. Yo soy Enoch y este viejo loco de aquí, es Duncan.

–Encantado. Entonces, ¿es por ahí arriba, decían?

–Sí, sube esta misma calle hasta el final. Cuando acaba, a mano derecha te quedará un parque muy grande, y a la izquierda encontrarás la calle Hillcrest.

–Gracias.

–De nada. Esperamos verte de nuevo –responde Duncan.

–¡Pásate a charlar un rato otro día! –grita Enoch cuando Connor ya ha emprendido la marcha.

Connor sonríe asintiendo con la cabeza sin dejar de caminar. Cree que pasar una tarde con este par de ancianos, aunque resultara entretenido ver como se pelean, acabaría por volverle loco.

A paso ligero, llega al final de la calle en tan solo diez minutos, justo cuando una fina pero constante lluvia empieza a caer. El pueblo no es muy grande y se puede recorrer de punta a punta en menos de quince minutos. A mano derecha, tal y como le han dicho, hay un enorme parque, limpio y muy verde. Entonces, gira a la izquierda y empieza a caminar por la calle Hillcrest, fijándose en los números, hasta llegar al número diez. Se queda parado frente a la modesta casa y se quita la pesada mochila, dejándola en la estrecha acera, apoyada contra el muro que delimita la pequeña parcela. Es de ladrillo oscuro, pero la puerta está pintada de un llamativo color amarillo. No parece haber nadie en el interior, ya que no se aprecia ninguna luz encendida. De todos modos, una vez llegado hasta aquí, tampoco sabe si se ve con fuerzas de llamar al timbre y comprobar si la gente que vive en ella son familiares de su padre. Al fin y al cabo, él solo le dejó anotada la dirección, pero, como había perdido todo contacto con la gente de aquí, no sabía si alguno de sus cuatro hermanos vivía aún en esta casa. Cansado, se apoya en el muro, sin dejar de mirar hacia la casa, hasta que la vista se le empaña. Confundido, se intenta secar las lágrimas, pero brotan de sus ojos sin ningún control. La respiración se le entrecorta y los sollozos son imposibles de retener, así que, por primera vez desde que murió su padre, se descubre llorando desconsoladamente.

—¿Hola?

Se gira sobresaltado cuando escucha la voz de una mujer muy cerca de él. Se seca las lágrimas con prisa mientras se aleja unos pasos. La señora, de unos sesenta años, muy robusta, con unos enormes ojos azules y las mejillas coloradas, le mira extrañada.

—¿Estás bien? —le vuelve a preguntar—. ¿Puedo ayudarte en algo?

Connor no puede articular palabra. Cada vez que lo intenta, el nudo que se le ha formado en la garganta, no le deja respirar. Tampoco puede echar a correr porque parece que los pies se le han pegado al asfalto. Solo es capaz de mirarla, sin perder de vista la casa, hacia la que mira en repetidas ocasiones. La mujer sigue su mirada y luego ve la mochila apoyada en el muro.

—¿Quieres pasar? —le pregunta caminando hacia él, aunque a mitad de camino se detiene al ver lo asustado que está Connor y empieza a hablarle a gritos y muy despacio—. Oye, ¿tienes alguna minusvalía psíquica o algo así, y te has perdido? ¿Entiendes mi idioma? Te estás empapando y vas muy poco abrigado. Puedes pillar una pulmonía si te quedas ahí plantado.

Resignada, se da la vuelta y camina con paso decidido hacia la casa.

—¿Vive usted aquí? —le pregunta Connor precipitadamente al ver que está a punto de perderla de vista.

—Bueno, es mi casa —contesta ella sin siquiera girarse ni dejar de caminar.

—¡Me llamo Connor O'Sullivan! —grita a la desesperada, con la esperanza de llamar la atención de la señora lo suficiente para que no se meta en la casa.

Y parece funcionar, porque se gira lentamente y le mira entornando los ojos, como si estuviera haciéndole un repaso exhaustivo de arriba abajo. Entonces, se acerca a él de nuevo, hasta que, quedándose a poca distancia, le mira directamente a los ojos.

—¿De quién eres? —le pregunta.

—Mi padre era Donovan O'Sullivan.

—¡¿Donnie?! —le pregunta mientras Connor asiente—. ¡¿Cómo está?!

—Murió hace una semana...

Enseguida, la mujer cambia el semblante y le da un enorme abrazo que él no esperaba, aplastando su caja torácica hasta límites insospechados. Cuando se cansa, recoge la mochila con mucha vitalidad y, cogiéndole de la mano, tira de él hacia el interior de la casa. En cuanto entran, se dirigen a una modesta, pero limpia cocina. La mujer deja la mochila encima de una de las sillas que hay alrededor de una gran mesa, y enseguida se acerca a los fogones para poner agua a hervir. Connor la observa mientras abre varios armarios y, se sorprende al ver cómo, tan solo dos minutos después, la mesa está llena a rebosar de comida.

—Siéntate —le pide señalando una silla mientras ella se sienta en la de al lado.

En cuanto lo hace, ella le sirve una taza de té caliente. Él la coge con ambas manos y empieza a sentirse cada vez mejor gracias al calor.

—Come —insiste la mujer acercándole todos los platos mientras Connor abre los ojos como platos al darse cuenta de que toda esa comida es para él.

—Gracias —contesta educado mientras coge una rebanada de pan, siempre bajo la atenta mirada de la mujer—. Entonces... ¿conocía usted a mi padre?

—Ya lo creo. Me llamo Maud. Soy la hermana pequeña de tu padre, así que, soy tu tía.

Le mira con una sonrisa afable en la cara, mientras apoya la mano en el antebrazo de él, que agacha la cabeza.

—¿Mi tía? —pregunta sonriendo—. Vaya... Nunca tuvimos familia aparte de mamá y papá.

—¿Tu madre no tenía a nadie cerca?

—Sí, pero la repudiaron cuando ella eligió quedarse con papá —contesta encogiéndose de hombros y haciendo una mueca con la boca.

Connor bebe un poco de té y se come un bollo, cerrando incluso los ojos de puro placer.

—¿Mejor?

—Mucho. Gracias.

—¿Por qué estabas llorando antes?

—No lo sé —confiesa él—. Supongo que llevaba demasiado tiempo reteniendo las lágrimas.

La mujer aprieta el agarre en su brazo y le coge de la mano.

—¿Puedo preguntarte de qué murió?

—Tenía Alzheimer...

—Lo siento...

—Yo también —responde él levantando la cabeza para descubrir que Maud tiene los ojos llorosos.

—Entonces ya no me queda ningún hermano... Gary murió en la guerra y Kieran de cáncer, hace dos años. Donnie era el único que me quedaba y, aunque se marchó cuando yo era pequeña y nunca más volvimos a saber de él, tenía la esperanza de que algún día volviera...

—Le hubiera encantado, seguro, pero cuando llegó a Nueva York, se puso a trabajar como un loco para poderle dar a mi madre la vida que le prometió. Luego, nacimos nosotros y, cuando éramos tan solo unos adolescentes, ella enfermó y murió. Desde entonces, papá se pasó toda su vida cuidando de nosotros, deslomándose para que pudiéramos seguir estudiando y no nos metiéramos en problemas.

–Entonces, ¿consiguió volver a conquistar a la mujer de sus sueños? –Connor asiente a modo de respuesta–. Yo era muy pequeña cuando se fue, pero recuerdo que estaba completamente enamorado de tu madre... Desde el mismo momento en que la vio en el pub por primera vez.

Maud mira al techo, pensativa, rememorando esos momentos, hasta que, al mirarle de nuevo, la pena ha desaparecido de sus ojos.

–¿Y dices que tienes hermanos?

–Sí, Kai es mi hermano mayor y Evan el más pequeño.

–¿Y ellos han venido también?

–No. Digamos que este viaje es la herencia de mi padre. Me dejó la guía, con esta dirección escrita –dice enseñándole la página a su tía.

–«Sigue mis pasos» –lee ella.

–Sí, eso también lo escribió él –contesta Connor agachando la cabeza.

–¡Pues me parece una idea estupenda! Y me alegro de que hayas venido. ¿Dónde te hospedas?

–No... No lo sé. Acabo de llegar hace menos de una hora y lo primero que hice fue venir hasta aquí... ¿Hay algún hotel donde pueda quedarme?

–¿Hotel? ¡Ni hablar! Te quedas aquí con nosotros.

–No quiero abusar. De verdad, cualquier hotel será perfecto.

–¡Ni lo sueñes! Esta fue la casa de tus bisabuelos, de tus abuelos, de tu padre, y ahora, la tuya también. Tenemos habitaciones de sobra. Ven, que te acompaño a una de ellas.

Sin tiempo para replicar, Maud acompaña a Connor hasta una de las habitaciones y, tras explicarle cuatro cosas e indicarle donde está el cuarto de baño para poder darse una ducha, baja de nuevo a la cocina para empezar a preparar la cena.

Media hora después, vestido con unos vaqueros y una sudadera limpia y seca, baja de nuevo al piso de abajo. Cuando llega a la cocina, ve a Maud cocinando mientras habla de forma animada con un hombre.

–Hola... –interrumpe con toda la educación posible.

–¡Connor! Dame esa ropa –le dice su tía arrebatándosela de las manos.

–Puedo hacerlo yo... Si me dice donde está la lavadora...

–Por favor, soy tu tía y aún no llevo dentadura postiza ni me orino encima, así que no me hables de usted. Mañana haré la colada y lavaré también lo tuyo.

–Gracias –dice él antes de acercarse al hombre y tenderle la mano–. Hola, soy Connor.

–Rory –responde el hombre con voz grave mientras le da la mano, llena de callos y cortes, con firmeza y seriedad.

–Es mi marido –añade Maud.

Connor asiente con la cabeza en un gesto de respeto hacia ese hombre enorme y rudo que no le quita el ojo de encima.

–¿Te gusta el estofado de carne? –le pregunta su tía mientras le hace sentarse en una silla.

–Sí, claro.

–Si no te gusta, no temas decírmelo. Te puedo hacer otra cosa.

–No, en serio. Es perfecto.

Mientras su tía le hace preguntas acerca de su padre, su madre, sus hermanos, o de su vida en general en Nueva York, Rory se mantiene al margen, sin levantar la vista del plato. De repente, como un vendaval, la puerta principal se abre.

–Perdón, perdón, perdón. Sé que llego tarde.

Connor se queda mirando a la chica que acaba de entrar y que se está sirviendo algo de estofado en un plato. Es una chica alta y delgada, de entre veinte y veinticinco años, con pelo largo y castaño. Su tía también la observa, mientras Rory permanece impasible. En cuanto se gira y se sienta en la silla, al levantar la vista, se percata por primera vez de la presencia de Connor.

–¡Coño! ¿Y tú quién eres?

–¡Keira, por favor! –le reprocha su madre.

–Soy Connor –dice él sonriendo ante la naturalidad de la chica–. Tu... primo.

–¿Mi primo? –dice mirando a su madre–. Tío Gary nunca tuvo hijos y tío Kieran fue padre de cuatro hijas y tú no tienes pinta de tener tetas.

–Es hijo de Donnie.

–¿El americano? –pregunta, mientras su madre asiente con la cabeza y una gran sonrisa dibujada en los labios–. Vaya...

Le mira durante unos segundos, como si le estuviera estudiando. Connor no sabe qué decir, algo incómodo ante la situación de verse diseccionado tan minuciosamente. Cuando ella se centra en su plato, se relaja considerablemente y vuelve a comer el delicioso estofado.

–Me tengo que ir –dice Keira tan solo cinco minutos después, levantándose de la mesa y dejando el plato dentro de la pica.

–¿Ya? –le pregunta su madre.

–Sí, me llega un pedido y tengo que meterlo dentro antes de abrir. ¿Te pasarás luego, papá? –dice agachándose a su lado para darle un beso.

–No creo, estoy cansado y mañana me espera otra jornada dura.

–Vale. Te quiero –le responde justo antes de darle otro beso a su madre, acompañado de un fuerte abrazo.

En cuanto sale por la puerta, todo parece volver a estar como antes de que llegara, silencioso y en calma. Él deja la vista clavada en la puerta, hasta que su tía le aclara.

–Ese torbellino es nuestra hija Keira. Tiene veinticuatro años y es la propietaria del pub del pueblo, el Spaniard. Era de tu tío Kieran, pero cuando murió, ninguna de sus cuatro hijas se quiso hacer cargo de él, así que, antes de que desapareciera el único entretenimiento que tenemos en el pueblo, Keira se hizo cargo. Normalmente no es tan... bruta... –la disculpa Maud mientras a Rory se le escapa la risa–. ¿Algo que objetar, Rory?

Su marido levanta las palmas de las manos como si no quisiera meterse en problemas. En cuanto Connor hace el intento de levantarse para recoger su plato, su tía le pone una mano en el hombro para impedírselo. Así, mientras ella recoge toda la mesa y friega los platos, él se queda sentado junto a su locuaz tío. Le mira de reojo, apoyando las manos encima de la mesa, frotándoselas repetidamente.

–Tu tía me ha dicho que Donnie murió hace una semana –dice Rory de repente.

–Sí.

–Lo siento. Era un gran tipo.

–Gracias.

–También me ha dicho que te dejó una herencia algo... particular.

–Sí, una guía de Irlanda con esta dirección anotada...

–Y la frase «sigue mis pasos», ¿no?

–Así es.

–¿Quieres hacerlo realmente?

–¿Cómo? No entiendo...

–Que si quieres seguir sus pasos, tal y como él te ha pedido.

Connor sopesa durante un tiempo la respuesta. Hasta ahora pensaba que su padre le pedía que viniera hasta aquí y viera donde vivió y que, por lo tanto, ya había cumplido su promesa. Nunca se llegó a plantear que, tal vez, hubiera algo más que hacer.

–Sí –contesta con cara seria, totalmente convencido–. Sí quiero hacerlo.

–Está bien. Mañana te vendrás conmigo.

Dicho esto, se levanta y sube las escaleras. Al rato, se oye el agua de la ducha correr. Connor se levanta y recoge las últimas cosas de la mesa.

–No tienes que ayudarme. Para esto ya estoy yo –dice su tía.

–Es lo menos que puedo hacer –responde él cogiendo un trapo y empezando a secar los platos que ella va lavando.

–Me has hablado de muchas cosas, pero no has mencionado a ninguna mujer...

Connor aprieta la mandíbula y cierra ligeramente los ojos.

–Vale, entendido. Terreno pantanoso. ¿Sabes qué tienes que hacer? –le dice Maud quitándole el trapo de las manos–. Ve al pub y diviértete. Está al bajar la calle, delante del puerto. No tiene pérdida. ¿Tienes algo de abrigo?

–No...

–Ven, toma –dice sacando una chaqueta de un armario del recibidor–. Creo que te vendrá bien.

Diez minutos después, está caminando bajo la fina lluvia, con la capucha de la chaqueta puesta, cuidadoso de no resbalar por el mojado pavimento de adoquines.

Al rato, empieza a escuchar risas y pronto ve el pub. Le sorprende ver que, a pesar de la lluvia, la terraza exterior está llena de gente y que, aún siendo jueves, el interior está abarrotado de gente de todas las edades.

–¡Eh! ¡Primo!

Se gira para ver quién le llama, cuando divisa a Keira detrás de la barra haciéndole señas. Se dirige hacia ella y se sienta en un taburete.

–Bienvenido al Spaniard.

–Gracias. Es genial –dice mirando alrededor.

–¿Qué vas a tomar? A la primera invita la casa.

–Una Guinness.

–¡Oh sí! ¡Ahora sí puedo proclamar orgullosa que eres familia mía! –grita Keira levantando los brazos y, subiéndose a una caja, llama la atención de todos los presentes–. ¡Gente! ¡Este de aquí es Connor O'Sullivan, mi primo! ¡Acaba de llegar desde América! ¡Démosle la bienvenida!

–¡Sláinte! ¡Salud! –gritan todos, incluso alguno le da palmadas en la espalda o alguna colleja en el cuello.

–Ya eres uno más –dice Keira acercando su cara a la de él antes de alejarse para servir más copas.

Connor hace girar el taburete y echa un vistazo a todo el local. No es muy diferente del Sláinte, con sus mesas repartidas en el centro, su billar a un lado, junto a los dardos y una máquina de esas para dar puñetazos. Al otro lado, hay una máquina de discos antigua, por la que se siente atraído al instante. Se levanta, con la pinta aún en la mano, y se acerca hasta ella. Se agacha para ver a través del cristal transparente y poder admirar todos los discos en fila.

–Es preciosa, ¿a que sí? –le pregunta Keira, que ha aparecido a su lado de repente.

–Lo es. ¿Funciona?

–Ajá. Y aún suena de maravilla.

–Mi padre siempre me contaba que conoció a mi madre en este mismo lugar y que mientras los demás tipos le lanzaban piropos y le gritaban para llamar su atención, él se acercó a la máquina de discos, escogió una canción y la sacó a bailar –dice Connor tocando la máquina con los dedos.

Keira saca una moneda, la introduce en la ranura, aprieta uno de los botones y, guiñándole un ojo, le dice:

–Conozco esa historia hasta el más mínimo detalle.

Se aleja sin dejar de mirarle y de sonreír, portando varios vasos sucios que ha ido recogiendo de algunas mesas, mientras empiezan a sonar las primeras notas de una canción. Connor ladea la cabeza levemente mientras ella asiente con la suya y mueve las caderas antes de volverse a meter detrás de la barra.

Mientras las notas de la canción y la voz de Sam Cooke se cuelan a través de sus oídos, Connor se gira hacia la pequeña pista de baile, hasta ahora vacía, y en la que, al cerrar los ojos, es capaz de ver como ese chico humilde del pueblo, está a punto de perder la cabeza por una guapa y sofisticada chica americana.

CAPÍTULO 3

Losing my religion

El pub se ha ido vaciando poco a poco y ya solo quedan los borrachos que cantan y bailan canciones típicas irlandesas, blandiendo sus pintas en alto. Mientras, a pesar del escándalo, Keira y Connor charlan de forma animada.

–¿Y qué se siente al vivir en un apartamento en la planta cincuenta de un edificio?

–No lo sé. Mi apartamento está en una sexta planta.

–Pues vaya mierda... –dice ella visiblemente decepcionada.

–Pero trabajo, bueno, trabajaba, en una oficina que está en la planta cuarenta y ocho de un edificio de setenta.

–¿En serio? ¿De esos que siempre salen en la típica imagen de la silueta de la ciudad?

–Uno de esos...

–¿Y cuando se estropea el ascensor, os dan el día libre? ¿O permiso para llegar una hora más tarde? –le pregunta mientras Connor ríe a carcajadas–. ¿De qué te ríes? ¿Cómo subes cuarenta y ocho pisos a pie a las ocho de la mañana sin que te dé un ataque al corazón antes de llegar a la planta treinta?

–Hay varios ascensores y es muy raro que se estropeen todos a la vez.

–Qué cabrones... Se lo tienen todo estudiado para que

no faltes al curro, ¿eh? –bromea Keira guiñándole un ojo mientras sirve un chupito de whisky para cada uno.

–Para mí no, gracias –le dice Connor.

–No exageres. No has bebido ni la tercera parte que esos de allí –dice señalando a un grupo que ocupa el rincón donde está la diana de dardos.

–Estoy a punto de rebasar mi límite peligroso...

–¿Me vas a hacer beber sola? No sé en tu país, pero aquí se considera casi un delito...

–Seguro que esos tipos de ahí estarán encantados de acompañarte.

–Ya sé que nos acabamos de conocer, pero, ¿tanto me odias? ¡Que llevamos la misma sangre! –se queja Keira haciéndose la ofendida mientras sale de la barra para recoger unos vasos de una mesa–. ¿Permitirías que esa panda de borrachos se acercara a mí?

–Me da la impresión de que si eso sucediera, ellos son los que saldrían perdiendo...

–Pobre de mí... –contesta ella haciendo pucheros con el labio inferior mientras él hace girar su taburete para seguirla con la mirada.

En cuanto llega a la mesa y coloca los vasos en la bandeja que lleva, uno de los borrachos se le acerca por detrás. La agarra por la cintura y acerca la boca a la oreja de Keira. Connor observa la escena atentamente, aunque antes de que pueda intervenir, ella se gira y aparta al baboso de buenas maneras pero con mucha firmeza. Coge la bandeja y camina hasta la barra para dejarla.

–¿Lo ves? Soy como carnaza para estas hienas y tú quieres arrojarme a ellas... Pobre de mí...

Connor, apoyando la espalda y los codos en la barra, ríe con la cabeza agachada, lo que le impide ver como el tipo vuelve a la carga y, acercándose de nuevo a Keira por la espalda, se pega a ella.

—No te hagas la estrecha porque mira cómo me pones —dice pegando la entrepierna al trasero de ella e intentando tocarle los pechos.

Connor hace el ademán de levantarse, pero Keira vuelve a ser más rápida y, en un abrir y cerrar de ojos, se revuelve agarrando un brazo del tipo y retorciéndoselo en la espalda.

—¡Mierda! ¡Me haces daño, Keira! ¡Suéltame, joder!

—Brendan, mi paciencia tiene un límite, ¿vale? Y llevas años rozándolo, desde que íbamos a la escuela.

—¡Pero yo te quiero, Keira!

—Ooooooh, pero qué romántico eres... —dice esbozando una fugaz sonrisa, que enseguida hace desaparecer de su cara al volver a apretar el agarre, provocando que al pobre desgraciado se le escapen hasta lágrimas debido al dolor.

Connor observa la escena con las cejas levantadas, totalmente alucinado. Aunque intuía que Keira era capaz de valerse por sí misma y enfrentarse a cualquiera que se le pusiera por delante, ver como se deshace de ese tipo que le saca como diez centímetros de altura y unos treinta kilos de peso, agarrándolo solo por un brazo, es realmente impresionante.

Los amigos de Brendan, ríen y gritan, vitoreando a Keira y burlándose de su amigo, cuando ella abre la puerta y le empuja al exterior.

—Y vosotros, largo —dice ella señalándolos con el dedo—. Es hora de cerrar.

A pesar de superarla en número, altura y peso, ninguno de ellos se atreve a rechistar y poco a poco van saliendo del pub. Algunos de ellos, incluso hacen una reverencia al pasar al lado de Keira, la cual les mira sonriendo, como si estuviera habituada a lidiar con estas situaciones muy a menudo.

Cuando todos han salido, cierra la puerta y echa el pestillo. Se pone el trapo en el hombro y sopla para quitarse un mechón de pelo que le cae por delante de los ojos. Mira hacia donde estaban esos tipos y, con pesadez, se dirige hacia allí para poner algo de orden. Connor se levanta de su taburete y se acerca también para echarle una mano.

–¿Lo ves? –le dice una vez a su lado, mirándola de reojo mientras pone en pie varias sillas–. Sabía yo que ellos corrían más peligro que tú. ¿Dónde has aprendido a hacer eso? Pareces tener años de experiencia en el combate cuerpo a cuerpo. ¿Eres de las fuerzas especiales en tus ratos libres o qué?

–¡Jajaja! Vale, lo confieso. Soy ninja –le responde acercándose como si le estuviera contando un secreto.

–Algo sospechaba... –dice Connor recogiendo unos vasos y poniéndolos en la barra mientras ella se dispone a fregarlos–. En serio, ¿quién te enseñó a hacer eso?

–Mi padre. Él quería un niño y salí yo, así que, como vio que le sería imposible estar siempre a mi lado para protegerme, me enseñó a pelear como un chico.

Media hora después, con todo el pub recogido y la recaudación en el bolsillo, los dos salen por la puerta para volver a casa.

–¿Y cada noche vuelves sola a casa con todo el dinero en el bolsillo?

–Claro.

–¿Y no tienes miedo?

–¿De qué? ¿Acaso has olvidado que soy una máquina de matar?

–Ya... –responde Connor metiéndose las manos en los bolsillos y agachando la cabeza–. Pero algún día podrías tener un susto...

–Eh... –dice ella, agarrándose del brazo de él, al ver

que realmente está preocupado–. Tranquilo. Esto no es Nueva York. Es un pueblo pequeño, y todos nos conocemos. Es verdad que hay bastante borracho, pero a lo máximo que llegan es a lo que has presenciado, y como ves, me las puedo apañar bien.

Caminan en silencio, enfilando la calle principal hacia casa. Ya no llueve, pero las calles están totalmente mojadas, así que van con cuidado de no resbalar al pisar los resbaladizos adoquines.

–Gracias por ayudarme esta noche –dice ella al cabo de un rato para romper el silencio–. Hoy vuelvo a casa como media hora antes.

–De nada. Si quieres, te ayudo cada noche a cerrar...

–Pues te tendré que pagar un sueldo, pero ya te advierto que el caldero de monedas de oro no existe.

–No hace falta que me pagues nada. Tengo suficiente con que tu madre me acoja en tu casa y me dé de comer. Además, así podré asegurarme de que llegas cada noche a casa sana y salva.

–Y dale... ¿Por qué todos los tíos os pensáis que las mujeres necesitamos ser salvadas? ¿No ves que en una pelea te machacaría?

–Ya, claro. Créeme, sé algo de peleas, crecí en el Bronx.

–Y yo regento un pub donde casi cada noche, soy la única mujer que lo pisa.

–Y yo tengo un hermano boxeador y he tenido que soportar ser su *sparring* toda la vida.

–Y yo tengo tetas y no dejo que cualquiera me las toque.

–Y... –empieza a decir, aunque al rato, se ve obligado a claudicar–. Vale, tú ganas...

–Lo sabía. –Ríe Keira.

Connor la mira de reojo, arrugando la frente, totalmente confundido por los recuerdos que esta conversación le trae a la mente. Recuerdos de esos días en los que conoció a la primera mujer capaz de retarle intelectualmente en una discusión. Sin querer, se le escapa una sonrisa al acordarse de ese partido de baloncesto, o de su paseo suicida en la destartalada Vespa amarilla.

–¿Quieres ver algo espectacular? –le pregunta Keira casi a punto de llegar a casa.

–Sorpréndeme.

–¡Ven!

Keira le coge de la mano y tira de él hacia el parque que hay al girar a mano derecha, al final de la calle principal. Caminan a toda prisa a través del verde césped, bordeando una pequeña zona de juegos infantiles, hasta llegar a la parte más elevada del parque, en lo alto de una pequeña colina.

–¿Preparado? –le dice poniéndose frente a él.

–Sí, claro –contesta Connor abriendo los brazos, expectante.

Entonces, agarrándole de los hombros, le da la vuelta. Al principio, Connor la mira a la cara, sin entender nada, pero luego, su vista se clava en un punto a su espalda. Es entonces cuando Keira sabe que lo ha visto. Se aparta a un lado y se sienta en el césped, mientras Connor observa embelesado la imagen que se presenta ante sus ojos. Desde allí arriba se ve todo el pueblo y el mar, y cómo la luna y su reflejo, iluminan toda la escena.

–Si te quedas muy callado, incluso llegarás a oír el ruido de las olas al chocar contra los acantilados.

Connor la mira y se sienta a su lado, aún maravillado con las vistas.

–¿Qué te parece?

–Esto es... espectacular.

–Lo sé.

Ambos se quedan un rato en silencio y, efectivamente, escuchan a lo lejos el ruido de las olas. Es realmente tan relajante, que Connor incluso cierra los ojos. Keira se entretiene arrancando unas briznas de hierba mientras le observa de reojo. Ve como traga saliva repetidas veces, provocando que su nuez suba y baje por su cuello, y como, rato después, abre los labios para dejar escapar un silencioso suspiro.

–¿Quién es ella?

Connor abre los ojos al instante y gira la cabeza para mirarla. Arruga la frente y aprieta los labios, intentando esbozar una sonrisa que se queda a medias. Mueve la cabeza intentándolo negar, pero el gesto también se queda a medias.

–Debió de ser alguien muy importante para ti –insiste Keira–. Y debe de seguir siéndolo si estás aquí huyendo de ella.

–Estoy aquí para cumplir la última voluntad de mi padre.

–Vale –dice Keira encogiéndose de hombros y mirando de nuevo al mar–, si tú lo dices... Pero esa mirada perdida que tienes a veces, o esa expresión de eterna preocupación, solo la puede provocar una mujer.

–¿Y eso quién lo dice?

–Llámalo... sabiduría popular.

Él gira la cabeza para mirar también hacia el mar, concentrándose en el reflejo de luz que la luna proyecta en el agua.

–Se llama Zoe –confiesa Connor al cabo de un rato.

Keira se queda a la espera de alguna explicación más, pero al ver que se vuelve a quedar callado, pone los ojos en blanco y, exasperada, se da cuenta de que le tendrá que sacar las palabras con sacacorchos.

–¿Es tu novia?

—Lo era.

—¿Y qué ha pasado para que tengas que poner miles de kilómetros de distancia entre los dos? ¿Acaso estaba casada y su marido te quiere matar? ¿O la has dejado y es una especie de psicópata que no acepta la ruptura? Espera, espera, espera... —dice mirándole con los ojos muy abiertos—. ¿No la habrás dejado preñada y has huido como un cabronazo?

—¿Qué? ¿Embarazada? ¡No! —contesta Connor negando con la cabeza.

—Ah, entonces, no quieres ser padre y por eso habéis roto. Ella te ha dicho que quiere ser madre y tú ya tienes una edad...

—¡No! O sea, sí me gustaría tener hijos, pero... ni siquiera habíamos llegado a mencionar el tema... Si hacía nada que habíamos hablado de vivir juntos... ¿Por quién me tomas?

—No lo sé. Mi cabeza trabaja sin parar, y como tú no me das respuestas...

—¿Qué? ¿Te las inventas?

—Tengo una mente muy ágil.

—Y perversa.

—Sí, a veces eso también.

Keira espera de nuevo el resto de la explicación que, una vez más, parece no llegar. Así que, cansada, se pone en pie y empieza a caminar hacia casa.

—¿A dónde vas? —le pregunta Connor.

—A casa. Me canso de tener que sonsacarte las palabras a la fuerza.

—Estoy hablando...

—¿Qué concepto tienes tú de conversar? A lo mejor es que en tu país tiene un significado diferente... Aquí, conversar es algo que se hace entre dos o más personas. O sea, uno pregunta y el otro responde, y viceversa. Lo que hacemos tú y yo es, yo pregunto y tú no respondes o lo haces con evasivas.

—¡Eres tú la que no me deja responder! ¡No paras de hablar y de montarte tus películas!

—¡Porque tú no hablas! ¡Tienes menos conversación que un ficus! A lo mejor por eso te dejó Zoe...

—¡Me dejó porque me lié con otra! ¿Contenta?

Connor apoya los codos en las rodillas y se coge la cabeza con ambas manos. Cada vez que dice esas palabras, recuerda la cara de profundo dolor de Zoe, cuando él fue a darle explicaciones y a pedirle perdón, y ella no quiso escucharle y le pidió que se marchara. Keira camina de nuevo hacia él y se vuelve a sentar a su lado. Pasa un brazo por sus hombros y apoya la barbilla en el hombro de él.

—No, no estoy contenta. No me alegro para nada, porque estás sufriendo por ello —dice mientras le abraza—. ¿Y cómo se enteró? ¡No me digas que os pilló!

Connor gira la cara de golpe para reprocharle que vuelva a adelantarse a los acontecimientos. Cuando ella se da cuenta, se tapa la boca con ambas manos y le pide disculpas.

—Perdón, perdón, perdón.

—Oyó como mi hermano Evan se lo contaba a su novia...

—¡Joder con tu hermano!

—No fue culpa suya... De todos modos, tenía pensado ir a contárselo yo mismo.

—Mal asunto... Siento decirte que pocas mujeres perdonan una infidelidad... Y las que lo hacen, no vuelven a confiar nunca más en su pareja, y eso, a la larga, pasa factura a la relación.

—Lo sé. Estaba borracho y quedé con mi ex...

—¿Te acostaste con tu ex? Entonces me extraña que

sigas vivo. Yo te hubiera clavado un cuchillo en el estómago y te habría abierto en canal.

—En realidad, no me llegué a acostar con ella. Resulta que estaba tan borracho, que caí redondo en la cama antes de llegar a hacer nada —explica Connor que, ante la cara de asombro de Keira, se ve obligado a aclarar—: A la mañana siguiente mi ex me dijo que nos habíamos acostado y estábamos los dos desnudos, así que la creí.

—¡Hija de la gran puta! ¡Menuda zorra manipuladora! ¿Y se lo has dicho a Zoe?

—Yo no, y no sé si alguien se lo ha dicho.

—¡Pero eso cambia completamente las cosas!

—Yo no lo veo así... Me subí a la habitación del hotel con Sharon y no para ver la televisión, precisamente.

—Vale, pero no pasó nada. ¿Te vas a rendir así? ¿No vas a luchar por recuperarla? ¿Te vas a quedar sin saber qué piensa ahora que sabe que no te tiraste a la zorra? ¿Y si te perdona?

—¿No lo entiendes? Me da igual que ella me perdone o no. Soy yo el que no puedo perdonarme a mí mismo por lo que hice.

—Definitivamente, eres retrasado.

—Puede... —dice Connor poniéndose en pie—. No eres la primera que me lo dice...

—Escucha, Connor —Keira se levanta y le agarra del brazo para impedirle que se vaya—, cometiste un error, todo el mundo lo hace. Nadie es perfecto y siento comunicarte, que tú tampoco.

Connor, con los brazos inertes a ambos lados del cuerpo y los ojos humedecidos, mira a Keira apretando los dientes. Ella se acerca rápidamente y le abraza con fuerza. Al rato, él rodea su cintura con los brazos y hunde la cara en su cuello, dejándose llevar, totalmente agotado.

—La echo tanto de menos...

Keira le deja llorar, sin decir nada, sin prisa, acariciando su espalda, hasta que siente como la respiración de él se acompasa y su cuerpo deja de temblar. Cuando nota que se ha calmado del todo, se separa de él y le lleva de la mano hasta un banco cercano.

–Los días antes de morir, mi padre y yo hablábamos mucho. Él me ayudó mucho con lo de Zoe. Me apoyó y me dio consejos, y uno de ellos fue que intentara redimir mis pecados, que hiciera cosas que me hicieran sentir mejor. Y es lo que hice cuando él murió.

Connor le cuenta que le dejó su apartamento para que viviera en él y no tuviera que pagar el alquiler alto del suyo. Le explica la anécdota de las notas que dejó esparcidas por todas partes, y, por último, que consiguió que una galería quisiera exponer sus pinturas.

–Lo que me hace sentir mejor, lo que me hace ser feliz, es saber que ella va a estar bien. Quiero que sea feliz, aunque sea lejos de mí, y a pesar de ser incapaz de verlo con mis ojos.

–Todas soñamos con encontrar algún día a alguien capaz de cometer una locura por nosotras. ¿Y sabes qué? Que Zoe lo ha encontrado. No solo una, sino que has cometido decenas de locuras por ella.

–Haría lo que fuera por ella.

–Bien, pues recupérala. Hazlo por ella, y por ti.

Connor la mira y opta por no contradecirla, sonriendo mientras se acerca, haciendo que su hombro choque suavemente contra el de él.

–¿Y qué me dices de ti? –le pregunta Connor al cabo de un rato–. Ese tal Brendan parece bastante colgado por ti...

–Paso.

–Pues parece que no tiene miedo a confesar sus sentimientos.

–Lleva igual desde que íbamos a la escuela.
–Parece un tío...
–No, ni lo intentes, no es mi tipo. No tiene ninguna virtud, así que no hace falta que te esfuerces.
–¿Y cómo es el tío de tus sueños?
–No sé... –contesta ella mirando al horizonte–. No soy muy exigente.
–Pues si no eres exigente, no sé por qué descartas a Brendan.
–Vale –le corta Keira–, corrijo entonces lo dicho. Quiero a alguien más maduro.
–¿De edad o de mentalidad?
–Ambas cosas. –Keira encoge las rodillas y se las abraza rodeándolas con los brazos–. No me importa si tiene dinero o no, y tampoco me importa su trabajo. No hace falta que sea irlandés, pero si lo es, mejor. Quiero que me haga reír, quiero que me haga descubrir el mundo, quiero que me haga flotar... Ah, y si es pelirrojo, mejor.
–Pues para no ser muy exigente, tiene que cumplir muchos requisitos... Tú lo que quieres es una especie de Cúchulainn[1] a lo moderno.
–Exacto. Pero con el pelo corto, odio los tíos con pelo largo, y mi padre ya ni te cuento. Me presento en casa con un tío con melenas y mi padre saca las tijeras de podar el jardín.
–Te creo... Yo lo llevo corto y me mira como si me estuviera diseccionando con un cuchillo.

---

[1] N. del A. Héroe mitológico irlandés con poderes mágicos: de su cabeza salía luz, los animales le obedecían y su fuerza era legendaria. Cuando luchaba, se volvía loco, su musculatura aumentaba, el pelo se le ponía de punta y sus aullidos aterrorizaban a sus oponentes.

—¡Jajaja! No se fía de ti. Seguro que puso el grito en el cielo cuando mi madre le dijo que te quedarías en casa.

—¿Por qué? ¿Qué tiene en mi contra?

—Que no eres irlandés, y hombre, y guapo, y te has metido a mi madre en el bolsillo —va enumerando mientras Connor la mira con pánico—. Está acostumbrado a ser el hombre de la casa y tú eres como una especie de... rival. Tranquilo, se le pasará. En el fondo, es un buen tipo, y os acabareis llevando bien.

—Eso espero... Me ha dicho que mañana, bueno, hoy —dice al mirar el reloj y comprobar que son casi las cinco de la madrugada—, me va a llevar con él.

—¿Llevar dónde? —le pregunta Keira con cara seria.

—Pues no sé... No me lo dijo... —contesta Connor—. ¿Por qué pones esa cara? Me estás asustando. ¿Dónde me lleva? ¿No pretenderá asesinarme?

—Peor —dice poniéndose en pie de un salto y agarrándole de la mano para ayudarle a él—. Corre, tenemos que volver.

—¡¿Peor por qué?! —grita al ver que ella ha empezado a correr hacia su casa—. ¡Keira!

Connor corre tras ella, aunque como conoce menos el terreno, va con algo más de prudencia, lo que no impide que resbale una vez, provocando las carcajadas en ella.

—¡Vamos, patoso! —Ríe.

—¡Que me estés acojonando no ayuda a que me concentre en el terreno que piso! ¡Espera! ¿Qué me va a hacer tu padre?

—Picadillo, eso es lo que te va a hacer —dice mientras entra en el jardín de su casa y mira de reojo hacia atrás, por donde llega Connor.

En cuanto entran en la casa, resoplando por la carrera que se acaban de pegar, se encuentran a Rory en la cocina, sentado a la mesa, desayunando copiosamente. Mira a uno y a otro durante un buen rato, como si intentara averiguar qué han estado haciendo, hasta que Keira se le acerca y le da un beso en la mejilla.

—Buenos días, papá.

—Buenos días, pequeña. ¿Todo bien? —le pregunta sin dejar de mirar a Connor.

—Sí. Todo en orden. Que tengáis un buen día... —dice mirándolos a los dos, hasta que mira a Connor y, levantando los pulgares, le susurra—: Vamos, que tú puedes.

Keira sube las escaleras a toda prisa, dejando a los dos hombres en la cocina, sumidos en un silencio incómodo. Connor no entiende nada. No sabe si, sea donde sea que tiene que acompañar a Rory, tiene que hacerlo ahora o si, por el contrario, puede subir a su habitación y dormir hasta que su cuerpo esté medianamente recuperado.

—Siéntate y come algo. Lo vas a necesitar —le dice con sequedad.

No se atreve a contradecirle, así que se sienta en la silla más alejada de su tío y, a pesar de no ser capaz de tragar una mísera miga de pan, vierte café en una taza y coge una rebanada.

—Nosotros no... Yo no... —intenta explicarse Connor, para asegurarle que entre su hija y él no ha pasado nada, por si ese es el motivo de su seriedad.

Pero Rory no le escucha ya. Se ha levantado a dejar su taza en el fregadero y se aleja hacia el salón. Connor aprovecha para beberse todo el café de un trago y soltar la rebanada de pan, intacta, de nuevo en la mesa.

—Ponte esto —dice Rory cuando aparece de nuevo en la cocina, con unos pantalones impermeables en una mano—. ¿Qué pie tienes?

—Un cuarenta y cinco... —responde Connor sin saber

aún de qué va la película, cogiendo el pantalón mientras lo mira con la frente arrugada.

–Toma –dice tendiéndole unas botas–. Te vendrán algo justas, pero servirán. Vístete. Nos vamos en cinco minutos.

Rory desaparece de nuevo, dejando a Connor totalmente confundido, abrazando a los pantalones y a las botas. A pesar del miedo que atenaza sus extremidades, consigue llegar al baño. Se quita los pantalones y se pone los impermeables, que se ajusta con unos tirantes. Luego se calza las botas y cuando vuelve a salir del baño, se encuentra con su tío que le mira de arriba abajo, con una sonrisa burlona en la cara.

–Nos vamos –dice Rory saliendo por la puerta mientras Connor le sigue de cerca.

–No sé aún... –intenta decir, pero su tío no le oye porque se ha metido en la furgoneta, así que él le imita–. Yo no sé... ¿Dónde vamos?

–¿No querías seguir los pasos de tu padre? –le contesta sin siquiera mirarle, poniendo en marcha el vehículo y dirigiéndose hacia la carretera principal–. Pues empiezas hoy mismo.

–¿Haciendo qué?

–Trabajar.

Connor se queda sin habla. Traga saliva repetidas veces, pasando su vista de la carretera, donde cada vez ve más cerca el puerto, a sus pantalones impermeables. Su padre rara vez hablaba de sus años en Irlanda, como si su vida hubiera empezado cuando conoció a su madre. Pero entre lo que les contó, había anécdotas de los combates de boxeo amateurs en los que participaba, alguna historia del pub, y... las interminables horas que pasaba trabajando en el mar.

–¿En...? ¿En el mar?

–No, en un puto club de *striptease*. Somos los marineros cachondos. No te jode...

Sin atreverse a preguntar más, Connor fija la vista en la carretera, poniéndose más y más nervioso con cada metro que avanzan. Pensando en que lleva despierto más de veinticuatro horas y que la diferencia horaria empieza a pasarle factura. Pensando en que lleva varias copas de más, no las suficientes como para ir borracho, pero sí las necesarias para convertir un plácido paseo en barco en la última travesía del Titanic. Por suerte, el pueblo es pequeño y el trayecto corto, y enseguida llegan al puerto, interrumpiendo sus cada vez menos optimistas pensamientos.

–¡Hola, Rory! –le saludan algunos hombres al apearse del coche y dirigirse hacia uno de los barcos amarrados.

–Hola, muchachos– les dice mirando de reojo a Connor–. Este es Connor, el hijo de Donnie O'Sullivan.

El resto de hombres le saludan o simplemente emiten un gruñido, mientras Connor les observa con los ojos muy abiertos, siguiendo a Rory como si fuera su perro faldero. Quince minutos más tarde, ya en alta mar, Connor se agarra con fuerza a una de las barandillas.

–Ven –le pide su tío.

Con mucho esfuerzo, caminando haciendo eses, intentando cogerse para no perder el equilibrio, Connor llega hasta él.

–Vamos a soltar la red. Lo único que tienes que hacer es mover esta manivela. ¿Crees que podrás?

–Estoy algo mareado...

–¿Por las olas? Pues esto no es nada. Espera a que pasemos las corrientes del sur. ¿Has entendido lo que tienes que hacer? –insiste, y sin esperar la respuesta, mientras se gira, añade–: Cuando yo te avise.

Connor le sigue con la mirada durante un rato, hasta que se da cuenta de que a su tío le trae sin cuidado cómo se encuentre. Se centra en la manivela que tiene frente a él, inspeccionando las cuerdas que hay alrededor, hasta que ve la red colgada algo por encima de su cabeza. A priori, no parece tan difícil, piensa intentando animarse.

De repente, el barco se empieza a mover con más fuerza y, al darse la vuelta para mirar hacia la proa, ve como las olas han aumentado considerablemente de tamaño, llegando incluso a romper con tanta fuerza contra la embarcación, que el agua entra en cubierta y le llega a empapar las botas. Al cabo de un rato, consciente de que ver el vaivén del barco no le está haciendo ningún bien para mitigar su mareo, vuelve a centrarse en la manivela, agarrándose a ella hasta que los nudillos se le vuelven blancos. Traga saliva varias veces al empezar a sentir náuseas, cuando escucha que Rory le grita:

–¡Ahora, Connor! ¡Suelta!

Aturdido, coge el mango con una mano e intenta moverlo sin éxito.

–¡Vamos joder! –le grita uno de los hombres–. ¡Que no tenemos todo el puñetero día!

–Es que... –replica en un tono de voz tan bajo que nadie puede oírle–. Esto no se mueve...

–¡Qué flojo eres, «yanki»!

Entonces, ayudándose de la otra mano, y haciendo uso de toda su fuerza, consigue hacerla girar. Cuando la red cae al agua, la fuerza de la misma la empuja hacia el fondo, provocando que el mecanismo gire solo y a mucha velocidad.

–¡Páralo, Connor! –Oye que le grita su tío.

–¿¡Qué?! ¡¿Que lo pare?!

–¡Páralo joder! ¡Amarra el cabo para que no se suelte del todo!

–¿¡Qué?! ¡¿Qué cabo?!

Desesperado, Rory se acerca a toda prisa y aparta a

Connor de un empujón. Agarra la cuerda con firmeza, con una facilidad pasmosa, y hace un nudo que provoca que la red deje de hundirse en el fondo.

—¡Declan! ¡Vira a babor para intentar sortear esta corriente!

—¡Entendido!

Connor, aún algo mareado y absorto en la rápida maniobra de Rory y en la facilidad con la que la ha hecho, no ve venir el brusco movimiento del barco al virar, así que, pierde el equilibrio, golpeándose en un costado con violencia contra una de las barandillas, y cayendo por la borda.

—Rory, ¿el niño sabe nadar? —le pregunta Declan con tranquilidad.

—¿Qué niño? —dice Rory sin haberse dado cuenta de nada.

—Tu sobrino.

—Ah, pues no sé. Supongo... —dice dándose la vuelta para buscarle, cuando otro de los tripulantes señala al agua, y resoplando al verle, le grita—: Espera, que te lanzo un cabo... O una cuerda, para que lo entiendas.

En cuanto consiguen subirle, sin ninguna delicadeza, le dejan caer al suelo de madera. Se agarra el costado donde ha recibido el golpe, intenta recuperar el aliento a marchas forzadas, y hace todo lo posible por no hacer caso del movimiento del barco. Demasiadas cosas a la vez, piensa justo antes de que le venga una gran arcada y empiece a vomitar.

Zoe se planta frente al edificio con la tarjeta de Sophie, la tratante de arte y dueña de la galería, en las manos. El local está situado en el barrio de Hell's Kitchen, una de las zonas con más concentración de arte por metro cuadrado de la ciudad. Ella, que se hubiera conformado con exponer sus obras incluso en el restaurante de comida rápida paquistaní de la esquina, aún no puede creerse que en unas semanas, en esas paredes blancas que ahora albergan obras maravillosas, estarán colgadas sus pinturas.

Respira profundamente varias veces y entra en la galería donde ha quedado con Sophie. En cuanto pisa el suelo, la embriaga un olor característico y una paz que solo consigue cuando está rodeada de los bártulos de pintura. Cierra los ojos y se deja invadir por todas esas sensaciones.

–Tú debes de ser Zoe...

En cuanto abre los ojos, algo avergonzada, se encuentra con una mujer de unos treinta y pocos, morena, con gafas y rastas en el pelo. En definitiva, muy diferente a como ella se la había imaginado.

–¿Y tú eres... Sophie?

–La misma. Ven, que te enseño un poco esto –le dice resuelta, tras darle un abrazo.

Los reparos del principio se convierten enseguida en confianza y comodidad. Sophie la hace sentir bien y, a pesar de que su aspecto la ha engañado al principio, después de hablar con ella durante casi una hora, sabe que entiende de arte y que siente la misma pasión que ella por la pintura.

–Entonces, ¿tres meses te parece bien?

–No sé si tendré tiempo de acabar muchas obras...

–Pero ya tienes varias, Connor me las enseñó, y me encantan. Más las que puedas acabar, será suficiente.

–Vale... –dice visiblemente emocionada–. Perdona, es que aún no me lo creo.

–Pues hazlo, porque tienes mucho talento.

–Pero es que... –Zoe se acerca a uno de los cuadros colgados y, tras admirarlo durante un rato, gesticulando con las manos, añade–: Estas pinturas son fantásticas, y aún no me puedo creer que mis lienzos vayan a estar colgados en estas mismas paredes.

–Adam es muy bueno, lo supe en cuanto vi sus pinturas en un puesto callejero.

–¿En... en un puesto callejero?

–Sí, quiero dar una oportunidad a la gente joven, y mientras tengáis talento, me da igual si exponéis en la calle o conducís un taxi para ganaros la vida... –Zoe sonríe agachando la cabeza–. No te avergüences. Eres fantástica y tienes mucho talento.

–Gracias.

–No, gracias a ti. Bueno, y a Connor. No sé si me meto donde no me llaman, pero a ese chico, desapercibida no le pasas... No sé si hay algo entre vosotros, o si tú tienes otra relación, o lo que sea, pero cuando me hablaba de ti, se le iluminaban los ojos.

–Es... complicado...

–Perfecto. Me encanta, porque las relaciones fáciles son un verdadero coñazo, y ese tipo estaba realmente muy bueno. Felicidades.

–Ya no tenemos nada... Cuando habló contigo, ya no salíamos juntos.

–¿En serio? ¿Y está libre?

–Pues no lo sé –contesta Zoe algo molesta por la pregunta, y consigo misma porque algo dentro de ella se haya removido al escucharla–. Se ha largado a Irlanda una temporada.

–Ah, vaya...

–Sí, qué pena.

La voz de Zoe suena con más retintín del que le hubiera gustado demostrar, aunque por suerte, la atención de las dos se desvía rápidamente hacia la puerta, cuando esta se abre y el viento de otoño hace sonar la pequeña campana colgada del techo.

—¡Mira! Vas a conocer a Adam —dice mientras camina hacia él para darle un par de besos y un largo abrazo—. Adam, te presento a Zoe. Va a exponer después de ti.

—Encantado. Es un placer ser tu telonero —dice dándole un beso en la mano y haciendo una reverencia.

—¡Qué dices! Tus pinturas son geniales.

—Gracias.

—Bueno... Yo, debería irme... —dice mirando su mano, que sigue raptada por la de Adam, que la mira levantando una ceja, gesto que para sus mejillas no ha pasado desapercibido, ya que se sonrojan hasta que nota que su piel quema.

—Ajá... —dice él sin moverse un ápice.

—Adam... Necesitaría mi mano...

—¿No me la puedo quedar de recuerdo? —pregunta mientras Zoe niega con la cabeza, sonriendo como una adolescente—. Pues al menos deja que me quede con tu número de teléfono. Por si tengo alguna duda... artística.

—Ah, claro...

Adam saca el teléfono del bolsillo trasero del vaquero y después de tocar varias teclas, la mira expectante.

—Canta, que me lo apunto y te hago una llamada perdida para que te guardes el mío —dice aún sin soltarle la mano.

Zoe le dicta el teléfono y no es hasta que él lo anota, llama y se asegura de que el teléfono de ella suena dentro de su bolso, que no le suelta la mano.

—Ese soy yo. Te llamaré —dice empezándose a alejar hacia Sophie—. Otra vez, quiero decir.

En cuanto Rory y Connor entran por la puerta de casa, Maud y Keira dan un salto desde la mesa de la cocina para acercarse a ellos.

—Connor, cariño, ¿estás bien? —le pregunta su tía al verle entrar con la cara pálida y agarrándose con fuerza un costado.

—Sí... —contesta sin detenerse—. Me voy a estirar... Necesito dormir...

—Vale... —dice sin saber si seguirle o quedarse en la cocina—. Estoy acabando de hacer la cena. Te aviso cuando esté lista.

—No tengo hambre. Ya comeré algo mañana.

Los tres observan como Connor sube las escaleras con mucha dificultad, agarrándose del pasamano de madera. En cuanto oyen la puerta de su dormitorio cerrarse, las dos mujeres se giran hacia Rory.

—¿Qué cojones le habéis hecho, papá?

—Nada. No le hemos hecho nada.

—¿Cómo que nada? —grita Maud en voz baja—. Está más pálido que un muerto y se agarra de un costado. Así que habla ahora o te juro que no cocino nunca más y dejo que te mueras de hambre.

—¡La culpa es de tu hermano, que crio a su hijo como una niña! ¡Es un blando!

—¿Qué ha pasado? —insiste su mujer—. ¿Qué le has hecho hacer?

—Lo que tu hija hacía con diez años, acompañarme a trabajar y soltar la red. Solo que no sirve ni para hacer girar una manivela, y es tan patoso que se golpeó en un costado con una barandilla y se cayó por la borda. Y, encima, cuando le volvimos a subir a bordo, vomitó hasta la primera papilla. Así que le dejamos tirado en la cubierta, con la esperanza de que se recuperara.

—Papá, lleva más de veinticuatro horas sin dormir, anoche estuvimos bebiendo bastante y esta mañana no ha comido nada. Además, juraría que la principal fuente de ingreso de los neoyorkinos no es la pesca en alta mar.

—Y mucho menos, la de un trajeado finolis como el que crio tu tío —la corta Rory.

—Oh, mierda, papá —le reprocha Keira subiendo las escaleras.

—Rory Murray, te juro que como le hayas hecho daño de verdad a mi sobrino, te lo haré pagar.

—Es solo un golpe, Maud —dice con menos convicción que hace unos minutos mientras su mujer sube las escaleras detrás de su hija.

En cuanto las dos entran, se encuentran a Connor estirado en la cama, aún vestido tal cual llegó, sin siquiera quitarse las botas. Se acercan a él con cautela, y comprueban si está dormido. Al verle con los ojos abiertos, Maud se sienta a su lado y le toma la temperatura de la frente.

—¿Tiene fiebre? —le pregunta su hija al verle la cara de preocupación.

—Sí, pero no te preocupes, será del propio cansancio. Connor, ¿me escuchas? ¿Quieres agua?

—No, por favor —se queja él—. Más agua no...

Sin poderlo evitar, a Keira se le escapa la risa a carcajadas. Se inclina hacia delante y apoya las manos en el cuerpo de él, tocando justo en el costado lastimado.

—¡Ah! ¡Joder! —se queja Connor.

—Perdona, perdona, perdona —se disculpa ella rápidamente.

—Déjame verte eso —le dice su tía.

—No, es igual. Fue solo un golpe. Dejadme dormir, por favor... No me torturéis más.

—De acuerdo, pero deberías quitarte la ropa mojada.

—Luego... —dice mientras se le cierran los ojos de nuevo.

Maud se levanta de la cama y camina hacia la puerta. Cuando Keira va a hacer lo mismo, se fija en la foto que reposa encima de la mesita de noche. La coge con cuidado y la mira durante un rato.

–Keira –susurra su madre para llamarle la atención–. Vamos. Deja esa foto.

Connor se gira rápidamente, haciendo una mueca de dolor por culpa del movimiento brusco, y le quita la foto de las manos.

–Lo siento... No pretendía... –se excusa mientras él vuelve a girarse, escondiendo la foto debajo de la almohada–. ¿Es ella? Es muy guapa, Connor...

Al ver que él no dice nada, Keira se gira hacia la puerta y sale de la habitación junto a su madre. En cuanto escucha el sonido de la puerta al cerrarse, Connor saca la foto y, acariciando la cara de Zoe con los dedos, se concentra en respirar sin morir de dolor. Poco después, justo cuando los párpados empiezan a pesarle demasiado, oye el murmullo de la conversación procedente del piso inferior, hasta que la voz de Rory suena alta y clara.

–Está bien, no os preocupéis, dejaré al señorito tranquilo. Yo solo quería ayudarle a cumplir con la promesa que le hizo a Donnie. ¿No quería seguir sus pasos?

–No hace falta que le mates en el intento –contesta entonces su mujer, elevando el tono hasta ponerlo a la altura del de su marido.

–Las cosas no siempre salen a la primera, ni se consiguen con facilidad, y no por ello tienes que rendirte. Eso es lo que quería que aprendiera. ¿Por qué te piensas que Donnie se marchó a América con lo puesto, dejando todo atrás, y sin miedo? Porque sabía que, aunque la cosa podía no salir bien, no se rendiría a las primeras de cambio. Pero no os preocupéis, que le dejaré tranquilo, que siga pensando que todo le vendrá llovido del cielo y la chica esa le llamará mañana para decirle que le ha perdonado y correrá a sus brazos.

Zoe entra en el pub con una gran sonrisa en los labios. Echa un rápido vistazo por el local hasta que ve a Kai levantándose de la mesa para ir a por bebidas.

—¡Hola! —dice al llegar a la mesa, donde ya están todos sentados.

—¿Te pido una, Zoe? —le pregunta Kai dándole un beso en la mejilla.

—Sí, claro.

—¡Eh! ¿A qué viene esa sonrisa? —le pregunta Hayley ante la mirada expectante de todos, que también se han dado cuenta del cambio sustancial en su expresión.

—Ya está —dice enseñando los dientes.

—¡¿Ya?! —gritan las chicas.

—¿Ya está, qué? —pregunta Evan totalmente descolocado.

—Que en tres meses mis pinturas estarán expuestas en una galería de arte. Ya es oficial.

—¡Esto hay que celebrarlo! —dice Hayley repartiendo las cervezas que Kai acaba de dejar en la mesa.

—Bueno, para eso estamos aquí, ¿no? ¿No dijiste que teníamos algo que celebrar? —pregunta Sarah a Hayley.

—Exacto —interviene Zoe—. ¿Qué es eso tan importante que tenéis que decirnos?

—Bueno, pues... —Hayley y Evan se miran y se sonríen con timidez.

—¿Qué? —les apremia Kai—. Por Dios, ¡que no es tan difícil!

—Hemos decidido casarnos —dice finalmente Evan.

—¡Enhorabuena! —les felicita Zoe abrazando a su amiga mientras los demás muestran su alegría.

—Desde luego, a ti te va la marcha, Evan –le dice Kai–. Sales de un matrimonio para meterte en otro...

—Vale, ¿y cuándo será el feliz acontecimiento? –pregunta Sarah sonriendo–. Lo digo para hacerme una idea del tipo de vestido que me compraré y de las tallas que me va a dar tiempo de adelgazar para poder meterme en él.

—El once de octubre –responde Hayley.

—¿Del año que viene? Perfecto, tengo algo más de un año para ponerme en forma...

—Del mes que viene...

En cuanto Evan suelta la bomba, todos se quedan callados y con la boca abierta. Ellos los miran a todos, con signos evidentes de estar pasándolo en grande al ver su reacción.

—¿No había una fecha antes? –pregunta Kai socarronamente.

—Los dos lo tenemos tan claro que, ¿por qué esperar cuando puedes hacerlo ya mismo? –dice Evan.

—Pero... ¿os va a dar tiempo a prepararlo todo? –interviene Zoe.

—Que haya dado mi brazo a torcer en esto de casarme, no quiere decir que me haya vuelto loca de repente. No hay nada espectacular y pomposo que preparar. Nos casará uno de esos reverendos modernos. La ceremonia se celebrará en Paley Park y no seremos más de veinte. Y no os pensamos dar de comer, así que venid cenados y luego pasaremos por aquí para echar unos tragos y que mi nuevo marido me dedique una danza irlandesa encima de la barra –explica Hayley.

—Vamos, que en realidad pensábamos casarnos en secreto, pero Hayley dijo que vosotras dos nunca se lo perdonaríais, así que hemos decidido montar algo improvisado para teneros contentas –aclara Evan.

–Hacéis bien y tenéis razón, nunca os lo hubiera perdonado –dice Zoe.

–A pesar de que ya me estoy poniendo nerviosa pensando en qué me voy a poner –añade Sarah.

–Vicky también está invitada, por cierto.

–¡Qué bien! ¡Se pondrá muy contenta!

–¿Vosotros me queréis matar? –pregunta Kai–. ¿Voy a tener que convivir con dos mujeres estresadas por decidir qué vestido ponerse?

–¿Lo sabe Connor? –le pregunta Sarah a Evan, obviando el comentario de Kai.

–Le he llamado pero me sale el contestador y quiero decírselo de viva voz, no que se entere por un mensaje grabado.

En ese momento, el teléfono de Zoe empieza a vibrar encima de la mesa y el nombre de Adam aparece en la pantalla.

–¿Quién es Adam? –pregunta Hayley, a la que no se le escapa ni una.

–Es... Bueno... –balbucea Zoe nerviosa–. Pinta también... En la galería...

–¿Y por qué te pones roja? ¡No me digas que está bueno!

–¡No! Bueno... puede que un poco...

–¿Entonces marco un +1 en tu invitación de boda? Puedes traerle si quieres.

–¿Qué? ¡No! Le he conocido hoy y me pidió el número de teléfono para llamarme por temas laborales...

–Zoe –le dice Hayley cogiéndole la mano–. No hace falta que nos des explicaciones. Y coge ya la llamada.

En cuanto Zoe descuelga y se levanta de la silla, Evan se gira hacia Hayley y, mirándola con cara de reproche, le dice:

–¿Se puede saber qué haces?

–¿Perdona? –dice Hayley.

–¿Marcar +1 en su invitación? ¡Ese tal Adam no viene a la boda y punto!

–¿Cómo que no? ¿Acaso vas a reservar el derecho de admisión? A ver si la gente no va a poder venir con quien le dé la real gana...

–Zoe no.

–Aún no os habéis casado y ya os estáis peleando como si lo estuvierais desde hace años...

–¡Cállate, Kai! –le dicen los dos a la vez.

–Si le digo a Connor que Zoe vendrá acompañada de un tío, ¿crees que vendrá?

–Hombre, es la boda de su hermano... Debería hacerlo –contesta Hayley que, al verle cabizbajo, para intentar animarle, deja su tono de reproche a un lado y añade–: Evan cariño, tu hermano vendrá, tranquilo.

–No estoy tan seguro... Por su culpa le perdí –dice señalando a Zoe con la cabeza.

–Vamos a ver. Dejemos las cosas claras. Connor no es ningún santo y ni mucho menos perfecto, así que no hace falta de que lo idealices como haces. Aquí el único culpable de la situación es él.

–Pero le echo mucho de menos...

–Y él a ti, por eso estará a tu lado en uno de los días más importantes de tu vida, venga Zoe acompañada por Adam, o sola.

A las cinco de la mañana, Connor abre los ojos de par en par. Se descubre boca arriba, mirando el techo, recordando una y otra vez las últimas palabras que escuchó de su tío anoche. Unas palabras que han estado dando vueltas por su cabeza durante toda la noche. Y por mucha rabia que le dé, sabe que Rory tiene razón. No quiere perder a Zoe, pero si no lucha por su perdón, nunca la recuperará.

Se levanta de la cama y, con mucho esfuerzo, con agujetas en todo el cuerpo, se dirige a la ducha. Abre el grifo del agua caliente y se desviste con lentitud. El costado se le ha vuelto de un color morado bastante feo y al tocárselo con la punta de los dedos, le duele horrores, pero afortunadamente no le cuesta tanto respirar como anoche. Cuando el vapor empieza a inundar el baño, se mete en la ducha y se queda quieto debajo del chorro de agua. Cuando lleva cerca de diez minutos en la misma posición, levanta la cabeza y abre los ojos, dejando que las gotas de agua golpeen su cara. Si su padre estuviera vivo, le habría dicho que su tío tenía razón en todo, y Kai le hubiera dado de collejas hasta hacerle reaccionar. Evan hubiera observado la situación con una sonrisa en la cara, pero estaría de acuerdo en que necesitaba coger las riendas de su vida. Contrariado por su comportamiento, golpea la pared con ambos puños y sale de la ducha con decisión. Se viste a toda prisa, se seca el pelo con una toalla y se lo peina hacia atrás con los dedos. Baja las escaleras intentando hacer el menor ruido posible, pero una vez en la cocina, se encuentra con Rory sentado a la mesa. Se miran durante unos segundos, pero entonces Connor se dirige hacia la cafetera.

—No hace falta que vengas más —le dice Rory cuando Connor se sienta frente a él.

—Voy a hacerlo —contesta Connor dando un bocado a un bollo.

Rory asiente, sin intentar disuadirle pero tampoco sin darle demasiada importancia a su cambio de actitud. Sigue desayunando, totalmente impasible y sin levantar la vista de la mesa.

–¿Cómo tienes el golpe? ¿Te ha salido un moratón? –le pregunta dejando la taza dentro del fregadero.

–Sí –contesta Connor apurando el café para seguir el ritmo de Rory y no retrasarle ni un minuto para no darle ningún motivo de queja.

Su tío se acerca a la alacena y vuelve con un tubo de pomada en la mano.

–Ponte esto –le dice lanzándosela–. Voy a buscarte otro pantalón impermeable. Botas no tengo otras, así que tendrás que conformarte con las que llevas.

–Estoy bien.

–Vamos pues. No quiero llegar tarde. Demuéstrame que me equivoco y que no eres una nenaza. Ayudaría un poco si de paso te cortaras ese pelo.

CAPÍTULO 4

One and only

–Vamos, una copa más.

–No puedo, Adam. Mañana quiero madrugar.

–Cuando por fin consigo que salgas conmigo, después de casi tres semanas de insistencia, ¿me vas a decir que solo me vas a conceder una cena? ¿Nada más?

–¿Me estás diciendo que no lo has pasado bien?

–El problema es que nunca tengo suficiente de ti. Te llamo y necesito volver a escuchar tu voz. Te veo y necesito quedarme embobado mirándote...

Zoe agacha la cabeza, sonriendo al suelo, mientras se coloca varios mechones de pelo detrás de las orejas. De repente, Adam la agarra por la cintura con una mano mientras con la otra le acaricia la mejilla. Ella levanta la vista hasta encontrarse con su mirada.

–Dime que tú no sientes lo mismo, y te dejaré en paz –dice mirándola fijamente.

Adam espera una respuesta, pero al ver que no llega, se lo toma como una victoria y, sonriendo de medio lado, de esa manera tan sexy, se acerca lentamente a Zoe y besa sus labios. Es un beso suave y lento, para tantear el terreno, sin querer ser muy efusivo, pero sin llegar tampoco a parecer aburrido. Zoe lo está disfrutando, es el beso perfecto para una primera vez... De hecho, todo en Adam es perfecto: es guapo, inteligente, divertido, y comparten todas las aficiones. Así que, por supuesto que cree sentir algo por él. El problema es, ¿qué es exactamente lo que siente? Porque no se parece en nada a lo que sentía por Connor.

—¿Puedo subir? —le pregunta Adam al separarse de ella unos pocos centímetros.

La pregunta se queda danzando en el aire y, mientras su cabeza quiere decirle que sí, su cuerpo actúa por cuenta propia y, apoyando las manos en su pecho, le obliga a separar sus cuerpos.

—Me voy a tomar eso como un no —dice él haciendo una mueca con la boca.

—Tengo que madrugar. Hablo en serio.

—Vale, lo entiendo —contesta él retirándose varios pasos—. Escucha... no te voy a llamar más. O sea, sí quiero hacerlo, pero siento como si te agobiara y soy siempre yo el que te va detrás... Así que, llámame cuando sea, ¿vale? Realmente me gustaría que lo hicieras...

—Adam, yo...

—No, no, por favor —le pide, negando con la cabeza, mientras levanta las palmas de las manos—. No hace falta que me des explicaciones.

—Adam, espera —le pide, pero él ya está caminando calle abajo, así que, a la desesperada, le grita—: ¡¿Quieres ser mi acompañante en la boda de mi amiga Hayley?!

—¿A una boda? —pregunta él acercándose nuevamente hacia Zoe.

—Sí... Es la semana que viene.

—Un poco precipitado, ¿no? Me siento un poco como si fuera tu último recurso... ¿A cuántos se lo has pedido antes de a mí?

—A nadie. Pensaba ir sola. Pero me lo he pensado mejor, y quiero que vengas conmigo, si tú quieres, claro. Sé que las bodas a veces pueden ser un poco coñazo, y más si no conoces a nadie. De todos modos, no será algo muy convencional...

−¿Bromeas? Te acompañaría incluso a una sesión de depilación a la cera −Zoe ríe a carcajadas mientras se deja abrazar por Adam−, pero no te tomes ese comentario muy en serio... Ha sido más que nada para quedar bien.

Se abrazan durante un rato, mirándose a los ojos mientras se sonríen. Es perfecto, se repite Zoe una y otra vez, repasando con los dedos los trazos de los tatuajes de sus brazos.

−Entonces, ¿me llamas mañana? −le pregunta él−. ¿Me harás un hueco en tu apretada agenda?

−Vale.

La besa repetidas veces en los labios antes de empezar a retroceder. Ella mete la llave en la cerradura de la puerta y la empuja con la espalda. Le dice adiós a Adam, que camina hacia atrás con las manos en los bolsillos del pantalón, sin perderla de vista mientras entra en el portal de su edificio. Sube en el ascensor aún con la sonrisa instalada en la cara, y así continúa cuando entra en el apartamento y deja el bolso encima de la barra de la cocina. Hasta que levanta la vista hacia la nevera, donde los imanes siguen exactamente en la misma posición que los dejó Connor. Los observa durante unos segundos y, con gesto cansado, saca el teléfono del bolso y llama a Hayley.

−¡Hola! −la saluda su amiga, que está de un pletórico humor desde hace semanas.

−Hayley, ¿es muy tarde para decirte que iré a la boda acompañada? −le suelta de sopetón.

−Sabes que no...

−Gracias.

−¿Se lo has pedido a Adam?

−Sí, quiero que venga conmigo.

−Vale, ¿y por qué has tardado tanto en pedírselo?

—Porque antes pensaba ir sola.

—¿Y qué te ha hecho cambiar de opinión?

—¿Y tú desde cuándo te has vuelto tan picajosa con el tema?

—Desde que mi futuro marido se ha vuelto el defensor número uno del idiota de su hermano, o sea tu ex, ¿te acuerdas de él?

—Vagamente... —contesta Zoe con un tono irónico que Hayley capta al instante.

—Pues él cree que si os veis, quizá podríais hablar, y que las cosas podrían volver a ser como antes... Mi hombre parece que se cree los cuentos de Disney.

—Hablar podemos hacerlo igual...

—Ya... Lo que tú digas. De todos modos, tengo que contárselo y se pondrá pesado, y cascarrabias, y se negará en redondo a que tu nuevo amigo venga.

—Adam es justo lo que necesito, Hayley. Es sexy, divertido, inteligente, compartimos la pasión por la pintura...

—Zoe, conmigo no te tienes que justificar. Si Adam te gusta, adelante.

—Quiero que me guste, Hayley, lo quiero con todas mis fuerzas.

—Zoe, cariño, suena como si te lo tomaras como una obligación... Como si te impusieras que Adam te gustase...

—Es lo que me dice la cabeza. No paro de repetirme una y otra vez que él es perfecto para mí, y encima, sé que le gusto porque no para de demostrármelo, y quiero corresponderle... Por eso le he invitado a venir conmigo.

—Vale, de acuerdo. Pero mejor no voy a preguntarte qué te dice tu corazón o qué te pide el cuerpo, porque creo que tu cabeza se enfadaría bastante con la respuesta. Apuntado, Zoe Dawson, +1.

—Gracias, Hayley.
—Calla que me desconcentras y ya estoy pensando en cómo se lo voy a decir a Evan...

Hayley está a punto de colgar cuando Zoe vuelve a llamar su atención.

—Eh, Hayley, ¿Connor...?
—¿Qué?
—Ya sabes...
—No, no lo sé.
—Sí lo sabes, pero quieres hacerme sufrir.
—Vale, pues quiero hacerte sufrir. ¿Connor qué?
—¿Connor viene acompañado?
—No, Zoe, Connor viene solo.
—Bien...
—¿Bien?
—Quiero decir que vale, que está bien...
—Ya. Hasta luego, Zoe.
—Adiós.

—No me gusta nada ese tipo, Hays...
—¿Por qué? Si ni siquiera le has visto.
—Porque no —contesta enfurruñado.
—Evan, cariño —le dice Hayley colgándose de su cuello—. Lo hemos hablado varias veces... Si lo suyo no funcionó, no funcionó. Las cosas no siempre salen como queremos.
—Lo sé...
—Tenemos que darle una oportunidad a Adam. Si Zoe le ha escogido, por algo será...
—¿Y ahora cómo se lo digo a Connor?
—¿Se lo tienes que decir?
—Hayley... —Evan la mira arqueando una ceja—. Sabes que para Connor, ver a Zoe acompañada de otro, será un

suplicio, y no puedo permitir que encima se lo encuentre de sopetón. Tengo que advertírselo para que venga... preparado. Pero temo que si se lo digo, no quiera venir.

–Mira, si tu hermano te dice que no viene, voy yo misma a buscarle y le traigo a rastras cogiéndole de la oreja –dice Hayley poniéndose firme–. Además, ¿sabes qué te digo? Que ya le está bien probar de su propia medicina. ¿Que no le gusta ver a Zoe con otro tío? A ella tampoco le gustó saber que se había pegado el lote con Sharon.

–Me voy al pub –dice Connor bajando las escaleras a toda prisa–. Vuelvo con Keira cuando cerremos.

–De acuerdo –le contesta su tía.

–No te pases que mañana te necesito de una pieza –le dice Rory sin levantar la vista del periódico.

–Lo sé –responde Connor sonriendo mientras le da un beso a su tía en la mejilla.

En cuanto se cierra la puerta, Maud se acerca a su marido y, apartando el periódico para poder verle la cara, le dice:

–¿Qué?

–¿Qué de qué?

–Reconoce que lo está consiguiendo.

–¿No vomitar en la cubierta de mi barco? Sí, eso lo ha conseguido.

–Vamos, no solo eso. La primera semana volvía molido y sin fuerzas ni para cenar, y mírale ahora. Lleva toda la semana cenando como un jabato, corriendo luego a ducharse y cambiarse y luego yéndose al pub hasta las tantas. Y, aun así, no te oigo despotricar de él, así que lo debe de estar haciendo bien en el barco... Reconócelo.

–Si me quejo, malo. Si no me quejo, también. No hay quien te entienda...

–Te gusta –insiste Maud sonriendo mientras se pone en pie para ir a la cocina–. Te cae bien y no quieres reconocer que te equivocaste con él. Parece que mi hermano no lo hizo tan mal después de todo...

–Le falta un buen corte de pelo –claudica Rory al final, mirando a su mujer de reojo–, pero no está mal.

–Estás muy callada –le dice Connor a Keira, mientras él sirve unas pintas a un par de chicas que se han acercado a la barra–. ¿Estás bien?

–Estoy pensando –le contesta Keira.

–¿Me tengo que poner a temblar?

–¡Qué va! ¿Es que acaso no me conoces?

–Por eso mismo, porque te conozco.

–Exagerado –contesta Keira dándole un suave manotazo en el brazo.

–¿Y bien? –insiste guardando en la caja registradora el dinero que le han dado las dos chicas, que se marchan riendo entre ellas y girándose descaradamente para mirarle el culo a Connor.

–Pensaba en que, desde que vienes a echarme una mano, entran muchas chicas al pub. Incluso la mayoría, en lugar de esperar a que yo les vaya a tomar nota y a servirles a la mesa, se levantan para pedirte las copas a ti mismo. Y se ha corrido la voz de que estás soltero y sin compromiso...

–¿Y? ¿Qué más quieres? Te atraigo más clientela y encima te descargo de faena. Soy un partidazo.

–Yo encantada, siempre y cuando no me pidas un aumento de sueldo.

–Ah, ¿me estás pagando? Pues no me había enterado... Tendré que ir a comprobar mi cuenta bancaria.

–Te pago con mi presencia y compañía, ¿qué más quieres?

–Cierto. No sé en qué estaría pensando para no darme cuenta –dice haciendo una cómica reverencia mientras la coge de la mano y ella ríe a carcajadas.

Es cierto que el pub está lleno cada noche, y ya no solo de los borrachos de siempre, sino que ahora también vienen muchas chicas, incluso de pueblos de alrededor, atraídas por la buena música, el ambiente, y el nuevo camarero. Ellas atraen a más chicos, a los que les da igual la música y la calidad de la cerveza, mientras el local esté lleno de mujeres.

Connor tira de su mano y la atrae hacia él con firmeza. Sus cuerpos chocan son suavidad y ella apoya las manos en su pecho.

–En serio, gracias por todo –le dice al oído–. No sé qué hubiera hecho sin ti.

Él la abraza con fuerza y la besa en la mejilla, justo en el momento en que su teléfono empieza a vibrar en su bolsillo. Se separa de ella y se aleja para contestar la llamada, dejándola con el corazón latiendo varias revoluciones por encima de lo aconsejado, con la boca abierta y la garganta seca. Desde hace varios días, siente que sus sentimientos hacia Connor han cambiado. Que lo que antes era simple complicidad y amistad, ahora ha mutado en algo más intenso. Que cuando él la toca o la abraza, como hacía antes, sin ninguna intención oculta, ella siente como su estómago pega un brinco y su corazón se desboca incontrolado. Incluso todas las canciones que suenan en la vieja máquina de discos le recuerdan a él, y cuando las oye, si cierra los ojos, se imagina que él la agarra de la mano y la lleva al centro de la pista. Pero ella es consciente de que eso es solo un sueño y de que sus sentimientos no son para nada correspondidos.

–Keira –llaman su atención–. ¡Eh, Keira! ¡Despierta!
–Perdona Brendan, ¿qué quieres? –responde ella mi-

rando a Connor de reojo, que se ha apoyado contra una de las neveras, mientras habla con alguien arrugando la frente y rascándose la nuca, gestos que hacía varios días que no le veía hacer.

—Llevarte a la cama —contesta él que, al ver que no le hace caso y sigue mirando a Connor, chasquea la lengua y golpea la barra con la palma de la mano para llamar su atención—. ¡Eh! ¿No me jodas que tú también estás así por ese?

Keira le mira de inmediato, con gesto serio, y sin preguntarle de nuevo ni dejar de mirarle, coge un vaso, abre el grifo de la cerveza y lo pone debajo.

—Toma tu cerveza y lárgate —dice cogiendo el billete que él le tiende.

Cuando lo guarda, se acerca con sigilo hacia Connor, y se apoya también en la nevera, a su lado.

—Evan... —Le escucha decir—. Te prometo que me lo pensaré, ¿vale? Déjame un tiempo para digerirlo...

—Pero no puedes faltar... Joder, si lo sé, no te digo nada...

—Lo pensaré. Te lo prometo. Pero entiende que sea difícil para mí.

—¡Trae tú a alguien también!

—Esa no es la solución.

—Pero así le demuestras que tú también has pasado página.

—¿Ella ha pasado página? ¿Va en serio con ese tío?

—No... no lo sé... Creo que llevan unas dos o tres semanas viéndose solo... Por eso te digo, ven acompañado tú también y así le demuestras que...

—¡Yo no he pasado página, Evan! —dice nervioso, en un tono de voz elevado—. Lo pensaré. Te llamo mañana.

Cuando cuelga, guarda el móvil en el bolsillo y se da la vuelta, contrariado, apoyando las manos en la barra.

Keira le mira sin decir nada, apretando los labios mientras seca unos cuantos vasos para mantener las manos ocupadas.

–Necesito... Necesito salir un rato a tomar el aire, ¿vale? –le dice él caminando ya hacia la puerta, sin siquiera mirarla.

–Vale –contesta ella rozándole el brazo con su mano cuando él pasa por su lado, gesto que Connor ni siquiera percibe–. Estaré aquí mismo por si me necesitas.

Keira se queda mirando la puerta, y sigue haciéndolo incluso rato después, intentando averiguar el motivo de su repentino cambio de humor. Hacía semanas que Connor no se mostraba tan agobiado, ni siquiera cuando su hermano le llamó hace unas semanas para darle la noticia de que se casaba, sabiendo que en el enlace, que será en poco menos de una semana, iba a encontrarse con Zoe. Al principio tuvo sus dudas, y aunque sabía que no podía faltar a la boda de hermano, se mostró bastante nervioso. ¿Qué ha podido pasar para que Connor se vuelva a plantear el ir o no a la boda?

El resto de la noche, Keira se muestra ausente y preocupada por Connor, mirando el reloj cada cinco minutos, con prisa por cerrar e ir a buscarle. Poco antes de las dos de la madrugada, cuando los últimos clientes salen por la puerta, ella echa el pestillo y limpia las mesas a toda prisa. Mete los vasos sucios en el fregadero pensando en fregarlos al día siguiente y, justo cuando está metiendo el dinero en la bolsa para salir a toda prisa, llaman a la puerta.

–¡Está cerrado! –grita.

–Soy yo, Keira.

Ella levanta la cabeza y se queda paralizada durante unos segundos.

–¿Me abres, por favor? –insiste él al rato–. Llueve bastante.

Keira corre a la puerta y, en cuanto la abre, se encuentra con la imagen de un Connor totalmente empapado, con el pelo pegado a la frente y la ropa al cuerpo. Pero lo que más la asusta es su cara desencajada.

–Pasa. Corre –le dice agarrándole de la mano y metiéndole dentro.

Connor se deja llevar y se queda quieto, con los brazos inertes a ambos lados del cuerpo y la mirada perdida.

–¿Qué ha pasado, Con? –le pregunta Keira.

–Ha pasado página... Se ha olvidado de mí...

–¿Qué...?

–Zoe va a ir a la boda de mi hermano con su nuevo novio...

–Lo siento, Connor...

–No... No puedo creer que me haya reemplazado tan pronto... Es como si... Joder, sé que lo que hice fue horrible, pero...

Keira le lleva de la mano hasta una mesa y ambos se sientan. Acerca su silla y, mientras él apoya los codos en la mesa y se coge la cabeza, ella le observa sin saber qué hacer ni decir. ¿Por qué no se alegra de que Zoe haya pasado página? ¿Por qué no aprovecha la ocasión para intentar convencerle de que él también pase página?

–¿Qué hago, Keira? Tengo que ir a esa boda, es mi hermano el que se casa, pero dime, ¿cómo cojones lo hago? ¿Cómo me planto allí y aguanto mientras la veo con otro tío? No voy a ser capaz... Yo no he pasado página, yo no la he olvidado, yo sigo enamorado de ella.

Keira traga saliva con dificultad, intentando deshacer el nudo que le oprime la garganta. La vista se le nubla por las lágrimas que se le acumulan en los ojos. ¿Cómo aguantar estoicamente que la mujer que amas esté saliendo con otro tío? De la misma manera que soportas que el tío que te gusta te diga que sigue enamorado de su ex, esbozando una sonrisa de circunstancias y montando una coraza a tu alrededor con la esperanza de que tu corazón lo resista y no se rompa en pedazos.

—Tú me dijiste que lo que querías es que fuera feliz... ¿Y si resulta que ella es feliz con ese chico?

—Pero no puedo verlo... No puedo ver como ese tío la toca, o la besa, imaginando que ve su cuerpo desnudo en la cama... No puedo prometer que no vaya a volverme loco y me líe a puñetazos con él...

—No me parece muy apropiado para una boda, pero sí se parecería a las típicas comedias románticas inglesas... —dice intentando animarle—. Sé que parece difícil, pero lo puedes hacer. Solo piensa en que es feliz, piensa en eso y te ayudará a aguantar.

—¿Cómo estás tan segura de ello?

Keira sabe la respuesta perfectamente, pero le miente, encogiéndose de hombros y sonriendo. Connor la mira estupefacto, hasta que al cabo de un rato, aprieta los labios con fuerza y empieza a asentir con la cabeza.

—¿Vendrás conmigo a la boda?

—¿Yo? ¿Contigo? —le pregunta Keira con la boca abierta.

—Para recordarme estas palabras cuando me venga abajo.

—Pero... ¿Y el pub? ¿Y...?

—Son solo dos noches, tres a lo sumo... ¿Desde cuándo no te tomas unas vacaciones?

—¿Vaca qué? —contesta riendo.

—¿Eso es un sí?

—Pero no sé qué voy a ponerme...

—Oh mierda... Pensaba que tú serías diferente...

—A veces te olvidas de que sigo siendo una mujer. ¿Me llevas mañana de compras?

—¿Es necesario?

—Claro. A las bodas a las que yo he ido, la camisa de cuadros se consideraba elegante y todos acababan borrachos bailando encima de la barra del pub. No creo que una boda en Nueva York se parezca mucho a eso.

—Bueno, no te prometo que no acabemos borrachos bailando encima de la barra del pub... Igualmente, yo también tengo que comprarme algo porque mis trajes están en mi apartamento...

—¿Eso es un sí?

—Es un primero tengo que hablar con tu padre para ver si me deja librar mañana para llevarte de compras.

—De él me encargo yo. Mañana por la mañana nos vamos de compras a Cork.

—Tú mandas. ¿Dónde quieres ir? —le dice Connor metiéndose las manos en los bolsillos del pantalón.

La observa mientras Keira mira los escaparates de las tiendas, con los ojos llenos de emoción.

—¿De qué te ríes? —le pregunta ella al ver su cara.

—No te imaginaba así de ilusionada por ir de compras —contesta él encogiéndose de hombros, aún sonriendo—. Venga, tú decides. ¿Dónde vamos?

—Pues... —dice dándose la vuelta juntando las manos a la altura del pecho—. Ahí tienen ropa muy bonita pero es muy cara y allí...

Sin dejar que acabe la frase, Connor la coge de la mano y la arrastra hacia la tienda que ella señalaba.

—Pero... Connor, yo no puedo pagar seiscientos euros por un vestido.

—¿Quién ha dicho que los vayas a pagar tú?

—¡Ni hablar!

—Tú me haces el favor de venir conmigo a la boda, yo corro con los gastos.

—¡Ni lo sueñes! Yo pagaré por el vestido, aunque no lo compraré aquí —añade bajando el tono de voz hasta convertirlo en un susurro—, y yo me compraré el billete de avión.

—Tarde, porque esta mañana te lo he comprado.

—¿Quién te piensas que eres? ¿Richard Gere en *Pretty Woman*?

—Espero parecer más joven que él...

En ese momento, una dependienta sonriente se acerca a ellos.

—¡Hola! ¿Les puedo ayudar en algo?

—En lo que ella pida —dice señalando a Keira—. ¿Los trajes de hombre...?

—En la planta de arriba.

Keira le sigue con la mirada, admirándole de arriba abajo, siendo plenamente consciente de lo mucho que le gusta, cada vez más. ¿Desde cuándo es así de sexy? ¿Desde cuándo unas botas raídas, un pantalón gris, un simple jersey negro y una chupa de cuero, le parecen tan apetecibles?

—¿Tenía alguna idea en mente? —la interrumpe la dependienta.

—Eh... Pues no... No sé...

—¿Quizá un vestido para dejarle sin aliento? —pregunta señalando hacia donde se ha ido Connor.

Keira se sonroja al instante y se muerde el labio inferior. Eso es exactamente lo que le gustaría hacer, pero sabe perfectamente que no va a ser así.

Después de media hora y de varios vestidos probados, Keira se decide por uno largo, de color verde, de tirantes y con la espalda descubierta. Se mira en el espejo, alisándose la tela entallada en el estómago, totalmente alucinada de verse tan cambiada, pero a la vez, por qué no decirlo, tan guapa.

—¡Vaya!

Keira se gira sobresaltada al oír su voz. En cuanto le ve, se queda completamente muda, incapaz de disimular su sorpresa. Él la mira arqueando una ceja, mientras camina hacia ella.

—Estás espectacular, Keira. Me parece que vamos a tener un serio problema... Tengo un amigo que también viene a la boda, al que voy a tener que controlar muy de cerca. Aunque, ahora que lo pienso, es pelirrojo —le dice al oído, guiñándole un ojo al separarse.

—¿En serio?

Keira disimula, intentando sonar contenta y no decepcionada, al comprobar que Connor la mira pero no la ve, al menos no como a ella le gustaría.

—Tú también estás muy guapo —dice acercándose a él y tocando las solapas de la americana.

—¿Tú crees?

—Zoe va a tener un gran problema también... Ya puede ser sexy ese nuevo novio suyo porque, a no ser que ella se haya vuelto ciega, no tiene nada que hacer a tu lado.

Connor sonríe apretando los labios y se gira hacia el espejo.

—¿No estamos mal, verdad?

—Nada mal —contesta la dependienta sin poder apartar los ojos de Connor.

—Cariño, estás guapísima —dice Maud sentada en la cama de su hija.

—¿A que sí? —dice dando una vuelta sobre sí misma—. Me veo tan diferente...

—Y yo. Acostumbrada a verte siempre con vaqueros y camisetas... Parece un vestido muy caro.

—Lo es...

Keira se da la vuelta, intentando huir de la mirada de su madre que, lejos de amilanarse, se levanta y se le planta delante.

–Keira, cariño, ¿me cuentas qué pasa?

–No pasa nada.

–Soy tu madre y te conozco lo suficiente como para darme cuenta de que algo ha cambiado.

–En serio, mamá –le dice Keira forzando una sonrisa y girándose de nuevo para quitarse los zapatos que Connor le regaló a juego con el vestido–, no sé a qué te refieres.

–Sabes que él está enamorado de otra chica, ¿verdad?

Keira se quita el segundo zapato y se queda quieta, con la cabeza gacha, intentando contener las lágrimas que se le agolpan en los ojos. Su madre se acerca a ella de nuevo, le quita los zapatos de las manos y la conduce hasta la cama, donde las dos se sientan.

–Yo no quiero sentir lo que siento, mamá. Y tampoco sé cómo ha surgido –dice sorbiendo por la nariz–. Sé que él está enamorado de otra persona y que no siente lo mismo que yo. En ningún momento me ha dado a entender que sus sentimientos hacia mí habían cambiado y ni mucho menos ha intentado nada conmigo. Es como si, de repente, alguien hubiera apretado un interruptor en mi interior, y Connor pasó de ser mi primo patoso y divertido, al tío tremendamente sexy que duerme a dos puertas de distancia.

–¿Y crees entonces que es buena idea que le acompañes a Nueva York?

–Le prometí que iría con él –contesta cogiendo la mano de su madre–. Me lo tomaré como unas vacaciones para ver a la familia. Conoceré a Kai y a Evan, y haré algo de turismo, aunque solo vayamos para tres días.

–¿Tienes tan claro que él vaya a volver?

Keira levanta la vista y mira a los ojos a su madre. Hasta ahora, ese pensamiento no se le había pasado por la cabeza. Sabía que, en teoría, Connor estaba allí de paso y que llegado el momento, cuando él se sintiera capaz, volvería a su casa. Sabía que Zoe estaba saliendo con otro tipo y que él aún no se sentía capaz de ser testigo de su felicidad. En lo que no había caído es en que, si ella de repente le perdona, si vuelve a acordarse de lo mucho que le quería y lo felices que eran juntos, si de repente tiene en cuenta que al fin y al cabo no se llegó a acostar con Sharon porque él no quería serle infiel, el momento de volver a casa se adelantaría mucho.

En ese instante, escuchan la puerta principal y las voces de Connor y Rory procedentes de la cocina.

–Tu padre parece que también ha cambiado de opinión con respecto a Connor... –dice su madre al oír reír a su marido.

–Sí –sonríe Keira–, parece que le cae bien, ¿no?

–Será mejor que baje a preparar la cena –dice Maud levantándose de la cama–. ¿Estarás bien?

–Sí.

–Aunque ahora mismo te parezca imposible, encontrarás a alguien mejor que Connor.

–¿A qué hora os vais mañana? ¿Queréis que os lleve? –le pregunta Rory a su hija.

–Temprano, pero tú ya te habrás ido a trabajar. Llamaremos a un taxi, no te preocupes.

–¿Lo tenéis todo listo?

–Sí.

–¿Y estás nerviosa?

–¿Nerviosa? –pregunta Keira recelosa, temiendo que

su padre se haya dado cuenta de sus sentimientos hacia Connor.

—Por el viaje, por ver Nueva York, y por conocer a tus otros primos.

—Ah, sí, algo nerviosa, pero será una visita relámpago.

—Eso espero, porque os quiero de vuelta en nada. A los dos.

—Rory —interviene entonces Maud, alejándose de los fogones por un rato—. Vete haciendo a la idea de que los planes de Connor no son quedarse aquí para siempre y no estaría de más que empezaras a pensar que tu hija puede conocer a alguien, y que ese alguien puede no ser de Kinsale... Puede que no sea ni irlandés.

Rory se pone serio de repente y gira la cabeza de golpe, mirando a su hija sin pestañear.

—Ni se te ocurra enamorarte en Nueva York —le advierte señalándola con el dedo.

—No te preocupes —responde ella mientras su madre la mira con complicidad.

—¿No te vas a enamorar en Nueva York? —dice entonces Connor, que acaba de aparecer en la cocina, recién duchado.

Maud y Keira le miran con los ojos abiertos de par en par.

—¿Te... te has cortado el pelo? —le pregunta Keira.

—¿No me digáis que no está mejor que con esas greñas que llevaba? —interviene Rory poniéndose a su lado, agarrándole por los hombros—. Ahora sí parece un hombre de verdad.

—¿Cuándo has ido al peluquero? —le pregunta Keira.

—No he ido... —le contesta Connor mirándola para conocer su veredicto acerca del cambio de imagen.

—Como sabía que al final no me haría caso, le dije a mis hombres que le agarraran y le metí la tijera. Cuando ya fue demasiado tarde, no tuvo más remedio que dejarnos hacer.

Connor se pasa la mano por el pelo y pone una cara de circunstancias, sin haberse acostumbrado aún a tenerlo tan corto.

—¿Cómo me queda? —le pregunta a Keira al final.

—Te queda muy bien.

—¿En serio? Creo que nunca lo he llevado tan corto. —Ríe nervioso.

—Le vas a encantar —susurra ella en su oído, sabiendo que es lo único que le interesa oír.

—¡¿Qué quiere decir con que el vuelo se ha cancelado?! —le grita Connor a la chica del mostrador de la compañía aérea.

—Lo siento, señor. Todos los vuelos han sido cancelados por la tormenta.

—Pero usted no lo entiende. Tengo que asistir mañana a la boda de mi hermano.

—Lo siento mucho, señor. Pero no es algo que nosotros podamos controlar. Es por su propia seguridad.

—¿Y...? —Connor se frota la cabeza con ambas manos—. ¿Sabe cuándo podremos volar?

—No lo sabemos, señor.

—¡Ustedes no saben nada! ¡Haga su puto trabajo! ¡¿Qué cojones pone aquí?! —dice blandiendo el pequeño cartel del mostrador—. Información. ¡Pues estaría bien que informara de algo, joder!

—Connor, ven conmigo —le pide Keira llevándoselo a un lado y haciéndole sentar en una silla para intentar tranquilizarle—. Esta tormenta no es culpa de esa chica de allí, a la que por cierto, has estado a punto de hacer llorar.

–Lo sé, lo sé... Lo siento, pero tengo que llegar a esa boda, Keira.

–Vale, pues ocupemos el tiempo en hacer algo de provecho, como buscar posibles soluciones –dice sacando el teléfono y buscando la aplicación de la predicción meteorológica–. Veamos, la tormenta en Cork no tiene pinta de amainar hasta, al menos, esta tarde a última hora.

–No podemos esperar tanto...

–Pero en Limerick no parece haber tormentas. Espera aquí, que voy a preguntarle a tu nueva amiga si el aeropuerto de allí está bien.

Connor la sigue con la mirada y ve como habla con la chica del mostrador, que de vez en cuando desvía su mirada hacia él. Keira vuelve a toda prisa.

–Connor, el aeropuerto de Limerick está abierto y no han cancelado ningún vuelo. Tenemos como una hora y media en coche hasta allí. Ella dice que allí podemos coger un vuelo hasta Londres y de allí a Nueva York. Podemos alquilar un coche para ir hasta allí, pero tenemos que decidirlo ahora. El vuelo sale a mediodía y luego tendremos que correr para coger el otro... Lo malo es que la chica no sabe si nos devolverían el importe de los billetes...

–¡Vámonos! –dice agarrándola del brazo, sin pensárselo dos veces–. Vamos a alquilar ese coche.

Los dos salen corriendo, aunque él hace una pequeña parada en el mostrador para pedirle disculpas a la chica, que las acepta con una sonrisa, a pesar de que al principio pensara que iba a arremeter de nuevo contra ella.

–Me caso esta tarde, Connor...

–Lo sé, lo sé. Y te prometo que estoy haciendo todo lo posible por llegar. Hemos tenido algún contratiempo con la policía...

–¿Qué...?
–Sobrepasamos el límite de velocidad al ir de Cork a Limerick y nos pararon... dos veces. Así que perdimos el vuelo a Londres y hemos tenido que esperar varias horas en el aeropuerto. Pero ahora ya estamos aquí, esperando el próximo vuelo a Nueva York.
–¿Que sale cuándo?
–En dos horas.
–¿Y cuántas son de vuelo?
–Entre siete y ocho.
Evan resopla resignado mientras se deja caer en el sofá.
–No vas a llegar a tiempo... No voy a tener padrino.
–Evan, te prometo que vamos a hacer todo lo posible.
–¿Por qué hablas en plural? ¿Vienes acompañado?
–Eh... –Connor se gira hacia Keira, que está sentada en el suelo, con las piernas cruzadas, leyendo un libo que se acaba de comprar para pasar el rato–. Sí... Espero que no te importe.
–Madre mía. Esto va a acabar como el rosario de la aurora... –susurra Evan para sí mismo.
–Llegaremos a tiempo aunque tengamos que ir corriendo, ¿vale?
–Es igual.
–¡No, Evan! ¡No es igual! No te voy a dejar tirado.
–Ya lo has hecho –dice justo antes de colgar.
Connor mira la pantalla del teléfono durante unos segundos. Con gesto triste, se acerca a Keira y se sienta a su lado. Ella dobla una punta de la página y cierra el libro.
–¿Cómo ha ido? –le pregunta.
Connor la mira y se estira en el suelo, apoyando la cabeza en las piernas de ella. Keira, al principio no sabe cómo reaccionar, hasta que pasados unos segundos, apoya una mano en el costado de él y con la otra le acaricia el pelo.

—Fatal... —responde él entonces, cerrando los ojos con pesadez–. No cree que lleguemos a tiempo, dice que se va a quedar sin padrino y me ha acusado de haberle dejado tirado.

—Bueno, nos hemos dejado los superpoderes en Kinsale y somos incapaces de controlar el tiempo, así que de momento, la tormenta no es algo de lo que se nos pueda culpar...

—De haberle dejado tirado al irme de Nueva York, no ahora...

—Ah.

Keira mira la cara de preocupación de Connor, su frente arrugada, las arrugas al lado de sus ojos azules, los labios apretados... Al rato, se descubre acariciando su mejilla con el pulgar. En cuanto se da cuenta, se detiene e intenta retirar la mano, pero él se la agarra para impedírselo y, manteniendo los ojos cerrados, le pide:

—No pares...

Así, muy nerviosa, empieza a acariciar la frente de Connor, observando cómo las arrugas van desapareciendo poco a poco, conforme él se va relajando. Luego desliza los dedos hacia sus párpados y las ojeras de debajo de los ojos, mientras que sus ojos no dejan de mirarle los labios, pensando en lo mucho que le gustaría besarlos y, más aún, que esos besos fueran correspondidos.

De repente, él abre los ojos y le sonríe. Ella, en un intento desesperado de disimular su rubor, le toca la cicatriz de la nariz.

—¿Cómo te la hiciste?

—Fue Zoe. El día que nos vimos por primera vez. Es una larga historia.

—Ah.

—Oye, Keira –dice incorporándose y acercando su cara a la de ella–. Gracias por todo lo que estás haciendo.

—Bueno —dice ella con un hilo de voz, perdiéndose en esos ojos—, el padrino no puede faltar a la boda.

—No... —Connor apoya la palma de la mano en la mejilla de ella—. No solo por eso. Me refiero a todo. Desde que llegué a Kinsale, me ayudaste a sobrellevar lo de Zoe... Me lo he pasado muy bien, en serio, y me has hecho «olvidarme» un poco de ella.

—Yo... Bueno, no...

Pero entonces, desde megafonía se escucha cómo anuncian su vuelo.

—¡Por fin! —dice Connor poniéndose en pie casi de un salto, tendiéndole la mano a Keira—. A casa...

Esas palabras, sin él saberlo, hacen reaccionar a Keira, convenciéndola por fin de que Connor nunca será para ella, de que Kinsale nunca será su hogar. Él pertenece a Nueva York, le pertenece a Zoe.

—Hayley, esperamos algo más, no te preocupes —le dice Bryan, el reverendo amigo suyo.

—Evan, cariño...

Evan no para de mirar hacia atrás, hacia la entrada del pequeño parque, esperanzado de ver aparecer a su hermano en cualquier momento. El resto de invitados, hace más de una hora que están sentados en las sillas colocadas estratégicamente, charlando de forma animada. Entre ellos, Evan cruza la mirada con su hermano Kai, que aprieta los labios con fuerza y se encoge de hombros.

—No, no pasa nada —dice Evan con resignación—. Empecemos.

—Raj, no cojas la Tercera porque a esta hora estará colapsada —dice Connor quitándose la camiseta para ponerse la camisa del traje, sentado en el asiento del copiloto para dejarle la máxima intimidad posible a Keira en el asiento de atrás.

—Lo sé, *siñor* Connor —contesta el taxista mirando por el espejo interior—. ¿A qué hora era el *felis* enlace?

—Hace como una hora. Puede que mi hermano ya se haya casado, pero tengo que intentarlo. Por eso te llamé, Raj. Confío en ti para que vueles para llevarnos.

—*Iso* está hecho.

Raj sonríe mirando a Keira que, como puede, se está desvistiendo, quedándose en ropa interior.

—Los ojos en la carretera, Raj —le pide Connor dándole una pequeña colleja.

—*Siñor*, si me permite decirlo, usted siempre tiene novias guapas —susurra el taxista.

—Vale, vale, gracias, pero Keira no es mi novia. Y ahora, písale.

—¿Está soltera, *siñorita*? —pregunta elevando el tono para que ella le oiga.

—Y tú casado. Raj, por favor, te deberé la vida si lo consigues. Céntrate en el tráfico.

Connor ya se ha vestido del todo, a falta de ponerse la americana, y se está anudando la corbata. Keira está poniéndose el vestido cuando él se gira, tapándose los ojos con una mano.

—¿Cómo vas?

—Lista, más o menos. Pero me vas a tener que recompensar de alguna manera por hacerme ir así a una boda.

—Estás perfecta, Keira —le dice él mirándola.

—Este vestido no se merece que le traten así. Y desde luego que en estas condiciones, no voy a poder hacerme el recogido perfecto que tenía en mente —contesta ella con varias horquillas en la boca mientras se peina el pelo con los dedos—. Y claro, de maquillarme, ya ni hablamos.

Pocos minutos después, habiéndose saltado varios semáforos y casi atropellado a varios peatones, Raj detiene el taxi delante de Paley Park.

—Te dejamos las maletas. Luego te llamo de nuevo, ¿de acuerdo?

—Sin problemas —contesta Raj con una enorme sonrisa en los labios, mirándoles—. Están los dos muy guapos. Y ahora, corran. Dele un beso a Zoe y dígale que la echa de menos.

Connor le mira mientras él le guiña un ojo y arranca de nuevo el motor del coche. ¿Se habrá confundido con el idioma o realmente habrá querido decir lo que ha dicho?

—Corre, tonto —le apremia Keira.

—¡Sí!

Pero justo antes de subir las escaleras del parque, se detiene de golpe, respirando con dificultad y con los ojos fijos en el parque.

—¿Qué pasa? —le pregunta ella poniéndose frente a él.

—Estoy cagado de miedo. Ella está ahí mismo, Keira.

—Por eso mismo —le dice ella sonriendo mientras endereza su corbata y alisa las solapas de su americana—, vas a subir ahí arriba y a meter en un problema a Zoe.

—Vale...

—¡Corre! —le grita ella al ver que se queda quieto.

—¡Sí! ¡Sí!

Sube las escaleras de dos en dos y, al llegar arriba, echa un rápido vistazo alrededor. Al fondo, justo de frente a la pequeña catarata de agua emblema de este pequeño parque, están Evan y Hayley. Al lado de Evan, ejerciendo de testigo, está Kai, mientras que al lado de Hayley, ve a Zoe y a Sarah. Solo falta él.

—¡Tío Sully! —Holly le ha visto y corre hacia él. Se le tira a los brazos y le abraza con fuerza, dándole un fuerte beso en la mejilla—. Sabía que llegarías.

–Hola, pequeña –susurra Connor.

–Estás súper guapo –le dice Holly, imitando su tono de voz.

–Gracias. Escucha, ella es Keira.

–Hola –dicen las dos a la vez.

–¿La acompañas hasta donde tú estás con tu padre para que no esté sola, mientras yo voy con Evan?

Cuando las dos se van, él es consciente de que todas las miradas se centran en él y luego en Keira. Él mira fijamente a Evan, intentando no mirar a Zoe, ni siquiera de reojo.

–Siento el retraso –le dice a Evan mientras camina hacia el altar improvisado–. Y las pintas... Nos hemos vestido en el taxi...

Evan sale corriendo hacia él y le da un sonoro abrazo.

–No me importa –dice llorando–. Pensaba que no vendrías.

–No me lo hubiera perdido por nada en el mundo. Estás guapo tío –dice separándose de él y sonriendo orgulloso–. Va, no hagamos esperar más a tu futura mujer.

En cuanto llegan al altar, Connor le da un beso en la mejilla a Hayley y se pone al lado de su hermano Kai, que le coge por el cuello y le abraza mientras le habla al oído.

–Bueno, el hijo pródigo ha vuelto –bromea el reverendo–, así que podemos continuar.

Durante el resto de la ceremonia, Connor hace verdaderos esfuerzos para no mirar a Zoe, así que se centra en sus zapatos, en sus manos, en la cascada, en el reverendo, en el cielo, en los edificios que les rodean y que le resultan tan familiares, en el ruido del tráfico y cuando ya pensaba que no había ningún sitio más que mirar, escucha las palabras:

–... yo os declaro, marido y mujer. Puedes besar a la novia.

Evan y Hayley se besan entre aplausos. Rick silba, Kai les vitorea mientras se sube a la espalda de Connor y Sarah llora desconsoladamente. Entonces es cuando la ve, secándose unas lágrimas de debajo de los ojos, aunque sonriendo de felicidad. Se ha cortado el pelo, con un look totalmente nuevo, pero tan guapa como siempre. Al instante, todo el mundo deja de existir y, aunque siente como le zarandean y le hablan, todo sucede a su alrededor a cámara lenta y todo, excepto la imagen de Zoe, se ve borroso. No puede dejar de sonreír mientras la observa abrazarse con Hayley, cuando ve que luego besa a Evan para darle la enhorabuena, o cuando Kai se acerca a ella y la hace reír a carcajadas con algún comentario. Luego un tipo se acerca a ella y la agarra por la cintura. Ella se gira y, poniendo los brazos alrededor de su cuello, le da un beso en los labios. Al momento, a Connor se le borra la sonrisa de la cara y aprieta los puños a ambos lados del cuerpo.

—Vamos al pub —le dice Evan poniéndose frente a él, interponiéndose en la trayectoria visual para que no vea a Zoe.

Connor y Keira son los últimos en entrar al pub, básicamente porque él ha necesitado un tiempo para hacerse a la idea de que le toca soportar toda una noche viendo como Zoe besa a otro tipo. En cuanto entran, Sarah, se planta frente a él y, después de hablar un rato con Keira, coge a Connor de ambas manos y le lleva a un aparte.

—Mírate —dice separándose de él y mirándole de arriba abajo—, estás estupendo.

—Gracias —contesta Connor agachando la cabeza—. Te he echado de menos.

—Yo también. Todos, en realidad.

—Eso no me lo creo...

—No te equivoques, ella también.

—No ha perdido el tiempo.

—Tú tampoco.

—¿Qué? ¿Ella? Keira no es mi novia ni nada por el estilo. Es mi prima. Me ha ayudado mucho y le pedí que me acompañara porque no me veía capaz de enfrentarme a eso —dice Connor señalando a su espalda, hacia Zoe y Adam—. Ni siquiera me ha mirado, Sarah.

—Búscala tú...

—Lo haría, pero el gilipollas ese no deja de meterle la lengua hasta la tráquea.

—¿No me presentas a tu novia, hermanito? —dice Kai acercándose a ellos—. Está tremenda, ¿eh? Mejorando lo presente, claro está.

—Es tu prima, capullo —contesta Connor.

—¿Te estás tirando a nuestra prima?

—¡No me estoy tirando a nadie!

—¿Llevas más de dos meses sin follar?

Connor pone los ojos en blanco y niega con la cabeza, con una sonrisa en los labios, mientras Kai le agarra por los hombros y le zarandea.

—No me digas que echabas de menos esto... —le dice Sarah.

—Pues sí.

Entonces le agarran por la espalda y lo levantan del suelo con fuerza. En cuanto consigue poner los pies en el asfalto de nuevo, Rick se pone frente a él y, agarrándole por los brazos, le palpa los bíceps y los pectorales.

—¿Qué cojones has estado haciendo en Irlanda? ¿Culturismo o qué? ¿Qué le has hecho, Keira?

—A mí que me registren —dice ella poniéndose al lado de Connor—. Conmigo solo servía copas de noche y, a pesar de las leyendas que corren por ahí, nuestras pintas son de un tamaño normal, así que no pesan tanto. Me parece que eso se lo debe más a mi padre...

—¿Y él tiene un gimnasio? —le pregunta Kai.

—He estado trabajando con él en el mar, pescando.

—¿Pescando? ¿Cómo hacía papá?

—Exactamente en el mismo barco que papá.

—No te imagino —dice Sarah riendo—. Acostumbrada a verte cada día de traje, de repente imaginarte con el chubasquero y las botas, como que no lo veo...

—¿Y qué tal se le da? —pregunta Rick.

—Pues excepto el primer día, que vomitó varias veces, se dio un golpe en las costillas que le hizo caer por la borda y le provocó un feo hematoma y que mi padre le llamó blando y mariquita como unas cincuenta veces, el resto, bastante bien.

—¿Potaste? —le pregunta Rick carcajeándose.

—Joder, y tanto. Eché hasta la primera papilla y el golpe en las costillas me impidió respirar con normalidad durante una semana.

—Pero ahora mi padre le adora, y trabaja como uno más. Y ahora —dice Keira quitándole la cerveza de la mano y dejándola en la barra—, me prometiste que me sacarías a bailar.

En cuanto se apartan del resto, ella se pega al cuerpo de él y apoya la frente en su pecho un rato. Luego pega su mejilla a la de él y le susurra al oído:

—¿Cómo lo llevas?

—Fatal. No puedo dejar de mirarla, y siempre que la veo tiene al capullo ese pegado a su cuerpo. Ni siquiera me ha mirado —dice él apoyando la frente en su hombro—. No voy a poder soportar su indiferencia durante más tiempo...

—Que no te haya mirado no quiere decir que no te haya visto, Con...

—Pero, ¿ni siquiera va a hablar conmigo?
—Ve tú.
—Nunca está sola...

—Es muy guapa... —dice Zoe.
—No es su novia, Zoe. Es su prima —les explica Sarah.
—¿En serio? Pues no veas cómo se le arrima la niña —interviene Hayley.
—Además eso, ¿no es un poco joven para él? ¿Qué debe tener? ¿Veinte años? —dice Zoe mirándoles de reojo, con los brazos cruzados.
—Pero bueno, ¿habláis en serio? ¿Y a vosotras qué más os da lo que se le arrime o la edad que tenga? —se queja Sarah—. Lo está pasando fatal y pone buena cara delante de todos para no arruinaros el día.
—Pues yo no veo que lo esté pasando tan mal...
—Zoe, ¡ni siquiera le has mirado!
—Ahora le estoy mirando...
—Ya me entiendes.
—Él tampoco ha hecho ningún acercamiento...
—Es difícil cuando tienes la lengua de Adam metida en tu boca todo el rato.
—Ahora no está aquí y él está allí con esa...
—¿En serio? —dice Sarah apoyando las manos en la cintura—. De acuerdo.

Se da la vuelta y camina con decisión hasta Connor y Keira. Las dos hablan un rato con él, intentando convencerle de algo, mientras Hayley observa la escena sin perder detalle y se la va narrando a Zoe, que se ha puesto de espaldas.

—¿Qué pasa ahora? —le pregunta a su amiga.
—Connor niega con la cabeza.
—¿Por qué?

—Porque le están preguntando si te ha olvidado y él está respondiendo que no.

—¿En serio?

—¡Y yo qué sé, Zoe! Me lo estoy inventando. No tengo un oído súper desarrollado y no sé leer los labios, y menos con cuatro copas de más —dice Hayley mientras Zoe parece desilusionada—. Aunque no creo que si le preguntaran eso, su respuesta fuera muy diferente...

—No sé... Él y esa chica parecen tener mucha química.

Entonces, la cara de Hayley cambia de repente, abriendo mucho los ojos y mirando a Zoe fijamente.

—¿Qué pasa? —le pregunta Zoe—. Hayley, ¡dime qué pasa!

Pero antes de que ella pueda responder, una voz a su espalda hace que se le erice todo el vello del cuerpo.

—Hayley, ¿nos disculpas un minuto?

—Sí... Sí, claro. Estaré... por ahí —le dice a Zoe, que se queda inmóvil en el sitio.

—Solo... —Connor se pone frente a ella y agacha la cabeza para buscar su mirada, sin atreverse a tocarla—. Solo quería preguntarte cómo te va...

—Bien... —responde Zoe mirándose las manos.

—¿Todo bien en el apartamento...? —pregunta mientras ella asiente con la cabeza—. ¿Te pusiste en contacto con Sophie?

—Sí. Expongo en la galería en dos meses...

—¡Eso es fantástico!

Zoe incapaz de mirarle, se mantiene con los brazos cruzados sobre el pecho, como si fueran su escudo protector.

—Escucha, Zoe. —Connor acerca sus manos pero ella se retira al instante—. Vale, vale, no te toco pero, al menos, mírame. ¿Por qué no me miras?

Zoe se da la vuelta pero él la rodea. Cuando ella repite la acción, él hace lo mismo, hasta que, al tercer intento, Connor la agarra de los brazos para retenerla. Zoe se revuelve durante unos segundos, pero cuando claudica, él la coge de la barbilla y la obliga a mirarle a los ojos.

—Hola —dice él en cuanto sus ojos se encuentran.

—Hola —contesta ella.

—Estás... Estás muy guapa.

—Gracias —contesta tocándose el pelo—. Necesitaba un cambio, en general, y también le tocó a mi pelo.

—Pues los cambios te han sentado bien.

—A ti también. —Sonríe ella, mucho más relajada—. ¿Te va bien por Irlanda?

—Sí, bastante—contesta rascándose la nuca, hasta que, haciendo acopio de todo su valor y siguiendo los consejos de Keira, se acerca a ella y, susurrándole al oído, le dice—: Pero te echo de menos, cada segundo de mi vida.

Zoe cierra los ojos cuando se le humedecen. Deja que Connor ponga las manos en su cintura y que su incipiente barba roce su mejilla.

—Estoy aprendiendo a vivir con lo que hice, pero por más que lo intento, soy incapaz de vivir sin ti.

—Connor... —Zoe apoya la frente y las palmas de las manos en el pecho de él.

—¿Qué?

—No me hagas esto... Estoy olvidándome de ti, lo estoy intentando con todas mis fuerzas.

—¿Por qué te quieres olvidar de mí?

—Porque yo te quería más que a nadie, y me hiciste daño. Porque confiaba en ti por encima de cualquiera, y me traicionaste. Porque eras todo mi mundo, y, de repente, se derrumbó a mi alrededor.

—No lo hagas, no me olvides...

Los labios de Connor rozan la mejilla de Zoe mientras

que su mano se aferra a la nuca de ella, acariciando su piel con los dedos.

—Te voy a besar —dice Connor, provocando que a Zoe se le escape un jadeo.

Él le coge la cara entre sus manos y besa sus labios con delicadeza, mientras ella se agarra con fuerza a las muñecas de Connor. El cosquilleo que recorre todo su cuerpo la hace tambalearse, y algo en su interior da un brinco. Son reacciones que hacía tiempo que su cuerpo no tenía, exactamente desde la última vez que Connor la besó.

—¡Apártate de ella! —grita Adam dándole un fuerte empujón.

En cuanto se separan, Connor la mira con la respiración agitada mientras ella se toca los labios con los dedos.

—¿A ti qué cojones te pasa? —insiste Adam volviéndole a empujar—. ¡Aléjate de ella!

—No quiero —contesta mirando a Zoe y pasando completamente de Adam.

—¿Perdona? Es que no te he oído bien —le dice poniéndose frente a él, interponiéndose en su campo visual para impedir que mire a Zoe.

Connor le mira entonces, pero no le contesta, así que Adam, totalmente fuera de sí, le vuelve a empujar. Repite varias veces la acción, haciendo que el resto de gente que llena el local se empiece a fijar en ellos.

—¿Que no quieres qué? —insiste Adam volviéndole a empujar—. No me has contestado.

Connor soporta dos empujones más hasta que, harto, cuando iba a recibir el tercero, agarra a Adam de la camisa y le propina un puñetazo en toda la nariz que le hace tambalearse hacia atrás.

—¡Mamonazo! —dice mirándose las palmas de las manos ensangrentadas—. Me has roto la nariz.

La gente se aparta de ellos, alejándose de los problemas con cara de preocupación, mientras Ian, el dueño del pub, mira a Connor y le pide calma con las manos. Kai, en cambio, parece estar disfrutando de lo lindo con la reacción de su hermano, porque sonríe abiertamente.

Connor empieza a caminar de nuevo hacia Zoe, pero entonces Adam se vuelve a abalanzar sobre él para detenerle. Ambos caen al suelo, pero enseguida Connor consigue ponerse sobre él y empieza a propinarle puñetazos en la cara, totalmente fuera de sí.

—¡Para, Connor! ¡Basta!

Al escuchar los gritos de Zoe, Connor reacciona y se levanta de golpe. Ella se acerca rápidamente a Adam, que se levanta con dificultad mientras se seca la sangre con la manga de la camisa.

—¡¿Te has vuelto loco?! —le grita.

—Él empezó... —contesta confundido.

—¡Porque estabas besando a mi chica, gilipollas! —grita Adam.

Connor mira a Zoe, que le vuelve a esquivar la mirada. Ambos saben que ella no hizo nada para impedir ese acercamiento ni ese beso.

—Dime que no has sentido nada cuando te he besado, y te juro que te dejo tranquila.

—Déjame, Connor —le pide ella con lágrimas en los ojos.

—¡Dímelo! ¡Dime que no me quieres!

—¡Ya no te quiero! ¡¿Contento?! —grita mientras Connor se queda inmóvil, sin poderse creer sus palabras. Entonces, ella camina hacia él y tal y como hiciera Adam, le empuja repetidas veces—. ¡Vete! ¡Lárgate! ¡No quiero verte más!

Los empujones de Zoe se convierten en golpes contra su pecho, golpes que no consiguen moverle ni un centímetro pero que hacen más daño de lo que ella cree. Connor ve las lágrimas en sus ojos y poco a poco empieza a retroceder hasta salir por la puerta, dejando a todo el local en silencio. Kai y Evan salen corriendo tras él mientras Hayley y Sarah se acercan a su amiga. Keira se acerca a ellas y su mirada se cruza con la de Zoe por primera vez.

–¿Qué? –dice Zoe–. ¿A qué esperas? Ve tras él y corre a follártelo. Se nota que lo estás deseando.

Keira la mira y, lejos de enfadarse, suelta un largo suspiro y sonríe.

–No lo entiendes, ¿verdad? Él no lo hizo entonces ni lo hará ahora. Me podría plantar desnuda frente a él y solo sería capaz de hablarme de lo guapa que estás con este corte de pelo o lo bien que te queda este vestido. Llevo un tiempo con él como para saber que está loca y perdidamente enamorado de ti, y solo me ha bastado un segundo para darme cuenta, al verte la cara cuando él te besaba, de que tú sientes exactamente lo mismo.

Zoe se queda muda, así que, cuando Adam vuelve, tapándose la nariz con un paño lleno de hielo que le ha dado Ian, Keira añade:

–Cuando dejes de engañarte a ti misma, llámale.

CAPÍTULO 5

The pieces don't fit anymore

—¡Connor! ¡Connor, espera! —gritan Kai y Evan corriendo detrás de su hermano.

—¡Para, joder! —dice Kai al atraparle, agarrándole de un brazo.

—¿Te vas? —le pregunta Evan.

—Después de lo que me ha dicho, ¿crees que soy capaz de quedarme ahí y hacer ver que no ha pasado nada?

—Pero... Pero yo quiero que estés conmigo, con nosotros.

—Evan, he hecho todo lo que he podido. Ha sido un calvario ver cómo ese tío la tocaba, ver cómo besaba sus labios o, simplemente, cómo la hacía reír. Y, aun así, he aguantado estoicamente por ti. Pero ahora ella me ha pedido que me vaya, no quiere verme más, y por nada en el mundo quiero verla llorar, menos aún cuando sé que esas lágrimas las he provocado yo.

En ese momento, Keira llega junto a ellos. Connor la mira apretando los labios formando una mueca con la boca, se encoge de hombros y agachando la cabeza, le dice:

—No sé qué más hacer. Sé que os prometí que lucharía por ella, pero no puedo hacerlo cuando me pide que me largue con lágrimas en los ojos.

—Lo sé —contesta ella acogiéndole entre sus brazos—. Tranquilo.

Connor llora en el hombro de Keira mientras ella permanece en silencio, dejando que suelte todos los sentimientos que ha retenido en su interior. Rick aparece cargando a Holly, ya dormida, en sus brazos. Pone una mano en la nuca de Connor y este, al notar el contacto, le mira.

–Me quiero ir... Estoy muy cansado... –le dice.
–De acuerdo. Os acompaño al hotel –dice Rick.
–No hace falta, Rick. Está aquí cerca, podemos ir dando un paseo.
–Vale, pues paseemos –contesta, y dirigiéndose a Kai y Evan, añade–: Yo me ocupo. Id con las chicas.
–¿Seguro? Yo... No permitas que se vaya...
–No te preocupes. No creo que esté en condiciones de coger un avión ahora mismo.

Antes de despedirse, Kai se acerca a Connor y le agarra por los hombros.

–Quiero que sepas que a pesar de todo, estoy muy orgulloso de ti, ¿vale? Eres grande, Con, muy grande –dice agarrándole de la nuca–. Mañana nos vemos, ¿vale?

Connor no responde, se limita a asentir con apatía, y empieza a alejarse de ellos, caminando con pesadez.

–Cuídale, Keira –le pide Kai.
–Siempre lo hago –responde ella.

Sarah y Hayley están en el lavabo de chicas, apoyadas contra el lavamanos, esperando a que Zoe salga del cubículo del váter. Lleva llorando desde que se ha encerrado y ninguno de sus intentos por convencerla para que salga, han servido de algo, así que han optado por dejar que se desfogue.

Esperan con más o menos calma hasta que, de repente, la escuchan vomitar y enseguida se ponen en alerta.

—¡Zoe! —grita Hayley picando en la puerta con la palma de la mano—. ¿Estás bien?

—¿Tanto ha bebido? —le pregunta Sarah a Hayley en voz baja.

—No, que yo sepa...

La puerta de los lavabos se abre y Adam hace acto de presencia.

—Adam, largo —le dice Hayley.

—¿Cómo está? —le pregunta sin hacerle caso.

—Fantásticamente bien —contesta ella de nuevo con sequedad.

—Está... ¿vomitando?

—Le ha sentado un poco mal la bebida —le dice Sarah en un tono más suave que el de Hayley, acompañándole de nuevo hacia la puerta—. En un rato salimos, ¿vale?

—Pero... —insiste cuando ya estaba a punto de cruzar el umbral.

—¡Que te largues, Adam! —le grita Hayley perdiendo la paciencia del todo, a pesar de la mirada de reproche que le hace Sarah.

Al rato, se escucha la cadena del váter y el pestillo de la puerta al abrirse, y aparece Zoe con el rímel corrido, el pelo despeinado y muy pálida.

—¿Estás mejor, cariño? —le dice Sarah acariciándole la espalda mientras Hayley le da una toallita húmeda para limpiarse el rímel.

—Estoy hecha una mierda.

—Sí, eso nos parece a nosotras también —dice Hayley.

—Tengo el estómago girado...

—¿De la bebida? ¿O por lo de...? —Sarah deja a medias la frase cuando ve que a Zoe se le vuelven a saltar las lágrimas.

Zoe abre el grifo del lavamanos y empieza a lavarse la cara compulsivamente. Al rato, al ver que eso no funciona, apoya las manos en el mármol y se mira fijamente en el espejo, tocándose los labios con los dedos.

En ese momento, se vuelve a abrir la puerta. Hayley está a punto de gritar de nuevo para que las dejen en paz, cuando ve que son Kai y Evan.

—A mí me han dicho que me largara... —Se escucha la voz del pobre Adam.

—Somos V.I.P. —le corta Kai cerrando la puerta.

Ambos se aproximan y miran a Zoe. Evan la abraza y le da un beso cariñoso en la frente.

—¿Le habéis visto? —les pregunta Zoe.

—Sí, Rick y Keira están con él.

—¿Está...? ¿Cómo...?

—¿Cómo crees que está? —le pregunta Kai con suavidad—. Pero no te preocupes, acepta tu decisión. Solo necesita un tiempo para hacerse a la idea.

A Zoe se le vuelve a descomponer la cara y corre de nuevo hacia el lavabo, justo a tiempo de inclinarse y volver a vomitar.

—¿Tanto ha bebido? —pregunta Evan.

—Me parece a mí que esto tiene poco que ver con la bebida... —asegura Hayley.

—No entiendo... —insiste él.

—Es complicado, cariño —le responde Hayley apoyando las manos en su pecho—. Dejadnos a solas, porque me parece que tenemos para un rato...

Mientras, Kai abraza a Sarah por la espalda, posando ambas manos en su vientre, con los dedos de ambos entrelazados.

—¿Y tú cómo estás? —le susurra Kai al oído.

—Bien —contesta ella dándose la vuelta sin que él deje de abrazarla.

—Esta mañana me has dejado preocupado. ¿Te ha vuelto a pasar?

—No —le contesta sonriendo mientras le acaricia la cara—. Estoy bien, excepto por estos zapatos que me están matando.

—Y yo que te iba a pedir que luego en casa fuera lo único que te dejaras puesto...

—Bueno —le dice al oído—, depende de lo que me ofrezcas a cambio, podemos llegar a un acuerdo.

Kai sonríe agachando la cabeza, hasta que ella le coge la cara entre las manos y se la levanta.

—Te amo, MalakayO'Sullivan —le dice rozando su nariz con la de él.

—Y yo... Si alguna vez me dijeras lo que Zoe le ha dicho a Connor, me harías añicos.

—Exagerado.

—No, para nada. No creo que fuera capaz de vivir alejado de ti.

—No tendrás que comprobarlo, porque eres mío de mí —dice mientras Kai ríe—, y no te pienso dejar escapar nunca. Así que dile a esas rubias de bote que pululan por ahí fuera, que estás ocupado.

—Aquí tiene las llaves de las dos habitaciones, señor O'Sullivan —dice el servicial recepcionista del Hilton—. Un taxista nos trajo sus maletas y se las hemos dejado en sus respectivas habitaciones.

—Gracias —contestan Keira y Rick ante el mutismo de Connor.

Le tiende a Keira la llave de su habitación y empieza a caminar como un autómata hacia los ascensores. Una vez arriba, cuando llega a su habitación, mete la tarjeta en la cerradura, entra y deja que la puerta se cierre a su espalda. Rick reacciona rápidamente y mete el pie antes de que se cierre del todo.

—Llámame desconfiado, pero prefiero echarle un ojo y comprobar que está bien —le dice a Keira—. ¿Te importa?

—Para nada.

Los dos entran y se encuentran a Connor quitándose la camisa y tirándola al suelo. Luego se empieza a desabrochar el pantalón del traje y lo deja resbalar por sus piernas, quedándose en calzoncillos, mientras se dirige al baño. Rick estira a Holly en la enorme cama, le quita los zapatos y la tapa con la sábana. Le da un beso en la frente y le peina con ternura algunos mechones de pelo, todo bajo la atenta mirada de Keira.

—Voy a ver qué hace —le dice cuando se incorpora.

—Vale —contesta ella sonriendo sin despegar los labios—. Ya me quedo yo con Holly.

Rick apoya la oreja contra la puerta del baño. Al rato, se gira hacia Keira y niega con la cabeza, así que llama con los nudillos.

—Sully, ¿estás bien?

—Vete, Rick.

—No me voy a ir. ¿Puedo entrar?

—Me voy a duchar y, llámame conservador, pero es algo que prefiero no hacer contigo mirándome.

—No oigo el agua correr.

Dos segundos después, empiezan a escuchar el agua salpicando contra el suelo de la ducha.

—¿Contento?

—Mucho, pero en serio que preferiría estar ahí dentro contigo.

—¡Joder! —grita Connor abriendo la puerta y abriendo los brazos frente a Rick—. ¡¿Te vale así?! ¡¿Por qué cojones no me dejáis en paz?! ¡¿Por qué os empeñáis en pensar que no soy capaz de estar un tiempo a solas?!

En ese momento, Connor se da cuenta de la presencia de Keira en la habitación, al lado de Holly, que duerme profundamente en la cama. Rick entra en el baño y cierra el grifo del agua. Vuelve a salir a la habitación y, después de abrir la maleta, le tira una camiseta a Connor.

—Ponte esto y no te exhibas más, que aún tengo esperanzas de que Keira me dé una oportunidad y ahora mismo me estás robando el protagonismo —suelta Rick sin ninguna vergüenza.

—Me iba a duchar... —dice Connor con la camiseta aún en la mano.

—Vamos a hablar primero.

Rick se sienta en uno de los sillones y señala el otro para que Connor haga lo propio.

—Siéntate, por favor —le pide al ver que no se mueve del sitio.

—Eres como un puto grano en el culo —se queja Connor después de chasquear la lengua contrariado, poniéndose la camiseta mientras se deja caer en el sillón.

—Gracias. Yo también te quiero, colega —dice haciendo una pausa antes de continuar—. Escucha, no queremos ser un incordio y por supuesto que pensamos que te mereces un rato a solas, pero estamos muy preocupados. Te conozco Sully y sé cómo sufres con estas cosas. Te vi cuando lo de Sharon, sé que te volviste loco, y ella no te importaba ni la mitad de lo que te importa Zoe. Así que entiende que ahora mismo esté muy preocupado por ti.

—Ya he pasado por esto con Zoe, ¿recuerdas? —le contesta Connor—. Ya me dejó una vez y, aunque lo pasé fatal, logré salir adelante, ¿no?

—Yo no creo que esta vez sea igual. Creo que la vez anterior, te fuiste con la intención de tener un tiempo para reflexionar, pero con la esperanza de volverlo a intentar. Esta vez, siento como si te hubieras rendido del todo.

Connor apoya los pies en la mesa de centro que les separa y gira la cabeza hacia los ventanales, observando las luces de la ciudad.

—¿Te has rendido, Connor? —le pregunta Keira sentándose en la mesa de centro, justo delante de él.

—¿Y qué queréis que haga? —les responde con lágrimas en los ojos—. Me ha pedido que me vaya, me ha dicho que ya no me quiere.

—Pero eso no es lo que ella siente de verdad. Me he estado fijando en ella todo el rato. La he visto esquivar tu mirada y mirarte cuando tú no le prestabas atención, me he dado cuenta de cómo temblaba cuando te has acercado a ella y te puedo asegurar que ese beso era correspondido. Se está engañando a sí misma.

—Pero eso da igual. No puedo obligarla a que me quiera, Keira. No se puede obligar a alguien a que sienta lo que tú quieres.

—Lo sé... —dice ella mirando hacia sus manos, que permanecen unidas en su regazo.

—¿Y ahora qué? —le pregunta Rick.

—No sé —contesta Connor encogiéndose de hombros—. Volverme a Irlanda, supongo.

—¿No te quedas aquí?

—No puedo, Rick. Sigo muriendo lentamente cada segundo que paso a su lado sin poder abrazarla...

—Pero... Pero si lo vuestro es una ruptura definitiva, ¿quiere decir eso que te alejas de todos nosotros definitivamente? ¿Cómo crees que se lo van a tomar tus hermanos? ¿Cómo crees que le sentará a Sarah? ¿No verás crecer a mi Holly? ¿Qué hay de nosotros, de nuestra amistad?

—No... No lo sé, Rick.

—Vuelves a huir de los problemas.

—¡Joder, no! ¡Me he enfrentado a ellos, Rick! ¡No te haces una idea de lo que me ha costado venir! ¡No sabes lo que he sufrido para acercarme a ella! ¡Y no tienes ni puta idea de cómo me he sentido cuando ella me decía que ya no me quería mientras me pegaba en el pecho con los puños! —grita llorando, con la cara desencajada, poniéndose en pie—. No tienes ni idea... Ni idea... Ninguno tenéis idea de cómo me siento...

Connor se agarra la cabeza, sin poder parar de sollozar, moviéndose indeciso de un lado a otro, hasta que Rick se levanta y, sin mediar palabra, se acerca a él y le abraza con fuerza.

—Lo siento. Lo siento, Connor —repite una y otra vez, mientras deja que se desahogue en sus brazos.

Cuando parece más tranquilo, Rick le conduce hacia el lado de la cama que no está ocupado por Holly, abre las sábanas y, cuando Connor se estira dentro, le arropa como hizo antes con su hija.

—Me has llamado Connor.

—¿Qué?

—Que me acabas de llamar por mi nombre de pila.

—Pues no me he dado cuenta —contesta sonriendo.

—No importa. Así es como me llama mi familia.

—¿Quién soy yo? ¿Una especie de cuñado metementodo?

—Peor. Un hermano toca cojones.

Ambos se miran sonriendo, mientras a Connor se le cierran los ojos de puro agotamiento.

—Me voy a quedar por aquí esta noche, ¿vale? Así que si me necesitas, abre un ojo y aquí estaré.

—Vale.

—Además, no vas a dormir solo, ahí tienes a Holly para cuidar de ti también.

Connor se gira para mirarla y sonríe. Luego se vuelve a dar la vuelta y cierra los ojos con pesadez.

Mientras, las chicas siguen en el baño del pub, sentadas en el suelo, hablando. Zoe y Hayley fuman unos cigarrillos y beben cerveza, mientras Sarah se las apaña con una botella de agua bien fresca.

–Esto está asqueroso –dice Hayley.

–¿Y por qué te lo fumas? –le pregunta Sarah moviendo una mano para alejar el humo de alrededor mientras entorna los ojos–. El aire aquí dentro se está haciendo imposible de respirar.

Se levanta, se sube a uno de los váteres, y abre una ventana situada en la parte alta de la pared.

–Porque me apetece ser mala. ¿No es esto lo que hacen en las pelis, las chicas malas en los lavabos del instituto? –dice Hayley.

–A mí ya no me sorprende nada de ti, aunque la verdad es que tus pintas, aquí sentada en el suelo del baño, con el vestido de novia puesto y fumando, son de traca –dice Sarah sentándose cerca de ellas.

–Y que aún así, Evan me quiera... Lo nuestro es amor para toda la vida, ¿no creéis? Oh, mierda, perdona, Zoe –se disculpa, algo achispada por culpa de la bebida.

–No pasa nada. Ya os lo dije hace un tiempo, me alegro de que seáis felices. Yo, algún día, lo conseguiré también.

–Pues vas por mal camino –suelta Sarah muy seria y sin cortarse un pelo.

Hayley se queda inmóvil, con la botella a medio camino de su boca. Solo se atreve a mover los ojos, que van de una a otra sin descanso.

–Siento ser tan directa, pero te quiero y no puedo ver como arruinas tu felicidad y, de rebote, la de Connor.

Zoe la mira con la boca abierta y los ojos humedecidos por las lágrimas que se le agolpan.

–Me haces parecer como la culpable de todo, y no fui yo quién se acostó con otro.

–Él tampoco.

–Ya me entiendes.

–No, no te entiendo. ¿Por qué tienes en cuenta que se enrolló con Sharon pero no que fue incapaz de acostarse con ella? ¿Por qué valoras más una cosa que otra?

–¡Es muy fácil hablar y dar consejos cuando no eres tú quién lo ha sufrido! ¡¿Qué hubieras hecho tú?! ¡¿Habrías perdonado a Kai?!

–Sé que parece difícil de creer, pero si mi felicidad dependiera de ese perdón, sí, lo haría. Al principio me pareció lógico y normal que te enfadaras con él y que le mandaras a freír espárragos. Pero luego te enteraste de que no se acostó con Sharon, te dio el espacio que le pediste, y te puso todas las facilidades para que te comieras el mundo. Y a pesar de todo, no eres feliz, por mucho que intentes disimularlo. ¿Y sabes por qué? Porque mientes, y lo triste es que solo tú te crees tus mentiras.

Zoe se mira las manos y sorbe los mocos que le caen de la nariz. Utiliza el pañuelo que lleva en el cuello para limpiarse las lágrimas de los ojos, manchándolo con los restos del poco rímel que aún le queda. Al rato, levanta la cabeza y las mira a las dos.

–No quiero vivir con miedo –confiesa al rato.

–¿Miedo de qué, cariño? –le pregunta Sarah abrazándola por los hombros.

–Si le perdono, tengo la sensación de que viviría siempre con el miedo de que volviera a hacerlo. Quiero confiar ciegamente en él, y ahora, eso es imposible.

***

—Hemos tenido suerte. La nevera está bien surtida –dice Rick con varias mini botellas que ha encontrado.

—Espera, espera. ¿Y todo esto es gratis? –pregunta Keira inocentemente.

—Para ti y para mí, sí –contesta guiñándole un ojo.

—¡No! –Ríe Keira dándole un manotazo en el brazo mientras él se sienta a su lado–. ¡No podemos hacer eso!

—Créeme, no se va a enfadar si lo hacemos y treinta dólares más en bebidas no le supondrán un problema en su cuenta bancaria. Será nuestro pago por cuidar de él.

Rick reparte el contenido de una de las botellitas en dos vasos y lo mezcla con soda. Le tiende uno a Keira y, tras brindar con ella, da un largo trago. Luego echa hacia atrás la cabeza, apoyándola en el respaldo del sofá.

—¿Hace mucho que os conocéis? –le pregunta Keira.

—Mucho –contesta él girando la cabeza para mirar a Connor–. Es como un hermano, siempre está ahí, para lo bueno y para lo malo. Y por suerte, y aunque parezca mentira ahora mismo, ha habido muchos más ratos buenos que malos.

—Me da la impresión de que vosotros dos juntos sois muy peligrosos.

—¿Yo? Pobre de mí...

En ese momento, Holly se remueve en la cama.

—¿Papi?

Rick se levanta a toda prisa y se acerca a ella. Se arrodilla a su lado y le acaricia el pelo con cariño mientras le habla susurrando.

—Estoy aquí, cariño.

—¿Dónde estamos?

—Tío Sully no se encontraba bien y le hemos acompañado a su hotel. Mira –dice señalando hacia el lado contrario de la cama, mientras Holly se gira–, está ahí durmiendo.

—Vale, no te preocupes. Yo le cuido —dice acercándose a él, pasando su pequeño brazo por encima del pecho de Connor y dándole un beso en la mejilla.

En cuanto cierra los ojos, Rick vuelve junto a Keira, que le mira apoyando la cabeza en una mano y sonriendo.

—¿De qué te ríes? —le pregunta Rick.

—A pesar de ese aspecto de canalla, eres todo un padrazo.

—No siempre lo he sido. Cuando mi mujer y yo nos separamos, me distancié tanto de ellas que no me acordaba siquiera de su cumpleaños. La cosa cambió hace unos meses, cuando me di cuenta de la personita en la que se había convertido ese bebé del que me distancié. Y me dio mucha pena, porque yo no había sido testigo de ese cambio...

—Holly tiene mucho de ti, tu soltura y desparpajo al hablar, y también tus mismos ojos. Es una cría estupenda.

—Gracias —dice agachando la cabeza con timidez, aunque enseguida se recompone y vuelve a la carga como el Rick de siempre—. Espero haberte causado la misma buena impresión que mi hija.

—Bueno, ella ha dejado el listón muy alto. Sobre todo porque me ha contado un montón de cosas divertidas... Como lo bien que se lo pasa contigo en el parque cuando la utilizas para ligar.

—Yo no tengo la culpa de que a las mujeres os resulte tan sexy ver a un padre jugar con su hija.

—La verdad es que sí es muy sexy.

—¿Yo o cualquier padre?

—Cualquier padre en general y tú en particular.

Los dos se miran sonriendo, sin decirse nada durante varios segundos, hasta que Rick rompe la tensión que se estaba creando entre ellos, pero decidido a echar toda la carne en el asador.

—Lo primero que pensé al verte, fue que este cabronazo había vuelto a tener muchísima suerte —dice señalando a Connor—. Y cuando me comentaste que eras su prima, no sé ni cómo no te llegaste a dar cuenta de mi alegría.

—¿Pensaste que era su novia?

—Yo y todos, Zoe incluida.

—Sí, ella me lo dejó clarito —contesta haciendo una mueca con la cara—. Bueno, la verdad es que es muy... sexy y quizá he estado un tiempo algo... colgada por él. Pero tengo muy claro que no es correspondido y que además es mi primo. Mi padre me mataría...

—Entonces no iba desencaminado... —dice Rick con pesar—. Pero, muy colgada, en plan... enamorada, o un simple cuelgue pasajero...

—No sé —contesta encogiendo los hombros mientras dirige la vista a la cama—. Al principio solo me pareció divertido y torpe... Era un amor y era muy vulnerable por todo lo de Zoe. Pero luego salió a relucir un Connor mucho más... hombre, y no sé, supongo que me pilló desprevenida.

—Entonces, ¿ese es el secreto? ¿Pillarte desprevenida?

—Tal vez —contesta con una sonrisa.

Rick agacha la cabeza y la mira de reojo. Se pasa la mano por la incipiente barba, pensativo, hasta que se pone en pie y le tiende la mano.

—Ven conmigo —le dice.

—¿A dónde?

—Antes me has dicho que es la primera vez que vienes a Nueva York, y te marchas en breve. No puedo permitir que lo hagas sin ver algo.

Keira le da la mano y Rick tira de ella hacia fuera de la habitación. Caminan a toda prisa por el pasillo y esperan el ascensor, que a estas horas de la madrugada no está muy concurrido, y no tarda en llegar.

—¿Dónde me llevas? —pregunta ella, nerviosa.

—Ahora lo verás, impaciente.

En cuanto el ascensor se para en la última planta, Rick le vuelve a dar la mano y, tapándole los ojos con la otra, le susurra al oído con voz ronca:

—Confía en mí —dice mientras la conduce por un largo pasillo.

Abre una puerta y salen a la azotea. Rick se quita la americana y se la pone a ella por encima de los hombros.

—Cuando quieras, puedes abrir los ojos.

En cuanto lo hace, Keira se queda boquiabierta. Gira sobre sí misma varias veces, mirando en todas direcciones, sin querer perderse nada de lo que esa maravillosa vista le ofrece.

—Esto es... —dice ella emocionada, tapándose la boca con una mano—, precioso.

—No es lo mismo ver la ciudad desde abajo que desde arriba. Y no podía permitir que te fueras sin estas imágenes en tu memoria —dice poniéndose a su espalda, pasando un brazo alrededor de su cintura para moverla con suavidad mientras empieza a señalar con el dedo—: Ese es el Empire State Building, se acabó de construir en el año mil novecientos treinta y uno, tiene ciento tres plantas y es el segundo edificio más alto de la ciudad.

Rick se mueve lentamente, y a su vez a Keira, para encararse hacia otro punto estratégico.

—Ahí está el Top of the Rock, que tiene setenta plantas. ¿Sabes el famoso árbol que ponen cada Navidad? —le pregunta mientras ella asiente con la cabeza—. Pues lo ponen al pie de ese edificio, al lado de una pista de patinaje.

Vuelve a moverse lentamente, apretando el agarre en su cintura, acariciando la tela de raso del vestido de Keira.

—Por ahí está Central Park. Es precioso en esta época del año, con todas las hojas de los árboles a punto de caer. Ojalá pudiera llevarte y pasear hasta perdernos.

Un escalofrío recorre el cuerpo de Keira, pero no está segura de si atribuírselo al viento que sopla ahí arriba, al aliento de Rick haciendo cosquillas en su oreja, o al roce de sus dedos en su vientre.

–Esa zona con tantas luces, es Times Square, donde se celebran las campanadas de Fin de Año. Y al lado está Broadway, con todos los teatros...

Entonces, la gira lentamente hasta quedarse cara a cara. Keira le mira a los ojos, los cuales le brillan con la misma intensidad que las luces de alrededor.

–Y este soy yo, Rick Emerson. Tengo treinta y seis años y una hija de ocho que, ahora mismo, es todo mi mundo. Soy publicista y, aunque siempre he sabido venderme muy bien a la hora de ligar con mujeres, tú consigues dejarme sin palabras. Sé que es una locura. Sé que nos hemos conocido hoy. Sé que eres demasiado joven para un tipo divorciado con una hija como yo. Sé que nuestros hogares están a cinco mil kilómetros. Sé que nuestros mundos son totalmente distintos. Sé que...

Keira recorre la corta distancia que les separa y pone dos dedos encima de sus labios, consiguiendo que Rick se calle al instante.

–¿En serio te has quedado sin palabras alguna vez?

–Sí... –Ríe, rascándose la nuca con timidez.

–Pues hazlo ahora y bésame.

En ese mismo momento, Kai, Sarah y Vicky dejan a Zoe en su apartamento.

–¿Seguro que estarás bien? –le pregunta Sarah a Zoe cuando la acompaña hasta la puerta de su apartamento.

–Sí, tranquila.

–Me puedo quedar, si me necesitas...

–No, vete a casa con Kai y Vicky. No quiero arruinaros más esta noche. Además, quiero llamar a Adam para pedirle disculpas... –dice, y al ver la cara de circunstancias de Sarah, aclara–: No me mires así. Al fin y al cabo, recibió una buena paliza y al final se largó cansado de esperarme y sin recibir ninguna explicación por mi parte.

–Vale, lo entiendo.
–Sé que no lo haces.
–No, tienes razón, no lo entiendo.
–Pero gracias por simular que sí.
–Lo hago fatal, lo sé –dice Sarah.
–Verdad. Entonces mejor te doy las gracias por intentar simular que me entiendes.
–De nada –contesta mientras las dos ríen–. Escucha... Connor se irá de nuevo a Irlanda. ¿Eres consciente de ello?
–Sí, supongo... Parece que allí ha estado muy bien, ¿no? Por lo que me han contado Kai y Evan.
–Sí, pero alejado cinco mil kilómetros de las personas que más quiere en este mundo. Y me da la sensación de que, después de lo que le has dicho, puede que para siempre.
–¿Por qué me dices esto?
–Para que te plantees si realmente quieres perderle para siempre. Es Connor, Zoe. Tu Connor.

En el pasillo del Hilton, apoyados contra la puerta de la habitación de Keira, ella y Rick se besan apasionadamente. Sus respiraciones están aceleradas y descompasadas, sus corazones laten desbocados y sus lenguas se buscan con ansia. Rick desliza sus manos por las piernas de ella, levantando el vestido a su paso, mientras aprieta su erección contra su cuerpo. Keira le saca la camisa por fuera de los pantalones y cuela sus manos por debajo, arañando la piel de su espalda. Rick aprieta los dientes y resopla a través de ellos, mientras hunde las manos en el pelo de Keira, del que tira con firmeza pero con suavidad, dejando al descubierto su cuello. Lo observa durante unos segundos, hasta que se le escapa un jadeo y, asustado, retrocede un paso.

—¿Qué me estás haciendo? ¿Qué...? ¿Qué estoy haciendo?

Ella le mira abrazándose el cuerpo con ambos brazos, sin entender demasiado la situación. No es consciente del asombro de Rick al darse cuenta de lo que Keira le provoca. Él no suele comportarse así con las mujeres.

—¿Qué quieres decir? —le pregunta ella—. No te entiendo.

—Yo no... No suelo hacer planes. No... No pienso en el día de mañana...

—Rick, ¿te encuentras bien?

—Sí, lo jodido es que me encuentro fenomenal.

—Me estoy perdiendo algo —dice Keira riendo.

Rick se queda embobado mirándola. Admirando su perfecta piel, sus ojos rasgados, su apetecible boca y los hoyuelos que se le forman en las mejillas al sonreír. Cuando se da cuenta, chasquea la lengua moviendo la cabeza de un lado a otro, contrariado.

—¿Ves? Otra vez. Me has hechizado. Te miro y no paro de pensar en qué excusa poner para poder verte mañana de nuevo.

Él no es el que suele perder la cabeza por las mujeres, y menos por una que en poco más de veinticuatro horas estará a miles de kilómetros de distancia. Antes, él se habría aprovechado de esta situación, ella hubiera sido un polvo perfecto: sin intercambio de teléfonos, ni siquiera un «ya nos veremos» porque viviendo en continentes diferentes, eso sería prácticamente imposible.

–No hace falta que busques ninguna excusa. Quiero verte mañana.

–¿De veras? –contesta él ilusionado.

–Sí, me has pillado desprevenida.

Rick sonríe agachando la cabeza. Keira se acerca a él y apoya la palma de la mano en su mejilla. Le busca la mirada, hasta que él vuelve a levantar la cabeza y ella le besa, lentamente, saboreando sus labios con deleite.

–¿Tú...? –intenta hablar de nuevo separándose de ella unos centímetros–. ¿Comes?

–Sí, suelo tener ese vicio absurdo –contesta Keira riendo a carcajadas mientras Rick la estrecha entre sus brazos con fuerza.

–Espera... No te rías de mí. Déjame que me centre. Lo que quería preguntarte es si quieres comer mañana conmigo –dice, y al ver la duda en la cara de ella, añade–: No te preocupes por Connor porque Kai y Sarah me han dicho que vendrán a verle, así que supongo que podemos escaparnos un rato. Y tengo que dejar a Holly con su madre mañana por la mañana, así que estaremos solo tú y yo. ¿Qué te parece?

–Acepto. Con la condición de que me des ese paseo por Central Park y nos perdamos un rato, no mucho, porque pasado mañana tengo que coger un avión, pero lo suficiente...

A Rick se le entrecorta la respiración, pero lo intenta disimular como puede. No quiere demostrarle tan pronto que el solo hecho de pensar en su marcha, le provoca un sentimiento de vacío enorme en su corazón.

–Entonces, ¿tenemos una cita? –pregunta con toda la calma posible.

–La tenemos –responde ella sonriendo, sin soltarle las manos.

—Tengo que volver... —dice él señalando a la habitación de Connor con la cabeza.

—Y yo debería dormir un poco.

Rick enmarca la cara de Keira con sus manos y le acaricia los labios con sus pulgares, resistiéndose a cargarla al hombro y meterla en la habitación, a desnudarla haciendo jirones el vestido, y a hacerle el amor sin descanso.

—Hasta mañana —le dice Rick acariciándole la mejilla con la nariz.

—Hasta dentro de un rato.

—¿Soñarás conmigo?

—Puede —contesta ella caminando hacia atrás hasta tocar la puerta de su habitación con la espalda.

Mete la llave en la ranura de la cerradura y abre la puerta sin dejar de mirar a Rick, mientras le dice adiós con la mano y con una enorme sonrisa en la cara.

—Oh, joder... Qué bien... Por fin en casa... —dice Kai desplomándose en el sofá de casa de sus padres, la suya desde hace unas semanas.

—¡Ha sido una boda genial! —dice Vicky muy animada.

—La verdad es que ha estado bien. Puede que a Connor, el exilio a Irlanda no le haya servido para olvidarse de Zoe, pero sí para sacar su lado pandillero, por fin.

Vicky ríe a carcajadas mientras choca los cinco con Kai.

—Sois lo peor. No tenéis en cuenta lo que Connor y Zoe están sufriendo.

—Claro que sí, pero es para quitarle hierro al asunto —dice Kai.

—Mamá, no nos alegramos de que sufran, aunque tengo que decir que se lo están buscando ellos solos. Nos alegramos de que Connor haya decidido dejar de ser un pelele como fue con Sharon y de que haya intentado luchar por recuperar a Zoe, aunque no haya ido del todo bien.

–¿Cómo sabes tú cómo se comportó Connor cuando Sharon le abandonó?

–Kai me lo contó –contesta señalándole con el dedo.

–Vale, creo que pasáis demasiado tiempo juntos. Me voy a dar una ducha –dice subiendo las escaleras.

Kai se levanta del sofá y se dirige a la cocina y Vicky coge el mando a distancia de la televisión, cuando vuelven a escuchar la voz de Sarah.

–Y tú señorita deberías hacer lo mismo. Y tú, Kai, no deberías beberte esa cerveza que estás a punto de coger de la nevera.

Vicky se incorpora del sofá, haciendo una mueca con la boca. Kai sale de la cocina con la cerveza en la mano y, abriendo los brazos, dice:

–¿Cómo cojones lo hace?

–Acostúmbrate. Tiene un don –dice Vicky levantándose del sofá y acercándose a Kai para darle un beso de buenas noches–. Será mejor que suba antes de que nos descubra hablando de ella a sus espaldas. Buenas noches, Kai.

–Buenas noches, preciosa –dice abrazándola y dándole un beso en la cabeza.

–Te quiero –dice ella antes de separarse, riendo al comprobar cómo él aún se incomoda cuando le dice esas palabras.

–Te lo pasas en grande conmigo, ¿eh?

En cuanto Vicky llega al piso de arriba y pasa por delante de la puerta del dormitorio de su madre y de Kai, un fuerte ruido capta su atención. Retrocede rápidamente sobre sus pasos y abre la puerta en busca de su madre.

—¿Mamá? —dice dirigiéndose hacia el baño, donde encuentra a su madre sentada en la taza del váter y varios frascos de una estantería esparcidos por el suelo a su alrededor.
—Tranquila cariño, estoy bien.
—¿Qué ha pasado? —pregunta Vicky mirando al suelo.
—Me mareé y, al intentar apoyarme en la estantería, calculé mal y tiré todo al suelo. Pero estoy bien.

Vicky coge las manos de su madre y las inspecciona detenidamente. Después de asegurarse de que no tiene ningún rasguño, se agacha y empieza a recogerlo todo.

—Mamá, ¿cuánto hace que sufres estos mareos? —le pregunta y antes de que responda, vuelve a decir—: Y no intentes mentirme diciéndome que es el primero que tienes.
—Hace unos días...
—¿Y esos mareos tienen algo que ver con el hecho de que hoy no hayas probado ni una gota de alcohol? —Sarah la mira con la boca abierta, totalmente alucinada—. Te he estado observando, mamá.
—¿Cuándo te has convertido en una espía de la Gestapo?
—Aprendí de la mejor —dice guiñándole un ojo—. Ahora en serio. Mamá, ¿crees que puedes estar...? Ya sabes... ¿embarazada?

Sarah no contesta, solo se mira las manos y aprieta los labios hasta convertirlos en una fina línea.

—¿Mamá? ¿En serio? —insiste Vicky con una sonrisa en los labios—. ¡Eso sería genial!
—No lo sé, cariño.
—¿No sabes si estás embarazada o si sería genial?
—Ambas.
—¿Llevas retraso?
—De tres semanas.
—¿Y a qué esperas para hacerte la prueba?

—Tengo miedo.

—¿Del resultado? Mamá, no seas tonta. Sería una noticia genial.

—No, de perder a Kai.

—¿Perderle? ¿Crees que Kai te abandonaría si estuvieras embarazada?

—No lo sé —contesta Sarah peinándose el pelo con las manos de forma compulsiva—. No es algo que entrara en nuestros planes. Ahora que Kai está mirando el local para montar el gimnasio, no sé si es un buen momento...

—Mamá, te estás poniendo excusas. Díselo.

—¿Decirme qué?

Kai entra en el baño y arruga la frente al ver a Sarah sentada en el váter, pálida como el mármol. Se agacha frente a ella y apoya las manos en sus rodillas, mirando a las dos, esperando una explicación.

—Os dejo porque tenéis que hablar —dice dándole un beso a su madre.

—¿Qué pasa? ¿Qué tienes que decirme?

Sarah suspira y se muerde el labio inferior. Enseguida se le humedecen los ojos y se empieza a frotar las manos la una contra la otra.

—Me estás asustando, Sarah.

—Verás... Antes te he mentido... —dice mientras Kai arruga la frente, totalmente perdido—. El mareo de esta mañana, sí me había pasado antes. De hecho, me pasan a menudo, bueno, cada día, desde hace como tres semanas.

—¿En serio? ¿Y por qué no me habías dicho nada? ¿Quieres que vayamos al médico?

—No hace falta... Creo que sé a qué se deben porque ya me había pasado una vez, hace años.

—¿Ah sí?

—Sí, cuando me quedé embarazada de Vicky.

—¿Y qué te tomaste?

—Nada, Kai. Los mareos se me pasaron a los nueve meses.

Ella le observa mientras él procesa las palabras en su cabeza, cosa que le lleva varios segundos, hasta que de repente, pierde el equilibrio y cae de culo al suelo.

—¿Estás...? ¿Estás embarazada?

—No lo sé —contesta Sarah mientras las primeras lágrimas asoman a sus ojos—. No me he hecho la prueba, pero tengo los mismos síntomas que cuando me quedé de Vicky y tengo un retraso de tres semanas.

—¿Tienes una prueba de esas para hacerte?

—No...

Kai se pone en pie de un salto y sale corriendo del baño y de la habitación. Sarah oye como baja las escaleras a toda prisa y luego escucha la puerta principal al cerrarse. Al rato, Vicky entra en el baño y, preocupada, le pregunta a su madre:

—¿Qué ha pasado? ¿Se lo has dicho?

—Sí.

—¿Y? ¿Está contento o...?

—No lo sé.

—¿A dónde va?

—A comprar una prueba de embarazo, creo y espero, porque tampoco me lo ha dicho.

—Te he traído un vaso de agua...

—Gracias, cariño.

—Escucha, si por cualquier cosa, Kai no... Que no lo creo porque sé que va a estar encantado, pero, que si no lo estuviera, puedes contar conmigo para lo que necesites. Te quiero ayudar, mamá.

—Lo sé, cariño. Gracias.

Vicky no puede evitar clavar la vista en el vientre de su madre, llegando incluso a quedarse inmóvil.

—Vicky...

—No lo puedo evitar. Me encanta la idea y quiero tenerle ya en mis brazos. Estos meses se me van a hacer eternos.

—Aún no sabemos si estoy embarazada o no...

Justo al acabar la frase, Kai irrumpe en la habitación con la bolsa de una farmacia en la mano. Tiene la frente plagada de gotas sudor, y su pecho se mueve arriba y abajo con rapidez. Saca la caja de la bolsa y se la tiende a Sarah con mano temblorosa.

—Se supone que tengo que hacer pis encima de esto, y con los dos mirándome fijamente, creo que no voy a ser capaz.

Los dos salen del baño en silencio y Sarah abre la caja y saca la prueba de embarazo. Lee las instrucciones y comprueba que no han cambiado mucho en dieciséis años. Signo positivo, embarazada. Signo negativo, no embarazada.

En cuanto tira de la cadena, Kai aparece y se apoya en el marco de la puerta. Sarah le mira con algo de miedo, intentando descifrar lo que le pasa por la cabeza.

—Tenemos que esperar unos minutos —dice girando la cabeza hacia la prueba, que reposa encima del mueble del lavamanos, mientras se seca algunas lágrimas.

Kai la agarra del brazo y la obliga a levantarse. Se acerca a ella y rodea su cintura con un brazo mientras le seca las lágrimas con los dedos de su mano libre.

—¿Por qué lloras? ¿No quieres...?

—Es que esto no estaba planeado y tú...

—¿Yo, qué? —le pregunta buscando su mirada.

Sarah se muerde el labio inferior y gira la cara para mirar de nuevo el trozo de plástico que puede dar un giro radical a sus vidas.

—Sarah, no me has contestado. ¿Yo, qué?

—Tengo miedo de perderte.

—¿Cómo?

—Sé que esto no entraba en nuestros planes y que no es el mejor momento... Sé que si sale positivo, no sería la mejor de las noticias que...

—Sarah —la corta Kai, cogiéndola de la cara y obligándola a mirarle a los ojos—. Sería la mejor noticia que pueda imaginar. Quiero que estés embarazada. Quiero ser padre, aunque tengo mis serias dudas de que vaya a ser una buena influencia para él o ella...

Sarah empieza a llorar desconsoladamente, apoyando la frente en el pecho de Kai, agarrando su camiseta con fuerza, mientras él la estrecha entre sus brazos.

—Es más —le dice buscando su mirada—, si sale negativo, quiero que lo sigamos intentando. ¿Te parece bien?

—Vale —contesta Sarah riendo.

—No va a hacer falta —dice entonces Vicky.

Los dos la miran y ella, con una enorme sonrisa en la cara, señala hacia la prueba, que muestra un inequívoco signo positivo.

—¿Eso es un sí? —dice Kai cogiendo la prueba.

—Sí —contesta Sarah.

—¿Vamos a ser padres? —pregunta mirándola mientras ella asiente—. ¿Voy a ser padre? ¡Voy a ser padre! Joder... voy a ser padre...

Kai se sienta en la taza de váter, mirando fijamente el trozo de plástico blanco que sostiene entre los dedos. Al rato, sorbe por la nariz y la mira con los ojos bañados en lágrimas.

—No puedo creer que confíes en mí lo suficiente como para ser el padre de ese bebé...

—Eh —dice ella agachándose frente a él—. ¿Por qué dices eso?

—Es que, yo nunca he sido muy... responsable. Gracias por confiar en mí.

—Ahora mismo, no se me ocurre nadie mejor que tú para desempeñar ese papel. Te quiero, Kai.

—Yo también os quiero, a las dos, y a esta cosita de aquí, también —dice posando la mano con suavidad en el vientre de Sarah.

—¿Estarás bien? —le pregunta Keira.

—Sí, vete. Tranquila.

—Pero me sabe mal porque Kai y Sarah iban a venir a quedarse contigo. Por eso había quedado con Rick que me enseñaría algunos puntos de la ciudad... en plan visita relámpago.

—Es normal que quieran estar un tiempo solos después de la buena noticia. Mi hermano aún debe estar asimilando que va a tener que ser responsable el resto de su vida.

—Seguro —dice Keira sonriendo—. Es una pasada. Parecían tan contentos cuando enviaron la foto de la prueba de embarazo... Oye, esta noche cenamos todos juntos, ¿vale? Y mañana me llevas tú a enseñarme algo de la ciudad, ¿de acuerdo?

—Claro.

—¿Qué vas a hacer tú? ¿Quieres venir conmigo y con Rick?

—Keira, no necesito niñeras y tampoco quiero cortaros el rollo...

—Pero no quiero dejarte solo.

—Algo haré, tranquila.

Cuando por fin logra convencerla y Keira sale por la puerta, saca su bolsa del armario y mete su ropa de cualquier manera en su interior. Una vez fuera, ya en el ascensor, se lleva el teléfono a la oreja.

—Raj, ya estoy. Cuando quieras.

Tan solo cinco minutos después de dejar la llave en

recepción, Raj para el taxi frente a la puerta del hotel y se baja con rapidez para ayudarle. Connor, en cambio, sin mediar palabra, abre la puerta, lanza la bolsa en el interior y se mete enseguida. Raj corre de nuevo para ponerse al volante y enseguida consigue hacerse un hueco en el intenso tráfico de la ciudad. Mientras conduce, no deja de mirar a Connor por el espejo interior.

–*Siñor* Connor... Me preocupa.

–La verdad es que no estoy pasando por el mejor momento de mi vida...

–¿Se vuelve a Irlanda?

–Sí.

–¿Y la señorita del otro día?

–Haciendo turismo con Rick.

–¿Rick? ¿El tipo gracioso con pelo naranja?

–El mismo.

–Si usted no está ahora mismo con la *siñorita* Zoe, entiendo que no le dio el beso...

–Sí se lo di, pero es complicado... Ella ha pasado página y ha seguido adelante con su vida. De hecho, todos lo han hecho. Mi hermano pequeño se ha casado. Mi hermano mayor vive con Sarah y va a ser padre. Hasta Rick parece haber encontrado a ese alguien especial...

–Pero *iso* son motivos para estar contento.

–Y lo estoy, no me malinterpretes. Estoy muy contento por todos ellos, pero a la vez, tanta felicidad me da ganas de vomitar. Soy un capullo, lo sé.

–¿Y se va sin *disir* adiós?

–No puedo decirles adiós.

Connor traga saliva para intentar deshacer el nudo que se le ha formado en la garganta. Echa la cabeza hacia atrás y cierra los ojos con fuerza, intentando silenciar los gritos de su cabeza, esos que repiten una y otra vez la frase que lo ha cambiado todo: «ya no te quiero».

CAPÍTULO 6

My heart is open

Es por la tarde, y Rick y Keira están estirados en el césped, en pleno Central Park, justo al lado del gran estanque. Ella está boca arriba, con los ojos cerrados y una sonrisa en los labios, mientras que Rick está estirado de lado, apoyando el peso en un brazo, dibujando caminos imaginarios en el vientre de Keira.

–¿Estás bien? ¿Tienes frío? ¿Quieres comer algo o quieres que te lleve a otro sitio?

–Rick, estoy bien. Solo intento disfrutar del momento. Quiero atesorar cada segundo para poder recordarlo con claridad cuando esté en Kinsale.

Rick se deja caer de espaldas al suelo, resoplando con fuerza. Por más que lo intente, es incapaz de hacerse a la idea de que en poco más de veinticuatro horas, cinco mil kilómetros le separarán de la única mujer de la que no quiere despegarse jamás. Aparte de Holly, claro está.

–¿Qué te pasa? –le pregunta Keira, apoyando la barbilla en su pecho mientras acaricia el pelo de su incipiente barba pelirroja.

–Nada.

–¿Y por qué resoplas? ¿Te aburres? ¿Yo te aburro?

–Sabes perfectamente que no.

–¿Entonces? –insiste Keira sentándose a horcajadas encima de sus piernas.

Rick se incorpora, apoyando las palmas de las manos en la hierba, y la observa ladeando la cabeza.

—Que no quiero que te marches...

—Tú quieres que yo muera joven, ¿verdad? Si no vuelvo, mi padre me mata y a ti te deja sin el carnet de padre...

—Pero... Déjalo, es igual —dice volviéndose a estirar, tapándose los ojos con los puños.

Keira se estira sobre él y le aparta las manos. El pelo le cae a ambos lados de la cara. Le sonríe y le besa con suavidad en los labios.

—Yo tampoco quiero alejarme de ti, Rick. Me gustas, mucho, pero nos separan demasiadas cosas, no solo un océano.

—Lo sé...

—Entonces, ¿por qué no aprovechamos las horas que nos quedan juntos para divertirnos?

Rick consigue sonreír a pesar de todo. Rodea su cintura con ambos brazos y rueda hasta quedar encima de ella. Con una facilidad pasmosa, mete una rodilla entre sus piernas y la obliga a separarlas.

—¿Se te ocurre alguna cosa que hacer para divertirnos? —le pregunta mientras le acaricia el cuello con la nariz.

—No sé, tú eres el experto. ¿Qué podemos hacer en esta ciudad para divertirnos?

—Se me ocurren algunas cosas... —contesta él, dibujando una pícara sonrisa de medio lado—. ¿Te apetece que nos perdamos?

Rick tira de su mano, caminando a paso ligero por unos caminos algo menos concurridos que los de antes.

—¿A dónde me llevas? —le pregunta ella entre risas mientras él se pone un dedo delante de los labios.

—Ahora lo verás...

—Oye, ¿no deberíamos llamar a Connor?

—Que le nombres ahora me pondría muy celoso, si no

fuera porque sé que tienes razón –dice sacando el teléfono del bolsillo y llevándoselo a la oreja después de tocar varias teclas–. Me sale apagado.

–¿Apagado? Qué raro...

–Debe de estar durmiendo. No te preocupes. Cuando acabemos de... divertirnos –dice moviendo las cejas arriba y abajo–, vamos a verle al hotel.

A Keira se le esfuma la preocupación por Connor a los pocos segundos, justo los que necesita Rick para conducirla a un pequeño claro apartado de las miradas curiosas de los turistas. Se nota a simple vista que es un sitio que tienes que conocer para poder llegar a él. Se sitúan al lado de un árbol y Keira observa cómo Rick mira a un lado y a otro.

–¿Qué hacemos aquí? –le pregunta ella.

–¿Ves esa caseta de allí? –dice señalando una pequeña construcción de madera–. Es donde los jardineros del parque guardan todas sus herramientas.

–No me digas que jardinero es tu profesión frustrada y quieres enseñarme lo divertido que es podar setos...

Sin contestarle, Rick empieza a caminar hacia la caseta, tirando de ella con decisión. Se lleva la mano al bolsillo del pantalón y saca un manojo de llaves. Busca entre el montón hasta dar con la que busca y, sin pensárselo demasiado, la mete en la cerradura y abre la puerta rápidamente. Agarrándola del codo, la mete dentro y cierra detrás de él, cerrando de nuevo con la llave.

–Rick, ¿cómo narices tienes la llave de un sitio así?

–Por herencia –dice moviéndose con soltura por el pequeño espacio.

Saca un mechero de una caja y enciende unas velas colocadas estratégicamente. Luego coge un saco de dormir y lo extiende en el suelo, mientras Keira le observa con la boca abierta.

–Algo me dice que no es la primera vez que haces esto. Y ahora no sé si sentirme halagada o como una más del montón.

–Es cierto, no lo puedo negar. He traído a unas cuantas mujeres aquí, pero antes era un simple... picadero. Ahora es un sitio desde el que puedo enseñarte las estrellas –le dice tirando de su mano hasta acercarla a él, señalando al techo de la cabaña.

Keira mira hacia arriba y entonces se da cuenta de la ventana situada en el tejado justo encima de donde Rick ha extendido el saco.

–Querías perderte conmigo en el parque y yo quiero perderme dentro de ti. Así que se me ocurrió que este sitio podría hacer que ambos consigamos lo que queremos.

–¿Se puede saber cuántos años llevas utilizando esta cabaña de picadero? –pregunta Keira intentando hacerse la ofendida, pero sin poder evitar la sonrisa.

–Unos cuantos, la verdad...

–O sea que soy una de tantas...

–No, eres tú entre todas las demás.

–No Hayley, en serio, no me apetece ir a cenar...

–¡Pero vamos a celebrar el embarazo de Sarah! Y pasado mañana, Evan y yo nos vamos de luna de miel y estaremos dos semanas sin vernos...

–Pero es que no me encuentro muy bien... Ya te lo dije por teléfono este mediodía.

–Como si no conocieras a tu amiga, Zoe –interviene Evan–. Ella insiste e insiste hasta que...

Cuando Evan ve la expresión de Hayley, se calla de inmediato, apretando los labios y poniendo cara de circunstancias.

—¿A qué juegas? —le pregunta—. ¿Acaso quieres pasar la luna de miel a dos velas?

—Ni que tú fueras capaz de aguantar...

—¿Y quién te ha dicho a ti que yo me quedaría sin sexo?

Evan levanta las palmas de las manos, dándose por vencido. Se dirige a la cocina y saca una cerveza de la nevera. Se la muestra a Zoe para decirle que coge una, la cual asiente con la cabeza, y se sienta en el sofá con el mando a distancia de la televisión en la mano.

—Me tiene loca —dice Hayley en voz baja sin dejar de mirarle, mordiéndose el labio inferior.

—Eres de lo que no hay... Pobrecito, lo que tiene que aguantar contigo.

—Es que tengo que disimular para seguir siendo la misma de siempre, pero, en realidad, me trae de cabeza. Me gusta demasiado, Zoe, rayando la obsesión. Con ese porte serio y preocupado, alerta las veinticuatro horas del día, esos ojos azules, y esas gafas, y...

Zoe ríe por primera vez desde hace varias horas.

—Estás pirada.

—Totalmente. Lo reconozco. Entonces, ¿te vienes?

—No, Hayley.

—¿Es porque vendrá Connor? Zoe, es su hermano el que va a ser padre. Es normal que venga.

—Por supuesto que entiendo que tenga que ir. Por eso no voy yo.

—Dios mío, Evan tiene razón... —dice Hayley para sí misma.

—¿En qué?

—Dice que se siente como un hijo de padres separados. Que si está contigo, no puede estar con Connor, y viceversa. Podríais madurar un poquito, ¿no?

—Mira quién viene a dar lecciones de madurez...

Hayley la mira levantando una ceja y chasquea la lengua haciéndose la ofendida, comportamiento que le dura bien poco, lo que tarda en volver a aflorar su instinto cotilla.

–¿Hablaste con Adam?

–Sí.

–¿Y qué?

–Nada, le dije que le llamaría para vernos algún día de esta semana.

–Entonces, ¿seguís saliendo?

–Bueno, en realidad, nunca he sabido lo que realmente hay entre nosotros –responde Zoe, agachando la vista hacia sus manos–. Creo que he sido algo injusta con él. Le utilicé para intentar olvidarme de Connor y nunca he sido del todo sincera en cuanto a mis sentimientos.

–¿Y qué quieres hacer? ¿Cortar o volverlo a intentar?

–Aún no lo sé. Amo a Connor con todas mis fuerzas, pero no confío en él. En cambio, Adam es perfecto y me gusta, pero no le amo.

–¿Y no le vas a dar otra oportunidad a Connor para que te demuestre que puedes volver a confiar en él?

–Cada vez que le veo, me lo imagino con Sharon y se me revuelven las tripas.

–Pues yo, cada vez que le veo, me lo imagino haciéndote reír, bailando contigo, abrazándote y besándote.

–No puedo, Hayley, no puedo ir...

Evan se acerca hacia ellas con decisión.

–Connor se ha ido.

–¿Qué? –Hayley corre detrás de él y le agarra del brazo para frenarle, antes de que salga por la puerta–. Evan, ¿qué ha pasado?

–Rick y Keira han ido a buscarle al hotel, y en recepción les han dicho que se había ido.

–Pero el vuelo no lo tenía hasta...

—¡Pues lo habrá cambiado! ¡Yo qué cojones sé!
—Evan, tranquilo...

Él la mira, nervioso, respirando profundamente, hasta que dirige la vista a Zoe.

—¿Estás contenta ya?
—¡Evan! —le reprocha Hayley.
—¡No! ¡Ella tiene la culpa! ¡¿Por qué se tiene que ir él?!
—¡Evan! —vuelve a decir Hayley.

A Zoe se le humedecen los ojos y se los frota con prisa.

—¿Quieres pasar página? —insiste él—. ¡Pues pásala de verdad, pero no le mandes mensajes contradictorios! ¡Te corriste en las bragas con el beso de anoche y luego le dices que no le quieres y que se largue! ¡Madura, joder, madura de una puta vez!

Evan se da la vuelta y sale del apartamento dando un fuerte portazo, totalmente fuera de sí. Hayley mira a su amiga e intenta decir algo, pero las palabras no le salen, así que aprieta los labios y la abraza.

—No se lo tengas en cuenta... —dice finalmente.
—En el fondo tiene razón, Hayley...

—¿Habéis hablado con él? —le pregunta Kai a Rick.
—No, todo lo que sabemos es lo que nos dijo el tipo de la recepción del hotel. Tiene el móvil apagado, pero es normal, estará en el avión. Le he dejado un mensaje en el contestador.
—Y yo —dice Evan.
—Yo también —dice Kai.
—Pues ya somos cuatro —confiesa Keira.
—No entiendo esa tendencia al ostracismo que tiene el tío. Parece un puto ermitaño.

–No os preocupéis, en casa, mi madre le mimará, y en Kinsale y alrededores tiene admiradoras de sobra que estarían encantadas de cuidarle y quitarle las penas.

Sarah, que se ha mantenido al margen hasta ahora, se levanta para ir al baño. Se mete en uno de los cubículos del váter para hacer pis y entonces le empieza a sonar el teléfono. Lo saca del bolso y, al ver quién es, descuelga rápidamente.

–¡Connor!

–Hola, Sarah. ¿Cómo estás?

–¿Que cómo estoy? ¡¿Cómo estás tú?!

–Yo no estoy embarazado. –Sarah sonríe y, de forma totalmente inconsciente, se lleva la mano al vientre–. Me alegro muchísimo, lo sabes, ¿verdad?

–Sí... –contesta ella emocionada.

–No me llores, ¿vale?

–No puedo evitarlo, tengo las hormonas revolucionadas, y tú no colaboras demasiado. ¿Por qué te largas? Estamos todos muy preocupados.

–Lo sé, y no me veo con fuerzas ni ganas de hablar con todos, así que diles tú de mi parte que lo siento mucho.

–No creo que eso les haga mucha gracia a tus hermanos...

–Ya, pero sé que tú me entiendes...

–¿Estás en Irlanda ya? –le pregunta.

–Sí, hace un rato que he aterrizado.

–¿Hasta cuándo? ¿Vendrás al menos a conocer a tu sobrino o sobrina cuando nazca? ¿O tengo que avisarte cuando Zoe se vaya de viaje para que tú puedas venir a vernos?

Sarah se queda callada durante unos segundos, esperando una respuesta que no llega. Solo oye la respiración pesada de Connor, así que, al cabo de unos segundos, chasquea la lengua y en un tono mucho más suave, vuelve a decir:

—Siento ser tan dura, pero no quiero que te pierdas todo esto, Connor.

—Soy incapaz de haceros escoger entre los dos, y al final se acabaría volviendo incómodo.

—Te voy a echar demasiado de menos...

—Y yo —contesta él con la voz tomada.

—Ella mintió. Aún te quiere, Con. Intenta engañarse con...

—Sarah —la corta él—. No insistas, me rindo.

Las lágrimas empiezan a caer por las mejillas de Sarah, sin fuerzas siquiera para secárselas.

—Escucha, tengo que colgar...

—¡No! —le pide ella.

—Lo siento...

—¡Connor!

—Escucha, prometo que te llamaré, ¿vale? Lo prometo. Y a Kai y Evan también.

—Vale —claudica ella finalmente.

—¿Keira está bien?

—Sí, ella está muy bien.

—¿Rick se está comportando?

—Está totalmente colado por ella.

—Eso es bueno —contesta sonriendo.

—Me parece que en breve le tienes por allí visitándote... Aunque en realidad no creo que vaya para verte a ti...

—No —contesta mientras los dos ríen—. Tienes un don conmigo, Sarah. Me haces sonreír.

—Te he cogido cierto cariño...

—¿Cuidarás de todos?

—Sabes que sí.

—Y cuídate tú mucho.

—Te enviaré fotos de las ecografías, ¿vale?

—Genial —contesta, y antes de que se le haga más difícil, se despide—: Adiós, Sarah.
—Adiós, Connor.

Connor recorre el camino del jardín de casa de sus tíos, con las manos en los bolsillos y la capucha de la sudadera puesta. Está oscureciendo, llovizna desde que aterrizó y no ha parado de hacerlo en todo el trayecto desde Cork. Respira profundamente con la mano agarrada al pomo de la puerta, justo antes de girarlo. En cuanto entra, se encuentra a sus tíos sentados alrededor de la mesa de la cocina, cenando.
—¡Connor! ¿Ya habéis vuelto? —le dice su tía muy contenta, poniéndose en pie.
Al ver que él cierra la puerta a su espalda, le cambia la cara y Rory arruga la frente.
—Yo he vuelto antes. Keira se ha quedado para aprovechar y hacer algo de turismo.
—¿Sola? —pregunta Rory de sopetón.
—No... Con mis hermanos y cuñadas —contesta Connor hábilmente, oliéndose por donde va la preocupación de su tío.
—¿Por qué has vuelto antes? ¿No te encuentras bien? ¿Tienes hambre?
Connor entorna los ojos y hace una mueca con la boca mientras se remueve incómodo en el sitio.
—No, estoy bien. Solo cansado del viaje. Voy a subir a dormir un poco —dice dándole un beso a su tía—. Hablamos mañana, ¿vale?

—Hola. Me alegro de que me hayas llamado —dice Adam acercándose a ella nada más abrir la puerta.

La abraza y la besa mientras ella esboza una débil sonrisa. Son besos cortos y tiernos, y Zoe se los devuelve pero, algo incómoda, se separa de él y le ofrece algo para beber.

—Una cerveza estará bien —contesta Adam mirando alrededor—. ¡Menuda choza tienes! ¿Es tuya?

—¿Eh? Ah, no... Pago un alquiler.

—Pues debe de ser caro porque esto es una pasada... —dice acercándose al caballete de delante de la estantería.

—No creas...

Zoe empieza a ponerse nerviosa. Hasta ahora, había evitado que Adam subiera al apartamento porque, de alguna manera, este sitio era como un santuario para ella. Este sitio fue donde vivió feliz junto a Connor, y no se veía capaz de dejar entrar a nadie más. Pero las palabras de Evan la habían hecho reaccionar y se había dado cuenta de que tenía que ser justa con los dos, pasar página definitivamente.

—¿Cómo estás? Del golpe y eso —pregunta señalando la ceja de Adam.

—Ah, ¿esto? Nada serio.

—Lo siento...

—Tú no tuviste la culpa de nada. Ese tío se abalanzó sobre ti y se aprovechó en contra de tu voluntad. Me parece que no le había quedado del todo claro que lo vuestro se había acabado hacía tiempo.

Zoe se mira las manos y traga saliva con dificultad.

—Pero le dejaste las cosas claras y se largó hecho polvo. Joder, casi pude oír cómo se rompía por dentro. Tenía la cara desencajada y todo. ¿Te ha vuelto a molestar?

—No, no he vuelto a saber de él —responde ella con un hilo de voz.

—Mejor, porque como me entere de que vuelve a molestarte, se las verá conmigo.

—No hará falta —dice Zoe teniendo serias dudas de que Adam pudiera siquiera rozar a Connor en una pelea—. Su hermano me ha dicho que se ha marchado al extranjero.

—Pues mejor que mejor —contesta Adam intentando disimular su entusiasmo ante la idea de no tener que demostrar sus escasas habilidades con los puños de nuevo.

—Me... Me voy a cambiar, ¿vale?

—Vale —dice él acercándose.

La acorrala contra una punta del sofá y aprieta su pecho fibrado contra ella. La agarra con fuerza por la nuca con una mano mientras que con la otra toca su pierna, trazando un camino ascendente por ella.

—¿A qué hueles? ¿A coco? —dice entonces él, apartándose unos centímetros y arrugando la nariz.

—Ah, sí, es mi gel corporal. ¿No te gusta?

—No es que me entusiasme el coco, la verdad.

Sin darle más importancia, Adam vuelve a la carga mientras Zoe, confusa, le da vueltas a la cabeza. ¿Qué se supone que debe hacer? ¿Qué quiere decir con que no le entusiasma el coco? ¿Dejar de usar su gel favorito?

—A este paso no nos vamos... —dice ella apoyando las palmas de las manos en los hombros de Adam para quitárselo de encima.

—Pues nos quedamos a cenar aquí —susurra él volviéndose a acercar.

—No, me apetece salir para... que me dé el aire —insiste ella, esquivándole y poniéndose en pie.

—Está bien. Te espero aquí. —Adam se levanta para tirar la cerveza a la basura.

Zoe entra en el dormitorio y cierra la puerta detrás de sí. Apoya la espalda en ella y se queda un rato pensando. Esto de pasar página no la está haciendo sentir tan bien como ella pensaba, sino que más bien está haciéndola sentir muy incómoda.

—¡¿Quieres que después de cenar vayamos a la exposición itinerante del MoMA?! —dice Adam a lo lejos.

—¡Claro! —contesta ella.

Lleva meses queriendo ir, pero a Connor no le apetecía nada, así que lo había ido retrasando. Por fin encuentra a alguien que no solo quiere acompañarla, sino que sabe que va a disfrutar de la visita tanto como ella. ¿Por qué entonces no se siente entusiasmada por la idea?

Abre el armario para coger una camiseta e instintivamente, desvía la vista hacia las cajas de ropa de Connor. Contrariada, cierra rápidamente la puerta, se cambia de ropa y se calza las botas. En el baño, se deshace la coleta y, mirándose al espejo, se peina el pelo con los dedos. Al darse la vuelta ve el bote de colonia y después de dudarlo durante unos segundos, lo coge y se echa unas gotas por el cuello con la intención de camuflar el olor a coco de su cuello. Pasar página, pasar página, repite en su cabeza una y otra vez.

Camina decidida hacia el salón para pasar la velada perfecta con el hombre perfecto, pero en cuanto le ve, todo cambia. Adam, de pie frente a la nevera, mueve los imanes de un lado a otro, jugando a formar palabras.

—¿Qué...? ¿Qué haces? —pregunta Zoe mirando fijamente hacia el electrodoméstico.

—Ah, nada... —contesta él—. Pasando el rato...

Se acerca a ella con una sonrisa pícara y, agarrándola de la cintura, la besa.

—Mmmmm... Ya no hueles a coco. Me gusta...

Esas palabras actúan como detonante. Le aparta con brusquedad y camina hacia la nevera.

—¿Por qué tocas los imanes? —le pregunta.

—Yo... No sabía que no...

—¡¿Es que no puedes tener las manos quietas?! —dice intentando volverlos a poner tal y como estaban.

–Zoe, es una tontería... ¡No te pongas así!

–¡No es una tontería! ¡A ti puede que te importe una mierda, pero para mí, es importante! –le grita con lágrimas en los ojos.

–Vale, vale –dice nervioso, acercándose y cogiendo algunos imanes que se le caen al suelo.

–¡Déjalo! ¡Estate quieto y no los toques más!

–Lo siento...

Adam le mira asustado, sin saber a qué viene esta reacción tan exagerada a lo que él considera una tontería.

–¿Sabes qué? Vete. No sé a quién quiero engañar.

–¿Que me vaya? ¿Por haber tocado unos estúpidos imanes?

–Por querer meterte en mi vida y cambiármela por completo.

–¿Perdona? ¿Te has metido algo, Zoe?

–¡Y lo más triste de todo es que yo he permitido que me intentaras cambiar! ¡Me gusta mi gel con olor a coco y me gustaban los imanes tal y como estaban!

–Estás loca, tía –dice Adam caminando hacia la puerta, con las manos levantadas–. Paso de ti.

–¡Lárgate!

En cuanto la puerta se cierra de un portazo, Zoe coge los imanes y los lanza al otro lado de la habitación. Se apoya contra la pared y se deja resbalar por ella hasta quedar sentada en el suelo. Esconde la cara entre sus manos, llorando desconsoladamente durante horas. Cuando se calma y levanta la cabeza, es noche cerrada y al mirar por la ventana, las luces de la ciudad brillan con fuerza. Se levanta y se acerca a uno de los ventanales, ese contra el que Connor le hizo el amor aquella vez. El simple recuerdo de sus besos y del tacto de sus caricias provoca que se le erice la piel. Se da la vuelta y se acerca a recoger los imanes esparcidos por el suelo. Con parsimonia, los pega de nuevo en la nevera, volviendo a formar las mismas palabras que antes.

—Dale muchos besos a Holly de mi parte, ¿vale?

Rick asiente con la cabeza sin articular palabra. De hecho, desde que salieron del hotel, camino del aeropuerto, no ha abierto la boca para nada.

—Eh... Mírame —le pide Keira cogiéndole la cara con ambas manos—. Estás muy callado...

—No te vayas...

—Si hago eso, mi padre es capaz de venir incluso a nado para matarte y llevarme a mí de vuelta a Irlanda tirándome del pelo.

—Pero te voy a echar demasiado de menos.

—Si solo me conoces desde hace tres días... Esto se te pasa esta misma noche, cuando te vayas de copas y conozcas a la próxima candidata que llevarte al cobertizo.

—No lo entiendes... Eso no va a volver a suceder nunca más... Por tu culpa.

—¿Se supone que debo decirte que lo siento?

—No, porque no quiero volver a hacerlo más. ¿Tú...? ¿A ti... te gustaría que lo volviera a hacer?

—Rick Emerson, ¿qué intentas preguntarme? ¿Que si me gustaría que te tiraras a cualquiera? ¿Me estás intentando preguntar si te quiero en exclusividad para mí?

—¿Quieres?

—Es la manera más rara con la que han intentado pedirme para salir —dice mientras él se sonroja—. Pero, estamos a cinco mil kilómetros de distancia. No puedo pedirte que me seas fiel porque a saber cuándo nos volveremos a ver... El pub no me da lo suficiente como para viajar a menudo. Eso sin contar que la distancia es lo suficientemente grande como para olvidarse de venir para un fin de semana solo...

Rick aprieta su agarre en la cintura de Keira y acerca la boca a su oído.

—Quiero salir contigo. Quiero que seas mi novia. Quiero serte fiel. Quiero que nos veamos a menudo. Me lo montaré para ir cuando no me toque tener a Holly, pediré días libres que me deben en la agencia, te pagaré los viajes que hagan falta...

Keira, que le ha escuchado atentamente con la boca abierta, se cuelga de su cuello y le planta un beso en la boca.

—¿Eso es un sí? —pregunta mientras ella asiente con la cabeza, rozando su nariz con la de él.

—Creo que es una locura —añade ella—, pero quiero intentarlo.

—Genial —dice besándola repetidas veces por toda la cara—. Y te prometo que no te vas a arrepentir. Mira, toma.

—¿Qué es esto?

—La llave del cobertizo. Ya no la necesitaré más.

Keira se desata el colgante que lleva puesto y mete la cuerda por el agujero de la llave. Luego, se lo vuelve a atar de nuevo y, cuando la llave ya cuelga del colgante, la agarra y sonríe mirándole.

—La llevaré siempre conmigo.

Rick le recoge el pelo detrás de las orejas, en un gesto cariñoso, y luego la coge de la nuca y la atrae hacia él.

—Soñaré contigo, todas las noches.

—¿Y me llamarás?

—Todos los días...

—Me tengo que ir —le dice Keira mirando el reloj.

Se vuelven a besar apasionadamente, hasta que Keira apoya las manos en el pecho de él e intenta separarse.

Rick cierra los ojos y deja ir un jadeo mientras apoya la frente en la de ella.

—Te voy a echar de menos, Rick Emerson.
—Espérame, ¿vale?

A pesar del cansancio, a Connor le costó coger el sueño. Después de darse una ducha, se metió en la cama y dio cientos de vueltas antes de quedarse dormido, dos horas más tarde, agarrando la foto de Zoe.

—Connor... Connor, despierta...

Alguien le llama y le zarandea, pero está demasiado cansado como para contestar, así que se da la vuelta.

—Connor, vamos, en pie.

Después de verse zarandeado sin descanso durante un buen rato, se da por vencido, y se gira abriendo los ojos. Su tío Rory aparece ante sus ojos.

—¿Qué hora es? –pregunta aún con un ojo cerrado.
—Las cinco de la mañana.
—Dirás de la madrugada.
—De la mañana. Anda, vístete, que nos vamos.
—No puedo ir a trabajar, Rory... En serio... Hace escasamente cuatro horas que me quedé dormido...

Pero Rory no le escucha. Le destapa, quitando la sábana sin miramientos, y ve la foto a un lado del colchón. La coge y la observa detenidamente. Luego mira a Connor y, chasqueando la lengua, la coloca sobre la mesita.

—Hoy no vamos a ir a trabajar. Venga, vístete.

Connor se incorpora y se sienta en la cama. Se rasca la cabeza y mira a Rory, confundido. Este busca alrededor de la habitación y le lanza unos vaqueros y una sudadera que ha encontrado encima de una silla.

—No tenemos todo el día.

—¿En serio? ¿Tú te levantas algún día después de que pongan las calles?

—A quién madruga, Dios le ayuda.

—Sí bueno, a mí últimamente me tiene un poco olvidado, a pesar de los madrugones, así que estoy pensando en cambiar la táctica y empezar a dormir hasta las diez de la mañana.

Connor se levanta de la cama y se dirige al cuarto de baño. Abre el grifo del lavamanos y deja el agua correr mientras se mira en el espejo. Tiene un aspecto horrible, con unas ojeras enormes y una barba dejada.

—¿La señorita necesita mucho más tiempo para arreglarse? —pregunta su tío a su espalda.

Sin rechistar, se lava la cara y cuando sale a la habitación de nuevo, se viste con rapidez mientras su tío baja a la cocina. Una vez abajo, coge una taza y se sirve un café bien cargado. No se sienta a la mesa, sino que se queda en pie, mirando a través de la ventana.

—Coge un chubasquero porque está lloviendo —le dice Rory.

—Qué novedad... —contesta él con desgana.

—¿Estás listo?

—No me he acabado el café pero te la suda, así que sí, estoy listo.

—Me tienes calado —contesta Rory lanzándole el chubasquero que estaba colgado en el recibidor.

Se meten en el coche y bajan por el pueblo. Aún no hay nadie en su sano juicio que esté en la calle, así que no se ven obligados a pararse para saludar a nadie. Al llegar al puerto y pasar por al lado del pub, Connor desvía la mirada. Tiene ganas de que Keira vuelva y volver a ayudarla aquí dentro, ya que resultó ser una distracción perfecta para no tener mucho tiempo de pensar en nada, ni en nadie. Al llegar al final del pueblo, en lugar de girar hacia la derecha, como cuando iban a trabajar, Rory se dirige a la izquierda, hacia el faro. Pocos metros más allá, para el coche cerca de los acantilados. Connor le observa salir, ponerse la capucha del chubasquero y alejarse hacia el borde de las rocas. Arrugando la frente y no del todo convencido, se apea del coche y le sigue hasta quedarse a su lado. Le mira y luego da un pequeño paso hacia delante para poder mirar por el acantilado. Hay una caída como de treinta metros y, puede escuchar como el agua choca con violencia contra las rocas.

–Keira se ha enamorado en Nueva York, ¿verdad?

Connor le mira y luego vuelve a girar la cabeza hacia el acantilado. Levanta las palmas de las manos y una expresión de pavor recorre su cara.

–Oh, mierda. ¿No me habrás traído hasta aquí para chantajearme hasta sacarme toda la información, no?

–No pensaba matarte, pero tu reacción me indica que sí hay algo que tienes que contarme.

–¿Pero esto no es algo que tendrías que preguntarle directamente a tu hija?

–A ver, despierta. ¿Tú crees que me lo contaría?

–Hombre, si sabe que usas estos métodos interrogatorios tan intimidantes, no. Quizá si cambias las cinco de la madrugada y un acantilado, por las seis de la tarde y una cerveza tranquila en el pub, obtendrías mejores resultados.

–No te he traído aquí para amenazarte, solo para hablar. Confío en ti y en tu criterio, y necesito que me digas si voy a perder a mi niña.

–Tu niña tiene veinticinco años, Rory, y está tremenda –dice sin pensar.

–¿Cómo dices?

–Oh, joder, mierda. No... Lo he dicho sin pensar –dice

mientras se aleja de Rory, que camina hacia él con cara de cabreo.

Connor se refugia a un lado del coche, dejando a su tío al otro lado, e intenta rectificar sus palabras.

—Es una manera de hablar, Rory. O sea, quiero decir que Keira es muy guapa, pero eso lo debes saber tú mismo... No es algo que diga yo, es algo que ve todo el mundo.

—¿Tú no...?

—¡No, no, no, no! Lo juro, lo juro. No la he tocado. Nunca lo haría.

Cuando Rory relaja la expresión de la cara, Connor se tranquiliza y empieza a acercarse a él lentamente. Cuando se pone a su lado, le mira y esboza una sonrisa para apaciguar los ánimos. Rory, con un movimiento muy rápido, le da una fuerte colleja en la nuca.

—¡Joder! ¡Eso duele!

—Eso por decir eso de mi hija.

Rory camina hacia unas rocas y se sienta en ellas, de cara al mar. Connor le sigue y hace lo mismo. Después de unos segundos mirando al horizonte, su tío rompe el silencio.

—¿Quién es él?

—Rick, es mi mejor amigo.

—Datos. ¿Edad? ¿Profesión?

—Tiene treinta y seis años y es publicista. Es mi compañero de trabajo. O al menos lo era hasta que yo renuncié.

—¿Es de fiar?

—Hasta ahora, no. Pero le he visto con ella, y sé que quiere cambiar.

—No me tranquilizas nada...

—Pero es lo que pasa siempre. Eres un bala perdida, divirtiéndote con una y con otra, hasta que, de repente, aparece esa persona por la que quieres cambiar, sentar la cabeza. ¿No te ha pasado a ti? –pregunta mientras Rory asiente con la cabeza–. Pues para Rick, esa persona es Keira.

–¿Confías en él?

–Totalmente.

–¿Y si te equivocas y le hace daño?

–Pues te lo traigo hasta aquí y le tiras por el acantilado.

Rory sonríe mirando a su sobrino, que mantiene la vista fija en el horizonte. Dobla las rodillas y apoya los brazos en ellas. Desde que volvió de Nueva York, tiene el semblante serio, como ausente, y así es justamente como está ahora.

–Las cosas no fueron bien con la chica esa, ¿verdad? La de la foto, digo...

Connor niega con la cabeza casi de forma imperceptible.

–¿La viste? ¿Intentaste hablar con ella?

–Sí.

–¿Y qué pasó?

–Que la besé y me dijo que me largara porque ya no me quería, así de simple. Te hice caso, luché por ella, expuse todas mis cartas, le dije que la echo de menos, que la amo con todas mis fuerzas, pero no sirvió de nada. Está con otro, un pintor, creo, y parece un buen tío...

–Un gilipollas, vamos...

–Un grandísimo hijo de puta –confiesa.

–¿Y qué vas a hacer ahora?

–No lo sé.

–Puedes quedarte aquí el tiempo que necesites, ¿lo sabes, verdad?

–Gracias.

–Además, me han dicho que tienes al público femenino de por aquí revolucionado. Quizá podrías encontrar a alguna candidata que te hiciera... olvidar las penas... Ya me entiendes.

–No creo.

–¿No estás preparado para seguir adelante?

–No, para nada. De hecho, me niego a seguir adelante. Me duele acordarme de ella cada segundo del día, pero a la vez no quiero dejar de hacerlo.

En ese momento, el sol empieza a asomar en el horizonte. Los dos miran hacia allí, atraídos por la luz y, conforme van avanzando los minutos, el lugar se va iluminando más y más. Connor se levanta y se acerca al borde del acantilado, donde mira hacia abajo y ve como caen algunas piedras que él ha pateado al caminar. Se mete las manos en los bolsillos de la chaqueta y levanta la cara hacia el cielo, dejándose bañar por la luz del sol y por las gotas de la incesante llovizna.

–Parece una cosa muy obvia –dice su tío poniéndose a su lado–, pero a veces nos olvidamos de que todos los días, pase lo pase, aunque esté nublado y llueva, sale el sol.

–¿Lo has visto? ¿Es o no es guapo?

–Sí –contesta Connor riendo–, verle le he visto, pero guapo, lo que se dice guapo... Es como los renacuajos que cogíamos en Central Park, Kai.

–¡Eh, capullo! ¡Un respeto! ¡Qué estás hablando de mi bebé!

–Se parece claramente a ti. Así cabezón y eso...

–Tienes suerte de estar al otro lado del charco, porque si estuvieras aquí, te crujía.

–Debe de ser que la foto de la ecografía que me habéis enviado, no le hace justicia para nada, porque siendo O'Sullivan, tiene que ser guapo de cojones.

—Eso es —contesta Kai riendo, hasta que al rato, pregunta—: ¿Cómo estás?
—Bien.
—Ya, vale. ¿Llegó bien Keira?
—Sí, esta tarde. Estoy en el jardín, esperándola, porque ahora nos vamos al pub.
—¡Joder! ¡No perdéis el tiempo!
—Vamos a currar, Kai.
—Y a ligar.
—No, eso no.
—Pero me han dicho que oportunidades no te faltan.
—Y dale. Estáis pesaditos... No quiero estar con nadie, ¿vale?
—Eso no es cierto.
—Ya me entiendes. Oye, ¿cómo está Sarah? ¿Se encuentra bien?
—Muy sutil, el cambio de tema. Pero sí, por suerte, se encuentra muy bien. Algún mareo esporádico y a veces náuseas, pero sin importancia. Come de todo, no le hace ascos a nada, y el apetito sexual no le ha disminuido lo más mínimo, al contrario...
—¡Jajaja! Cabronazo...
—¡Hombre! Voy a aprovechar ahora, por si luego paso unos meses de sequía.
—¿Podrás soportarlo?
—Dios mío, solo de pensarlo se me ponen los pelos de punta.
En ese momento, Keira sale de casa.
—Estoy lista. ¿Nos vamos?
—Sí —le responde Connor—. Oye, Kai, te tengo que dejar.
—¿Es Kai? Pásame el teléfono.
—Kai, te paso con Keira.
—Vale.

Connor se lo tiende y se mete las manos en los bolsillos de la chaqueta para resguardarse del frío. Desde que volvió de Nueva York, no ha parado de llover en ningún momento, con más o menos intensidad, pero sin parar.

—Kai, enhorabuena —dice Keira—. ¡Es precioso!

Connor gira la cabeza al instante, mirándola con las cejas levantadas y los brazos extendidos, negando con la cabeza sin entender cómo pueden encontrar guapo a esa especie de renacuajo. Keira le da un manotazo en el brazo para reprocharle su actitud y luego sigue hablando con Kai. Mientras, conforme recorren la calle principal de Kinsale, muchos de sus habitantes le saludan y le dan la mano.

—¿Hoy abrís, Connor? —le pregunta el viejo Enoch.

—Sí —contesta con una sonrisa mientras encaja de la mejor manera posible los golpes en la espalda que le da.

—Pues allí nos veremos en un rato —dice Mickey—. Enoch, deja de darle golpes que le desmontas.

Al rato, cuando consiguen llegar al pub, Keira pone música y mientras están bajando las sillas de las mesas, ella recibe un mensaje en el móvil. Sonríe como una adolescente y enseguida se pone a teclear.

—¿Rick? —pregunta Connor—. Porque no creo que un mensaje de tu padre te haga tanta ilusión.

—Sí... Y hablando de mi padre, gracias por allanarme el camino con él.

—De nada. Pero ojo, que te dejé el premio gordo para ti, porque no me atreví a decirle que está divorciado y tiene una hija de ocho años... Compréndelo, estábamos en los acantilados de al lado del faro y temía por mi vida.

—Tranquilo. Iré tanteando el terreno y cuando le vea receptivo, le suelto la bomba.

—¿Cómo está del corazón?

Keira ríe mientras se guarda el teléfono y vuelve a ayudarle con las sillas.

—Entonces, ¿no me equivocaba con el pelirrojo, no?

—No... —contesta ella.

Los dos se miran de forma cómplice, sonriendo. Connor, al dirigirse hacia la barra, y pasar por su lado, la abraza y le da un beso cariñoso en la frente.

—Aunque tampoco quiero hacerme muchas ilusiones. Es decir, me gusta, yo le gusto y lo pasamos bien juntos... muy bien, de hecho. Pero yo estoy aquí, él está allí y aunque me haya prometido fidelidad —dice cogiendo la llave que lleva colgada al cuello—, no me veo con derecho a enfadarme si no lo cumple.

—Espera, espera —dice Connor mirando fijamente a la llave—. ¿Es eso lo que pienso que es? ¿Es la llave del cobertizo del parque?

—Sí... ¿Tú también lo conoces?

—¡Vaya si lo conozco! —dice sentándose en un taburete—. Madre mía, qué recuerdos... ¿Y te ha dado la llave?

—Ajá.

—Está colgado por ti. Definitivamente. Ese sitio significa mucho para él, no por lo que lo hemos utilizado, sino por lo que significa. Su padre era jardinero, y luchó para que él pudiera ir a la universidad. Cuando murió, poco antes de que empezáramos a trabajar en la agencia, él le dio esta llave y le dijo algo así como que no olvidara lo que había sido y lo que había luchado por él.

—Eso no me lo dijo... —dice Keira mirando la llave.

—Me parece que Rick va más en serio de lo que tú te crees —susurra Connor en su oído al pasar por su lado.

—Rick, colega, deja ya el móvil... —le pide Evan—. Que nos están machacando y una está preñada, por Dios.

Rick guarda el teléfono en el bolsillo y mira la mesa de billar, intentando visualizar la mejor jugada posible. Cuando lo decide, se acerca hacia la bola y se inclina, pero justo cuando se estaba preparando para golpear, el móvil vuelve a sonarle y se incorpora para mirarlo.

–¡Así no se puede jugar! Me rindo –dice Evan dejando el taco apoyado contra la pared.

–Si tu novia o mujer, en tu caso, estuviera a cinco mil kilómetros de distancia, también la echarías de menos. Tú solo tienes que girar la cabeza y mirarla para poder hablar con ella. Yo solo tengo esto –dice mostrando su teléfono–, para poder hacerlo.

–Entonces, ¿os rendís? –dice Sarah sentándose junto a los demás–. ¿Hemos ganado?

–Y a todo esto, ¿qué hora es allí? –le pregunta Kai.

–Las tres de la madrugada.

–¿Y está despierta?

–Están en el pub, trabajando, así que sí, está despierta.

–¿Está con Connor? –pregunta Evan cambiando de humor radicalmente.

–Supongo... Esperad que le pregunte.

Los dedos de Rick vuelan por las teclas del teléfono, mientras Evan y Rick se acercan a él y las chicas miran a Zoe con una sonrisa comprensiva en la cara.

–No pasa nada –dice ella–. De verdad, estoy bien.

–Me alegro de que hayas decidido salir un rato –le dice Hayley–. Me dejaste preocupada después de tu llamada. Estabas bastante alterada.

–Estaba asustada. No pensaba que iba a reaccionar como lo hice por esa tontería con los imanes...

–Porque no es por lo que Adam hizo, sino por lo que significaba... Yo lo veo como que de repente viste que Adam «destruía» –dice Sarah entrecomillando las letras con los dedos– todo lo que habías construido junto a

Connor. Y me parece que aún no estás preparada para eso.

Zoe asiente hasta que escucha de nuevo a Rick.

—Sí, está con él —dice Rick mostrándoles la pantalla del teléfono.

Se le van los ojos sin poder evitarlo, y ve una fotografía de Keira y Connor. Está tomada de cerca, seguramente sacada directamente por alguno de los dos, y salen sonriendo. A Zoe, el estómago le da una voltereta con tan solo verle.

Al rato, Rick recibe otro mensaje. En cuanto lo abre, suelta una carcajada. Es otra fotografía, pero esta vez totalmente diferente. En ella los dos salen haciendo el idiota, sacando la lengua y haciendo muecas con la cara. Zoe se descubre riendo, sin poder evitarlo y sin poder apartar los ojos de él. Todos la miran, sorprendidos pero contentos a la vez, hasta que Sarah se atreve a decir:

—No, definitivamente, no estás preparada para pasar página.

CAPÍTULO 7

Don't know why

La voz de Norah Jones inunda todo el apartamento mientras Zoe da unos retoques a su última obra. Durante estas dos semanas, se ha centrado completamente en el trabajo y eso ha permitido que la semana que viene, todas sus obras puedan colgar de las paredes de la galería. Además, también ha servido para ayudarla a no pensar en Connor, al menos, algo menos de lo razonablemente sano. Sarah y Hayley la llaman cada día y vienen a verla a menudo, muchas veces para convencerla para salir, pero ella ha resistido la tentación.

El móvil suena en la cocina. Zoe deja el pincel en uno de los botes y corre hacia allí para cogerlo antes de que se cuelgue la llamada. Al verse las manos, busca un trapo, pero no tiene ninguno cerca, así que acaba limpiándose los restos de pintura en la camisa que lleva puesta. Es su camisa de pintar, la que rescató de una de las cajas de ropa de Connor hace varias noches, esa que aún huele a él.

—¿Sí? ¿Hola? —contesta sin siquiera fijarse en quién le llama.

—¿Cómo está mi hija favorita?

—Hola, papá —saluda con una sonrisa en los labios.

—¿Qué haces? ¿Qué hora es? Ya no sé ni en qué mundo vivo...

—Son las siete de la tarde. —Ríe Zoe—. Y estoy en casa, pintando.

—¿No vais a salir a divertiros?

—No. Tengo que quedarme, papá. Si salgo, no acabo.

—¿Nerviosa?

—Un poco. ¿Vendrás?

—No me lo perdería por nada del mundo. ¡Me alegro tanto por ti! Sabía que algún día lo conseguirías, lo sabía.

—Bueno, tuve algo de ayuda.

—Lo sé, me lo dijiste. Ese chico te quiere mucho, cariño.

—Sí... —intenta disimular, ya que, aunque le contó las últimas novedades a su padre cuando le llamó hace unas semanas, no quiso mencionarle nada acerca de su ruptura con Connor.

—¿Está ahí? ¿Me lo pasas?

—Eh... No, no está. Ha... ha salido con sus hermanos —dice Zoe poniendo en marcha todos los engranajes de su cabeza para crear una mentira creíble a oídos de su padre—. Que yo me tenga que quedar en casa, no quiere decir que él no se pueda divertir.

—Bueno, supongo que así funcionáis las parejas modernas... Pero, de todas formas, debería quedarse contigo, haciéndote compañía, y no emborrachándose por ahí.

—¡No seas antiguo, papá!

—Vale, vale. Oye, solo llamaba para decirte que cogeré el vuelo el viernes por la mañana. ¿Me podré quedar contigo y con Connor? Me dijiste que el apartamento de él es grande, ¿no?

—Eh... Sí, sí, claro, papá —contesta Zoe.

—De acuerdo. Nos vemos el viernes, pequeña.

—Adiós, papá.

—Con, ¿me pones una cerveza? —le pregunta Erin, una

chica de un pueblo cercano que es, junto con sus amigas, asidua del pub los fines de semana.

—¿Cuántas llevas ya?

—No sé, ¿tres?

—Me parece que esta es, como mínimo, la sexta que te sirvo.

—Mmmmm... Entonces, ¿me estás controlando? —dice ella, acercando su cara a la de Connor hasta llegar a susurrar en su oído—: Eso me encanta.

Mete un billete en el bolsillo de la camisa de Connor y se aleja guiñándole un ojo mientras él niega con la cabeza esbozando una sonrisa. Cuando se sienta junto a sus amigas, les dice algo, ellas se giran sin ningún disimulo y le saludan con la mano. En cuanto él se gira, se encuentra a Keira mirándole fijamente, apoyada contra la pared, con los brazos cruzados.

—¿Qué?

—A esa chica le gustas, y mucho.

—Perfecto —dice Connor entrando en el almacén seguido de cerca por Keira.

—Tiene treinta años. Abogada, soltera, sin compromiso, sin hijos.

—¿Acaso eres su representante? ¿Te llevas comisión si salgo con ella? ¿Cómo funciona eso? ¿Si me la tiro te llevas más pasta?

—Vamos, Con. Lo hago por ti. Estás soltero, eres joven, más o menos...

Connor se frena en seco y la mira con una ceja levantada.

—¿Más o menos?

—Ya me entiendes, estás más cerca de los cuarenta que de los treinta. Pero eres guapo, sexy, y estás en forma. Aprovecha mientras puedas.

—Con tus ánimos, no sé cómo no estoy corriendo ahora mismo para apuntarme a Míster Universo.

–Nadie te dice que le declares amor eterno, pero te podrías dar un homenaje... Es guapa, ¿no?

–Si tanto te gusta, lánzate tú, pero te advierto que Rick se llevaría un chasco.

–Connor...

–Keira, en serio, no quiero enrollarme con nadie, ni pedirle salir a nadie, ni follar con nadie, ni nada de nada con nadie. En serio, estoy bien así.

–Vale, vale, lo pillo... –dice, apoyando las palmas de las manos en el pecho de él–. Lo siento. Solo estoy un poco preocupada por ti.

–Estoy bien, Keira. De verdad.

Ella le saca el billete del bolsillo de la camisa y levanta las cejas al verlo.

–¿Y no le diste el cambio? –dice desdoblando los diez euros.

–No.

–Vale, pues si te va a pagar todas las cervezas a este precio, tú disimula y haz ver que te interesa.

Keira sale del almacén con Connor pegado a su espalda, así que, cuando ella se frena en seco, no puede evitar chocarse contra ella. La mira, confuso, y la ve con la vista fija en un punto del pub y las manos delante de la boca.

–No me lo puedo creer –dice con lágrimas en los ojos.

En cuanto Connor levanta la vista, averigua el motivo del repentino cambio de humor. Rick les mira desde la puerta del pub, con una sonrisa en los labios.

–¿Qué...? ¿Cuándo...? –balbucea ella, justo antes de desistir y salir corriendo hacia él–. ¡Estás loco!

Keira salta a sus brazos y él la abraza con fuerza. Se besan entre risas y caricias, mientras los clientes del local les vitorean y aplauden.

–¿Quién es ese capullo? –le pregunta Brendan a Connor.

–El mayor de tus problemas...

—¿En serio? ¿Ese es el americano?
—¿Cómo sabes...?
—Esto no es Nueva York, es un pueblo, y las noticias vuelan.
—Pues sí, es él.
—Oh, joder... —Brendan agacha la cabeza y, por primera vez, Connor siente hasta lástima por él.
—¿Quieres una cerveza? Yo te invito.
—Creo que me voy a casa.
—Eh, Brendan... Aunque ahora te parezca imposible, encontrarás a alguien que hará que te olvides de Keira. Te lo aseguro.
El chico hace una mueca y mira a Connor encogiendo los hombros mientras se larga del pub. Cuando pasa cerca de Keira y Rick, no puede evitar mirarles de reojo y, aunque ellos no se dan cuenta, al salir tira de la puerta como si quisiera descargar su rabia contra ella.
—Hola, colega —dice Connor saliendo de detrás de la barra cuando Rick se acerca a él.
—Hola, Sully. ¿Cómo estás?
—Mejor. Necesitaba alejarme de todo, de nuevo.
—Eres un gilipollas, ¿lo sabías?
—Lo sé.
—Perfecto. Me alegro de que lo tengas claro.
—¿Y tú? ¿Cómo estás?
—Ahora muchísimo mejor —dice mirando de reojo a Keira, que le sonríe agarrándole de la cintura—. Hablé con Bruce y me dio algunos de los días que me deben... Ya sabes...
—Dile que te dé los míos también —dice mientras los dos ríen a carcajadas.
—Tus hermanos también están muy bien —dice mientras Connor asiente con la cabeza.
—Lo sé... Ayer hablé con Evan y me dijo que la luna de miel en Costa Rica había sido genial.

—Sí, aunque volvió con varias brechas porque Hayley le llevó a hacer deportes de riesgo, escalada, descenso de barrancos...

—Eso sí que no me lo ha dicho. –Ríe Connor–. Con lo hábil que es Evan...

—Y Kai está en plan padrazo total, pesado y súper protector con Sarah. Tan pesado, que creo que ella le va a cantar las cuarenta en breve.

—Kai en plan pesado... Tiemblo –interviene Keira.

—Sarah cabreada... Huye –le aclara Connor.

Enseguida, un cliente llama la atención de Connor para pedir una bebida y él se acerca para servirle.

—¡Está lleno! –dice Rick mirando alrededor.

—Sí, la verdad es que nos va muy bien. Connor es de gran ayuda, y encima no deja que le pague...

—Ya lo estás haciendo, Keira. Mírale –dice señalándole con un movimiento de cabeza–. Aquí es otra persona, a pesar de lo de Zoe, aquí es feliz.

Connor vuelve con ellos, con una sonrisa dibujada en los labios.

—¿Y bien? ¿Qué planes tienes? ¿Vas a quedarte en casa con nosotros?

—Eh... Pues no sé...

—Déjame hablar primero con mi padre. No puedo meterte en casa sin más. Aunque Connor allanó un poco el camino con él...

—¿En serio? –le pregunta Rick dándole unas palmadas en el hombro.

—Sí, me jugué la vida por ti, pero juega bien tus cartas, porque si la cagas, tendrás una conversación con tu suegro frente un acantilado de treinta metros de altura.

—Me estás dando miedo.

—Haz las cosas bien y no deberías tenerlo.

—Lo que está claro es que, aunque a mis padres les

parezca bien que te quedes en casa, olvídate de dormir en la misma cama que yo.

—¿Y dónde voy a dormir?

—Conmigo —interviene Connor guiñándole un ojo y haciéndole burla lanzándole unos besos.

—Está noche puedes dormir en el almacén —dice Keira señalando hacia detrás de la barra—. Mañana ya hablaré con mis padres. ¿Hasta cuándo te quedas?

—Hasta pasado mañana —contesta encogiendo los hombros.

—¡¿Solo?! —se queja ella.

—Es lo máximo que he podido conseguir... En tres días tengo una reunión importante —contesta Rick, y mirando a Connor añade—: Heinz Ketchup.

—¿En serio? ¿Los tenéis? —pregunta Connor entusiasmado.

—Casi. Tu idea les encantó. Ahora a ver cómo me lo monto sin ti...

—Genial...

Por primera vez desde que lo dejó, Connor se da cuenta de lo mucho que echa de menos su antiguo trabajo, sobre todo en momentos como este, en los que te das cuenta de que tus ideas han gustado al cliente.

Keira sigue cabizbaja, pensando en el poco tiempo que van a poder pasar juntos, así que Connor enseguida dice:

—Oye, esto lo tengo controlado. ¿Por qué no os vais a dar una vuelta o a hacer... algo? Aprovechad las horas al máximo.

—¿En serio? —pregunta Keira—. ¿No te importa?

—No. Pero ten cuidado mañana al volver a casa... Yo te guardo el secreto, pero no la cagues.

Algo más tarde, cuando el pub está vacío y Connor está recogiendo las mesas, escucha su teléfono sonar. Camina hacia detrás de la barra y mira el número antes de descolgar.

—¿Diga? —contesta algo receloso.

—¿Connor?

—Sí... ¿Quién es?

—Soy Matthew. —Connor piensa durante unos segundos, sin caer aún en quién puede ser, hasta que vuelve a escucharle—: Tu... suegro. ¿Ya te has olvidado de mí? Supongo que no te pegué lo suficientemente fuerte como para que te acordaras de mí.

—Ah... Sí... Matthew... —contesta Connor tragando saliva y empezando a sudar de repente—. Eh... ¿Cómo...? ¿Cómo estás?

Las amenazas de Matthew resurgen en su cabeza con total claridad. Con la cara desencajada, camina buscando un sitio donde apoyarse, intentando no perder la verticalidad.

—Bien, bien. Solo llamaba para darte las gracias.

¿Las gracias?, piensa Connor totalmente descolocado.

—Yo... No, no sé...

—Ya sabes, por lo que estás haciendo por Zoe. Exponer en una galería era su sueño y verla tan ilusionada, me hace muy feliz.

—Ah, no es nada... Era, lo menos que yo...

—Gracias, en serio. A pesar de que tengo que decirte que no me ha hecho gracia que te hayas largado y la hayas dejado sola.

Connor se queda atónito. Nunca pensó que Matthew se tomaría su ruptura de forma tan normal. De hecho, le creyó capaz de cumplir con su amenaza sin tan siquiera pestañear.

—No... No podía quedarme, Matthew. Yo... No puedo estar cerca de ella, verla y no poder, estar con ella...

—Espera, espera, me he perdido. ¿Qué quieres decir?

Ella me ha dicho que habías salido a tomar algo con tus hermanos. ¿Qué quiere decir con que no puedes estar cerca de ella? ¿Dónde cojones estás?

Connor palidece al instante al darse cuenta de que ha metido la pata hasta el fondo. Zoe le había ocultado su ruptura y él acababa de descubrirse solo.

—¡Háblame capullo! —grita Matthew, cambiando de forma radical el tono de su voz—. ¿Qué pasa entre tú y Zoe? ¿Qué cojones le has hecho a mi hija?

—Nada. Matthew, tengo que dejarte...

—¡Ni se te ocurra colgarme! ¿Qué pasó?

—Me dejó.

—¿Por qué?

—Porque fui un imbécil —se atreve a decir al cabo de unos segundos.

—¿Le hiciste daño? —Espera un rato y al no obtener respuesta, insiste—: Connor, sé sincero conmigo, es lo único que te pido. ¿La hiciste llorar?

—Sí.

Al instante, Connor escucha el sonido de la llamada cortada. Se separa el teléfono de la oreja y mira la pantalla para comprobar que, efectivamente, Matthew ha colgado. Respira con fuerza, cogiendo grandes bocanadas de aire, sosteniendo el teléfono con miedo. Al rato, tras meditarlo durante unos segundos, abre el programa de mensajes y escribe a toda prisa:

Me ha llamado tu padre. Pensaba que lo sabía y creo que la he cagado. Lo siento.

—¡Mierda! —dice Zoe al leer el mensaje de Connor.

Abre la agenda de contactos y enseguida marca el teléfono de su padre.

—¡Hola, papá! —le saluda con entusiasmo.

–¡No me hagas la pelota porque estoy muy enfadado! ¡¿Por qué no me lo dijiste?!

–Precisamente por esto. No quería que te pusieras como un loco, que empezaras a dar gritos y a maldecir a diestro y siniestro.

–¡¿Y cómo quieres que me ponga?! ¡Ese tío te hizo daño y se lo voy a hacer pagar!

–¡No, papá! ¡Déjale!

–¿Cómo le puedes defender a pesar de todo?

–Porque sí –responde con la voz tomada y los ojos húmedos de la emoción.

–¿Estás llorando de nuevo? ¿Por él? Cariño, no se lo merece.

–Le defiendo porque le quiero, a pesar de todo.

–Cariño... Pensaba que eras feliz... Lo parecías cuando hemos hablado antes.

–Porque lo que hago me hace feliz, pero le echo muchísimo de menos.

–¿Y por qué le dejaste? ¿Qué te hizo?

–Se... Se enrolló con su ex, pero estaba borracho porque había descubierto que yo le había mentido... Es una historia muy larga... La cosa está en que me ha pedido perdón cientos de veces, pero yo ya no sé si podré volver a confiar en él...

–Define enrollar. ¿Se acostó con ella?

–No llegaron pero estuvieron cerca.

–¿Por qué no llegaron? ¿Acaso les pillaste?

–No, él se arrepintió antes de hacerlo.

Los dos se quedan unos segundos en silencio, hasta que Matthew, en un tono más comprensivo y relajado, vuelve a hablar.

–Me ha dicho que no podía estar cerca de ti... ¿Dónde está?

–No te lo voy a decir.

—¿Por qué no?
—Porque te conozco demasiado.
—He cambiado, y envejecido. Ya no tengo el cuerpo para acojonar a tus ex novios... Solo es curiosidad.

Matthew espera con el corazón en un puño, mientras su hija se piensa si creerle o no. La escucha respirar y enjuagarse las lágrimas.

—Se fue a Kinsale, en Irlanda.
—¿Irlanda? ¿Tanto tuvo que alejarse de ti? ¿Qué se le ha perdido allí?
—Es el pueblo de su padre.
—Vives en su apartamento, consigue que firmes un contrato con una galería, y se larga a otro continente. No sé a ti, pero a mí eso me suena a que te quiere compensar por sus errores. Y a que te sigue queriendo.
—Supongo.
—¿Y ya está? ¿No vais a hacer nada? ¿Tú prefieres quedarte con la duda de si podrías volver a confiar en él, antes que intentarlo realmente? ¿Y él? ¿Huye como un cobarde en lugar de apechugar con lo que hizo e intentar recuperarte?
—Pero...
—¿Esto es lo mucho que os queréis? Pues permitirme que os diga que tenéis razón, que mejor que sigáis caminos separados.

A la mañana siguiente, Connor sale de su dormitorio y camina hacia las escaleras, mirando hacia la puerta de Keira, rezando para que haya vuelto a casa.
—Buenos días, Con —le saluda su tío al llegar abajo.
—Buenas.
—¿Todo bien anoche?
Al no obtener respuesta, Rory mira a su sobrino y le

ve mirando fijamente el humo del café, totalmente absorto.

–¿Connor?

–¿Eh?

–Que si fue bien anoche...

–Sí.

–Ayer ya hicimos el holgazán, así que hoy no nos libramos de currar.

–Perfecto –contesta Connor sin pensar.

–Vale –dice Rory poniéndose en pie frente a él–. ¿Qué pasó anoche?

–No, no pasó nada.

Connor se bebe el café y se pone el chubasquero, valorando si contarle su conversación con su exsuegro. Tiene claro que la visita de Rick seguirá siendo un secreto, al menos hasta que Keira se lo cuente. Su teléfono vibra en el bolsillo de su pantalón y, mientras sale a la calle, lo saca con la esperanza de que sean Keira o Rick, dándole alguna pista de su paradero. Al ver que es la respuesta de Zoe a su mensaje de anoche, se frena en seco.

No tuve el valor de contárselo y no pensé que te llamaría. Ya he hablado con él. Espero que no te moleste más. Lo siento.

Rory pasa por su lado y se mete dentro de la furgoneta. Arranca el motor poco antes de que Connor abra la puerta del copiloto, se siente y se ponga el cinturón, todo ello sin despegar la vista de la pantalla.

–¿Estás bien? –le pregunta cuando el coche enfila la calle principal.

–Anoche le escribí un mensaje a Zoe y me acaba de contestar.

–¿Bueno? –le pregunta mirándole de reojo con una sonrisa de medio lado.

–No sé... Anoche me llamó su padre para agradecerme que le consiguiera a su hija el contacto de la galería de arte y pensé que sabía que ella y yo ya no estábamos juntos... Y resulta que no.

—¿Y? Hay rupturas cada día...

—Pues que hace un tiempo me amenazó diciéndome que si se enteraba de que hacía sufrir a su hija, me sacaría las tripas con un arpón.

—¡Anda! ¿Es del gremio?

—No, es científico. Está estudiando las consecuencias del cambio climático.

—¿Y estás... preocupado porque pueda llegar a cumplir su amenaza?

—No.

—Entonces, ¿por qué estás así?

—Porque me he dado cuenta de que da igual lo que me aleje de ella, nunca podré olvidarme de ella. He visto su nombre escrito en la pantalla del teléfono y me ha dado un vuelco el corazón, y cuando leía el mensaje, me imaginaba su voz.

—¡Pues menudo descubrimiento! Eso lo sé yo desde el primer día que te vi aquí —asegura Rory bajo la mirada de Connor—. No me mires así. El amor de tu vida está en el otro continente, y supe nada más verte, que serías capaz de cruzar el charco a nado con tal de volver a estar a su lado. A tu padre le pasó lo mismo, Con. Una vez encuentras a esa mujer, estás perdido para siempre, eres suyo de por vida.

—Estoy jodido, entonces —dice sonriendo.

—Exacto. Pero una vez que lo tienes claro y no te resistes a ello, eres jodidamente feliz.

Connor agacha la cabeza y mira el mensaje de Zoe de nuevo. Luego vuelve a mirar a su tío, que le hace una seña con la cabeza, asintiendo, instándole a hacer lo que lleva pensando desde hace un rato. Aún algo indeciso, aprieta a responder y le escribe de nuevo.

No te preocupes. Espero no haberte metido en problemas con él... y que no cumpla su amenaza.

Justo cuando lo envía, el coche se detiene. Levanta la cabeza y mira a su tío al darse cuenta de que no están en el puerto, sino frente al pub.

—¿Por qué paramos aquí? —pregunta Connor.

—Creo que anoche os dejasteis alguna luz encendida —contesta Rory apeándose del coche.

Connor palidece al instante y reacciona con rapidez. Aprovechando que su tío no le mira, aún con el teléfono en la mano, marca el número de Rick, que descuelga al cuarto tono, entre risas.

—A ver, pesado, ¿qué...?

—¡Agua! ¡Agua, Rick!

—¡No me jodas! —contesta su amigo captando el mensaje enseguida.

—¡Está a punto de entrar por la puerta!

Connor cuelga y sale del coche justo a tiempo de escuchar a su tío gritar.

—¡¿Y tú quién cojones eres?! ¡Apártate de mi hija!

—¡No! ¡Papá, por favor!

—¡Señor, se lo puedo explicar! ¡Déjeme que me presente!

—¡Y una mierda te voy a dar la mano! ¡Largo de aquí! ¡Cagando leches!

—¡No lo entiende!

—¡Papá!

Connor entra en el pub y se encuentra con una escena propia de una telenovela. Rick a un lado, totalmente desnudo, tapándose los genitales con las manos. Keira frente a él, intentándolo proteger de su padre, vestida con una camiseta de publicidad de Guinness. Y Rory, intentando amenazar a Rick con un bate de hierro que Keira guarda detrás de la barra por si algún cliente se pasa de la raya.

–Rick, ponte esto y los pantalones –dice lanzando su chaqueta mientras se acerca a Rory–. Baja esto. Tranquilo. Deja que se expliquen.

–¡¿Tú sabías esto?! –Connor asiente con la cabeza–. ¿Por eso estabas tan raro? Y esa mierda del mensaje de Zoe, ¿entonces era mentira?

–No, no, no. Eso es verdad.

–¿Te ha escrito Zoe? –pregunta Rick con una sonrisa en los labios.

–¡Cállate! –le grita Rory–. ¡Y borra esa puñetera sonrisa de la cara!

–Perdone, yo solo me alegraba por él.

–¡Que te calles! –le amenaza blandiendo el hierro.

–Papá, por favor, tranquilízate –le dice Keira acercándose al ver que Connor se interpone también entre él y Rick–. Lo siento, debí avisarte, pero llegó anoche y me pilló por sorpresa. No quería meterle en casa sin pediros permiso antes, y no tiene donde quedarse.

–¿Qué quieres decir con que llegó ayer? ¿De dónde llegaste? ¿Eres de Dublín? No reconozco tu acento.

–No señor, soy de Nueva York.

–Espera, espera, ¿este es el americano? –pregunta confundido, mientras Keira y Connor asienten con la cabeza, y dirigiéndose a este último, añade–: ¿Este capullo es el tipo que dices que se ha enamorado de mi Keira?

–Eso me temo –responde Connor.

–¡Oye! ¡No sé cómo tomarme eso!

–¡Cállate! –le gritan Connor y Rory a la vez.

–Quizá no le hayas conocido en la mejor de las circunstancias, pero ha volado hasta aquí porque la quiere y la echa de menos... Se vuelve mañana mismo, y le ha dado igual chuparse todas esas horas de avión con tal de estar unas horas con ella. ¿Recuerdas lo que hablábamos antes en el coche? Pues él es el que sería capaz de cruzar a nado todo un océano con tal de estar con tu hija.

Rory mantiene la frente arrugada, mirando a Connor y a Rick repetidamente.

—¡No es lo mismo! ¡Vístete y sal de aquí cagando leches!

—¡Papá!

Rory sale del pub rápidamente y, en un arrebato de coraje, Rick le sigue de cerca.

—¿A dónde vas? —le pregunta Connor intentando impedir que salga—. Deja que se tranquilice.

—No tengo tiempo —dice deshaciéndose del agarre de su amigo—. ¡Espere! ¡Rory, por favor!

Rory no se inmuta y camina con decisión hacia la camioneta, hasta que Rick, llevado por un impulso y sin pensar bien en las consecuencias, se cuela frente a él e impide que abra la puerta del coche.

—¡Espere, por favor!

—¡Apártate de mi vista antes de que pierda la paciencia!

—¡No!

Rory cierra la mano en un puño y se remueve nervioso, apretando la mandíbula con fuerza.

—Si me quiere pegar, pégueme, pero no conseguirá que ceje en mi empeño de conseguir que me escuche.

—Papá, por favor —le pide Keira.

—Tú no te metas, cariño —dice Rory moviendo un brazo para apartarla.

—¡Por supuesto que me meto! —vuelve a decir ella, interponiéndose entre los dos, y picando a su padre con un dedo en el pecho, añade—: ¡Cuando al que intentas pegar es al hombre del que estoy enamorada, por supuesto que me meto!

Rick abre mucho los ojos y levanta las cejas. Luego,

intenta reprimir la enorme sonrisa que se le ha formado en la cara y, agarrando suavemente a Keira de ambos brazos, le susurra algo al oído y se dirige hacia Rory.

–Señor, le entiendo. Sé que yo supongo una especie de amenaza para usted, pero créame que esa no es mi intención. Los dos queremos mucho a Keira y... en ningún momento quiero ponerla en la tesitura de hacerla elegir entre los dos... Yo, no quiero que renuncie a ninguno...

–Guárdate tu mierda de publicidad donde te quepa. Conmigo, tus truquitos de palabras complejas y sonrisas de foto, no funcionan. No te compro, así que largo.

–Yo también tengo una hija, señor Murray.

En ese momento, Connor, de forma totalmente inconsciente, aguanta la respiración a la espera de la reacción de su tío.

–Se llama Holly, y tiene ocho años –prosigue Rick–, y haría lo imposible por ella. Mataría por ella, y no me avergüenzo de confesarlo. Así que créame cuando le digo que entiendo su preocupación y que yo en su lugar, seguramente, no habría sido tan comprensivo. Por eso mismo le pido que me dé la oportunidad de demostrarle que puedo cuidar de Keira y que puede confiar en que nunca haré nada que le haga daño, ni para disgustarle a usted ni a su esposa.

Rory le mira pensativo, dándole vueltas a la cabeza. Keira, que le conoce, se adelanta y, en un tono cariñoso, le dice:

–Papá, sé que tienes un montón de dudas y reticencias, pero nosotros no queremos hacer nada mal, y mucho menos a espaldas vuestras. No quiero ocultaros mi relación con Rick. No quiero mentiros cuando vaya a verle a Nueva York u ocultarle en el almacén cuando él venga aquí.

–Yo... Tengo que ir a trabajar... –dice Rory al cabo de unos segundos de silencio.

Connor corre hacia la furgoneta, dando una palmada a Rick en el hombro al pasar y un beso a Keira en la mejilla.

–¡Eh! ¡Americano! ¡Devuelve la chaqueta a Connor y ponte algo encima!

Connor retrocede sobre sus pasos y recupera el chubasquero, aprovechando para susurrarle a Rick:

–Tranquilo, hablaré con él.

–¿Cómo te lo metiste en el bolsillo tú?

–No acostándome con su hija –contesta Connor guiñándole un ojo.

–¿Te gusta el Colcannon? –pregunta Maud, nerviosa, estrujando un trapo de cocina.

–Es un puré de patatas con col –le aclara Keira a Rick.

–Sí, eso –prosigue Maud–. Y también he hecho salmón al horno.

–No lo he comido nunca, pero seguro que me encantará, señora –contesta Rick–. Estoy divorciado, trabajo hasta diez horas al día y vivo solo. He llegado a alimentarme de guisantes en lata...

–Bueno, pues si te gusta, te guardo un poco en una fiambrera para que te lleves a Nueva York y le des también a tu hija.

–Mamá, al avión no se pueden subir fiambreras de comida.

–¿No?

–No, señora. Muy a mi pesar, no me lo podría llevar. Pero no se preocupe, porque voy a repetir todas las veces que pueda.

Maud ríe llegando incluso a sonrojarse y Keira sabe que Rick ya se ha metido a su madre en el bolsillo.

–Llámame Maud, por favor.

–De acuerdo, Maud. ¿Puedo ayudar en algo?

–¡Pero qué serviciales sois los hombres americanos! ¡Más de uno por aquí, debería aprender de vosotros! Pero no, cariño, eres nuestro invitado.

En ese momento, la puerta principal se abre y entran Rory y Connor charlando de forma animada. Rick se pone en pie enseguida, como muestra de respeto, mientras Keira y su madre se mantienen expectantes. Se produce un largo silencio cuando sus miradas se encuentran.

–Eh... ¡Qué bien huele por aquí! –dice Connor rompiendo el hielo, besando en la mejilla a su tía y abriendo la puerta del horno.

–Gracias, cariño –le contesta mirando a su marido de reojo–. Esta tarde, Keira y Rick han venido a verme y he pensado que podríamos cenar todos juntos...

–Me voy a duchar –dice Rory en tono cortante.

En cuanto sube las escaleras, los tres pares de ojos se clavan en Connor.

–¿Has hablado con él? –le pregunta Keira acercándose a él.

–Bueno, ya sabes cómo es... No es que la comunicación verbal sea su fuerte... Pero de entre todos los gruñidos y monosílabos que ha emitido cuando le he hablado del tema, creo que he podido adivinar que odiarte a muerte, no te odia ya. Incluso puede que no te agrade, pero, por si acaso, siéntate en la otra punta de la mesa.

–Oh, mierda –dice Rick dejándose caer en una silla.

–¿Qué esperas?

–¿Le defiendes?

–No le defiendo, pero le entiendo. Vamos a ver, ¿habéis hablado de qué vais a hacer? ¿O pensáis pasaros el resto de vuestras vidas viajando de un lado a otro para veros? ¿Vas a venirte a vivir a Irlanda, Rick? ¿O tú te vas a mudar a Nueva York?

–No... No es algo que hayamos hablado mucho aún... –responde Keira.

–Vosotros no, pero él no deja de pensar en ello.

–Necesito que me dé el aire –dice Rick saliendo enseguida por la puerta, seguido de cerca por Keira.

En cuanto se quedan solos, Maud se abraza el cuerpo con ambos brazos y se apoya en el fregadero.

–Se ha enamorado, ¿verdad?

–Sí.

–Pues por nuestro bien, será mejor que empecemos a hacernos a la idea de que la vamos a perder. Os acabaremos perdiendo a los dos...

Durante la cena la conversación gira en torno a las anécdotas de Rick y Connor en el trabajo. Historias acerca de los ingenios para conseguir un nuevo cliente, de las reuniones a altas horas de la madrugada en clubes nocturnos porque el cliente así lo había pedido, de la de veces que habían tenido que ejercer de guías turísticos por los lugares emblemáticos de la ciudad y, cómo no, de la historia favorita de Rick: Grace Folger.

–¿Y no te la tiraste ni una vez? –pregunta Keira llorando de la risa.

–Muy graciosa...

–¡Qué callado te lo tenías! No sabía que te iban tan maduritas... –insiste, mientras Connor hace una mueca con la boca y hunde el tenedor en el plato–. ¿Y qué ha hecho en su ausencia, Rick? ¿No te habrá tirado los tejos a ti?

—No, no soy su tipo. Ella solo tiene ojos para un hombre...

—Vale, ya, cambiemos de tema —les pide él.

—Pues está triste, Sully. Así que no sé a qué esperas para volver... —insiste Rick.

—¿Y Zoe? —interviene Maud de repente—. ¿Ella cómo está sin Connor?

—Basta. No es necesario... —dice Connor incómodo, poniéndose en pie para largarse.

—Ha dejado al tipo ese —contesta Rick de golpe.

Connor se frena en seco poco antes de salir de la cocina. Se gira lentamente y, con la frente arrugada, abre la boca para hablar, pero las palabras no le salen. Vuelve a sentarse en la silla, apoyando los codos encima de la mesa y frotándose la nuca con ambas manos.

—Se ve que ella le dejó poco después de lo que pasó en el pub. Que por cierto, le dejaste bien marcado, según dicen...

Rory levanta la vista del plato por primera vez en toda la cena y mira fijamente a Connor con una media sonrisa dibujada en los labios.

—No sé más detalles porque esto me lo explicó Kai cuando quedamos la otra noche para ver a los Knicks, y él tampoco sabe mucho más porque Hayley y Sarah no sueltan prenda. Así que no sabemos el motivo de la ruptura pero...

—¿Pero qué?

—Bueno, pues que el motivo de la ruptura no creo que fuera la crisis mundial... Me atrevería a decir, y llámame osado si quieres, que tienes muchos números de ser el motivo principal de ella.

—Pero ella salió en defensa de Adam, y me dijo que ya no me quería y que me fuera.

—Pues eso no es verdad —interviene Keira—. Te lo dijimos en el hotel aquella noche. Ella mintió porque sí te quiere, se lo vi en la cara, se le notaba a kilómetros.

–No... No sabía que lo había dejado con Adam... No me dijo nada ayer...

–¿Ayer? Espera, espera, ¿has hablado con ella? –pregunta Rick.

–Su padre me llamó para agradecerme que le consiguiera el contacto de la galería y resulta que él no sabía que no estábamos juntos, y la cagué. Así que le escribí un mensaje para advertirle de ello y me contestó... Y luego yo le volví a escribir... Y así hasta ahora.

–¿Y qué te ha dicho? –le pregunta Maud girándose completamente hacia él–. Quiero decir, ¿habéis hablado solo de lo de su padre... o eso os ha dado pie a hablar algo más?

–Básicamente de lo de su padre, pero esta mañana le pregunté por la exposición.

–¿Y qué te respondió?

–Nada, no me ha contestado.

–¿Nada?

–Maud, por favor –le recrimina Rory.

–Calla, papá –le corta Keira–. Tienes que insistir, interesarte por ella, demostrarle que sigues preocupándote por ella.

–No sé...

–¡Oh, joder! ¡Qué limitado eres a veces! –grita ella exasperada–. A ver, ya no está con ese tío y sabes que te sigue queriendo, y me da igual lo que pienses o lo que ella dijera, es así y punto. ¿Qué te frena?

–Nada. No me apetece hablar de ello. Con permiso –dice dirigiéndose a su tía, que le aprieta el brazo de forma cariñosa.

Connor se levanta de la mesa, deja su plato en el fregadero y sale de casa.

–Dejadle solo –les pide Rory–. Me da la sensación de que os pasáis la vida diciéndole qué tiene que hacer con su vida.

–Papá, Connor siempre está esperando a que las cosas pasen por sí solas y a veces hay que darle algún empujón. Esa chica no le va a esperar toda la vida.

–Keira, créeme, Connor no es tonto. Quizá esa chica debería dar algún paso al frente también. ¿Qué quiere? Él no la engañó, le pidió perdón, le dejó su apartamento, le consiguió trabajo de lo que a ella le gusta, volvió y le abrió su corazón, y le rechazó. Creo que un pequeño gesto por su parte no estaría de más.

–¿Cómo sabes tú todo eso? –le pregunta Maud.

–Porque él me lo contó. Conmigo también se puede hablar y contarme las cosas –dice mirando a su hija–, pero me parece que aquí el único que lo hace es Connor.

–Dentro de quince días, tengo una semana entera a Holly conmigo. Y, si a usted le parece bien, me gustaría venir y traerla conmigo.

Rick mira a Rory con semblante serio, esperando una reacción por su parte. Keira y Maud se mantienen al margen, aunque en sus caras se refleja el nerviosismo y las ganas de que él acceda a ello.

–Quiero pasar tiempo con su hija, pero no puedo olvidarme de la mía...

–Está bien.

–Gracias –dice Rick con una gran sonrisa en la cara–. Nos quedaríamos en el hostal para no molestarles.

Maud, aprovechando que Rick no la ve, le echa una mirada a su marido, con los brazos cruzados sobre el pecho, esperando que él responda lo que ella quiere.

–No, no... Aquí en casa tenemos habitaciones de sobra. Tú y tu hija podéis quedaros en la habitación del desván. Es grande y hay dos camas...

–Gracias, de veras. –Rick le tiende la mano, que Rory estrecha al cabo de unos segundos.

–Gracias, papá –le dice Keira dándole un beso en la mejilla.

Rick se despide de Maud que, mucho más afectiva y cariñosa que su marido, le estrecha con fuerza entre sus brazos.

–¿Cuál es su comida favorita? Bueno, mejor la semana que viene me llamas y me dices lo que le gusta y lo que no y...

–Maud, en serio, no hace falta que se moleste...

–No es molestia. ¿Y le gusta el chocolate?

–Sí, claro –contesta Rick algo abrumado.

–¿Y le dejas comer chuches?

–Con mesura, sí. Pero no me la soborne de esa manera porque entonces no querrá volver a Nueva York y su madre me mata.

Cuando se acerca a Connor, le lleva a un aparte y, agarrándole de la camisa, le zarandea suavemente mientras le dice:

–Sé que aquí estás muy bien y que has encontrado tu sitio, pero te echo de menos, tío.

–Yo también os echo de menos a todos.

–No me digas que no echas de menos el ajetreo de Nueva York y de la agencia... Vi cómo se te iluminaba la cara anoche, cuando hablábamos del tema. Servir copas es divertido, pero tú te lo pasas mejor conmigo... Admítelo.

–La verdad es que echo algo de menos los trajes, las reuniones y el puntero láser...

–¡Jajaja! Lo sabía. –Ríe Rick–. Oye, este exilio tuyo... tiene fecha de caducidad, ¿verdad?

—Eso espero —confiesa Connor agachando la cabeza y apretando los labios.

—Vale, genial. Nos vemos en dos semanas, ¿de acuerdo?

—Aquí estaré.

—¿Algún recado para alguien? —le pregunta Rick con picardía.

—Cuídala de mi parte, ¿vale?

—Dalo por hecho.

El jueves siguiente por la noche, dos días después de la marcha de Rick, cuando Connor y Keira se dirigen al pub, al llegar a la plaza, ven a Enoch y Mickey hablando con otro hombre.

—¡Mire! ¡Por ahí viene! —dice entonces uno de ellos.

Cuando el hombre se gira, Connor palidece al instante y se detiene de golpe.

—¿Qué te pasa? —le pregunta Keira.

—¡A ti te estaba yo buscando!

—Matthew yo...

—¿Le conoces? ¿Quién es este hombre? —pregunta Keira al ver que se acerca a él con cara de enfado y que Connor es incapaz de moverse.

Sin mediar ninguna palabra más, le asesta un puñetazo en el mentón. Connor se desestabiliza, aunque consigue mantener la verticalidad. Luego extiende los brazos y levanta las palmas mientras retrocede para intentar alejarse de él.

—Matthew, nunca quise hacerle daño... Yo no... Lo siento, de veras...

—¡Oiga! —dice Keira interponiéndose entre los dos—. ¡Déjele en paz!

—¿Has olvidado a mi hija por esta chica?

—¿Qué? ¡No! ¡No he olvidado a su hija!

—¿Qué narices hace usted aquí? —vuelve a decir Keira—. ¿Está mal de la cabeza o qué?

—Solo defiendo a mi hija. Prometí que si me enteraba de que le había hecho daño, le perseguiría y le haría pagar por ello —le aclara Matthew que, dirigiéndose a Connor, añade—: Confié en ti. Pensaba que, después de todos los esperpentos que tuve que apartar de su lado, tú eras el idóneo. Debí hacer caso de mi instinto, que me decía que no debía fiarme de un trajeado como tú...

—Yo no... No quería hacerle daño. Solo quiero lo mejor para ella, antes, ahora y siempre. La echo de menos con todas mis fuerzas, pero si ella ya no me quiere y me pide que me aleje, lo hago, aunque eso me esté matando lentamente.

—¡Por el amor de Dios! ¡Parecéis tontos, los dos!

—¡Gracias! —suelta Keira de repente—. Al menos no soy la única que se lo dice...

—¡Ella aún te quiere! ¡Si no me dijo nada de vuestra ruptura fue porque te estaba protegiendo! Te echa muchísimo de menos, Connor.

Matthew le mira esperando una respuesta, pero lo único que consigue es que Connor se ponga muy nervioso, caminando de un lado a otro.

—Escucha...

Matthew intenta acercarse a él, pero Connor da un salto hacia atrás, cubriéndose la cabeza con ambas manos por miedo a recibir otro golpe.

—Tranquilo, el golpe de antes ha sido un arrebato. Compréndelo, la compañía aérea no me dejaba embarcar el arpón y aquí no encontré nada similar, así que tuve que arreglármelas yo solo.

Connor le mira con cara de pánico mientras a Keira se le escapa la risa.

—Menos mal que alguien de por aquí tiene sentido del humor —dice mirándola.

—Normalmente es más gracioso, pero le tiene demasiado miedo como para reír sus bromas. Soy Keira, por cierto, la prima de Connor.

—Hola, preciosa —dice devolviéndole el saludo con la mano—. Yo soy Matthew, el padre de Zoe.

—Pero en que los dos parecen tontos, sí estoy con usted. Que sepa que cuando estuve en Nueva York, le canté la caña a su hija por negar la realidad o, mejor dicho, por mentir como una condenada.

—¡Bien hecho! ¿Y a este? ¿Le has leído la cartilla?

—Unas cuantas veces, y no solo yo.

—Con lo listos que parecen a simple vista y lo obtusos que son los dos...

—Sigo aquí, por si me habíais olvidado.

—Sí, sigues aquí cuando deberías estar en Nueva York, al lado de mi hija —dice Matthew—. Haz algo, Connor.

—Yo le he demostrado que la sigo queriendo. Demostrado y dicho... No me importaría que ella me lo pusiera así de fácil a mí...

—Mira, me tengo que ir ya porque en tres horas sale mi vuelo de vuelta a Nueva York porque por nada del mundo me perdería uno de los momentos más importantes de la vida de mi hija. —Matthew se acerca a Connor y esta vez, él no se aleja—. Esto ha sido una especie de locura que solo un padre es capaz de hacer por su hija. Volar a cinco mil kilómetros de distancia para atizar y pegarle la bronca al exnovio de turno. Solo espero que haya servido de algo...

Matthew le da un abrazo, que Connor es incapaz de corresponder porque sigue alucinado, y se aleja calle abajo. Cuando pasa por su lado, saluda a Enoch y Mickey, que han sido testigos mudos de toda la escena.

—¿Quiere que le lleve al aeropuerto? —le pregunta Keira.

—No te preocupes, cariño, soy un trotamundos, me las sabré apañar.

—¿Estás bien? —le pregunta Keira.

Connor lleva toda la noche muy callado, trabajando sin parar, pero sin esbozar ni una sonrisa ni abrir la boca para nada. Incluso alguno de los clientes habituales se ha dado cuenta, y le han preguntado qué le pasaba en más de una ocasión.

—¿Quieres tomarte un descanso? —insiste ella.

—No, estoy bien.

—Vale...

Ella se da la vuelta para servir unas bebidas y cuando se vuelve a girar, sonríe al ver a Connor con el teléfono en la mano.

—¿Qué te pasa? —le pregunta Keira acercándose a él.

—Zoe me ha respondido.

Estoy bastante nerviosa, la verdad. He ido a llevar los últimos cuadros y la verdad es que no puedo esperar a verlos todos colgados en esas paredes. Esto no habría sido posible sin ti... Ojalá estuvieras aquí...

CAPÍTULO 8

No one else like you

Connor mira fijamente la pantalla de su teléfono, sin siquiera parpadear. Indeciso, se muerde el labio inferior mientras una sonrisa intenta asomar en su cara. Keira se pone a su lado y lee el mensaje. Cuando acaba, mira a Connor y hace chocar su hombro contra el de él.

–¿No querías que ella diera un paso adelante? –le dice Keira sonriendo–. Pues ahí lo tienes.

–A ti también te lo parece, ¿verdad? O sea, quiero decir... –Connor se pasa la mano por el pelo, nervioso, cambiando el peso del cuerpo de una pierna a otra–. Quiere que vaya, ¿verdad?

–¿A ti qué te parece? ¡Pues claro que quiere que vayas! ¿Cuándo es la inauguración?

–Mañana a las siete de la tarde.

Ambos se miran a los ojos, en silencio durante unos segundos, hasta que Keira le apremia:

–¡Corre! ¿A qué esperas?

–Eh, sí, sí, claro –balbucea Connor.

De los nervios, el teléfono se le escurre de las manos y se cae al suelo. Cuando se agacha a recogerlo, no mide bien la distancia y se da en la frente con una de las neveras de debajo de la barra.

–Oh, Dios mío –dice Keira cogiéndole por los hombros para ayudarle a levantarse, acercándose para comprobar que no se haya hecho nada–. ¿Estás bien?

–Sí. –Ríe Connor–, eso creo.

–Llama a la compañía aérea. Puede que te dé tiempo de llegar, ¿no?

–No sé... Pero...

–¡Llama!

Keira le observa divertida mientras camina de arriba abajo. Después de varios minutos al teléfono, la expresión de Connor se ensombrece y cuando se acerca a la barra, ella le oye decir:

–Entonces tendría que volar a Zúrich en el avión que sale dentro de dos horas. De ahí coger otro hasta Madrid, y allí esperar hasta las siete de la tarde para coger el vuelo a Nueva York. ¿Correcto? –pregunta mientras garabatea todo en un papel–. Es eso, o esperar a pasado mañana a las cuatro de la tarde y coger el vuelo que hace escala en París.

Connor asiente con la cabeza mientras escucha las explicaciones de la trabajadora de la aerolínea, girando el papel para que Keira lo pueda ver. En cuanto ella lo lee y le mira, encogiendo los hombros a modo de pregunta, Connor señala la primera opción con el bolígrafo.

–De acuerdo, pues me quedo con la primera opción. Si salgo a las siete de la tarde de Madrid, calculo que llego a Nueva York sobre las... ¿nueve de la noche hora americana? Bien, pues eso haré –dice mirando el reloj–. No, no llevo equipaje, voy con lo puesto.

Keira mira la hora y, decidida, se sube a la barra.

–¡Hola a todos! ¡Escuchadme un momento, por favor! ¡Tenemos que cerrar, así que os agradecería que fuerais apurando las bebidas! ¡Si lo hacéis a una velocidad relativamente rápida, mañana os invito a una ronda!

Al instante, la gente empieza a abandonar el local

mientras Connor mira a Keira con una gran sonrisa en la cara.

—Gracias, gracias —dice ella cerrando la puerta cuando sale el último cliente y, girándose hacia Connor, le dice—: Listo. Cuando quieras te llevo.

—Tengo que pasar por tu casa. Sé que es muy tarde y no puedo despedirme de tus padres, pero tengo que coger la foto.

—Vamos entonces. No perdamos más tiempo.

Zoe está sentada en el sofá, con las piernas encogidas y tapada con una manta blanca. Tiene el mando a distancia de la televisión en la mano y va cambiando de canal, aunque no se decide por ninguno en concreto. Tampoco es que le preste demasiada atención, porque no para de mirar su móvil, comprobando que tenga batería, cobertura o que el programa de mensajes funcione con normalidad. Hace ya un buen rato que le ha enviado a Connor el mensaje, sabe que lo ha recibido pero no si lo ha leído. Puede que cuando lo envió, a las cinco de la madrugada, él estuviera ya durmiendo. Aunque por otra parte, según tenía entendido por Rick, Connor y Keira no cerraban el pub hasta bien pasadas las dos de la madrugada. Teniendo en cuenta que entre Nueva York e Irlanda hay cinco horas de diferencia, debió de recibir el mensaje sobre la una de la madrugada... A lo mejor no ha trabajado esta noche y está durmiendo, piensa. O puede que sí esté trabajando y no lo haya visto.

—O puede que lo haya visto y directamente pase de ti —se dice a sí misma en voz alta—. O que no lo haya visto, no porque esté trabajando, sino porque esté tirándose a su nueva novia.

Vuelve a comprobar el teléfono por enésima vez. Quizá debería haberle enviado un mensaje mucho más claro. Connor es un hombre y no son muy diestros en esto de captar mensajes subliminales. Quizá un «no puedo vivir sin ti, quiero que vengas y lo volvamos a intentar» hubiera surtido más efecto que ese «ojalá estuvieras aquí». Sí, definitivamente es eso. ¿Debería entonces escribirle ahora otro mensaje y ser más clara? Al final, cabreada consigo misma, lanza el teléfono al lado opuesto del sofá.

—¡Basta ya! Ya lo verá y, si quiere, lo entenderá.

Opta por mantenerse ocupada, así que, a pesar de que quedan varias horas para la inauguración, se dirige hacia el armario para decidir qué ropa ponerse. ¿Debería ir informal, tal y como es ella? ¿O quizá ponerse algo más serio para la ocasión? Arruga la boca formando una mueca mientras pasa los dedos por la ropa colgada, hasta que sus ojos le juegan una mala pasada y se desvían hacia las cajas de Connor. Sin saber por qué, se agacha frente a ellas y levanta la tapa de una. Observa toda la ropa, doblada con esmero y no puede evitar coger una sudadera. Enseguida, Zoe se acuerda de ella. Es la que llevaba el día que jugaron ese partido de baloncesto, cuando su relación no pasaba de un mero tonteo. Aún con la prenda en la mano, cierra la caja, se levanta y retrocede hasta sentarse en la cama. Cierra los ojos y, estrechando la tela entre sus brazos, como si le estuviera abrazando a él, se deja caer de espaldas hacia atrás. Recuerda esa tarde como si hubiera sucedido hace tan solo unas horas. Recuerda sus nervios cuando se dirigía hacia las pistas en la moto, o lo alterada que se puso al verle moverse con tanta agilidad con el balón en las manos. También se acuerda del tacto firme de su pecho o de la sonrisa seductora con la que la miraba.

—Esto no es sano, Zoe... Parezco Kathy Bates en *Misery*...

Abre la puerta del armario y, sin molestarse en guardarla dentro de la caja, tira la sudadera en el interior. Pospone la decisión de vestuario para otro momento y camina hacia el baño. En cuanto entra, enciende el reproductor de música, abre el grifo del agua y se empieza a desvestir. Entra en la ducha y se coloca justo debajo del gran chorro de agua. Pasados varios minutos, coge el bote del gel y se enjabona todo el cuerpo. En cuanto el olor del coco inunda toda la estancia, su mente vuelve a hacerle la puñeta y vuelve a acordarse de él y de cuánto le gustaba hundir la cara en su cuello y olerla. Se estremece al acordarse de aquella frase que le dijo una vez: «Trastocaste mi mundo en el preciso instante en que tu olor me inundó por completo».

–Oh joder... Esto tampoco está funcionando.

Contrariada, cierra el grifo y se enrolla una toalla alrededor del cuerpo. Mira el reloj de nuevo y vuelve a pensar en cómo llenar las horas que quedan hasta la inauguración. Piensa en comer, pero lo que le apetece son cosas que engordan, como la pizza, el helado o el chocolate, y eso no le conviene a su línea. Luego baraja la posibilidad de emborracharse, algo muy tentador, pero se conoce y puede que acabe llegando ebria a la galería o, peor aún, que ni siquiera se acuerde de ir, debido a una terrible resaca.

–¡Ya está! ¡Voy a salir a correr! ¡Eso es, Zoe! Mente sana en cuerpo sano, no mente sucia en cuerpo ebrio. ¿Qué dices? Es igual, déjalo. Oh, por Dios, hablo sola. Rápido, a correr. Es urgente.

–Corre, ve a buscar la foto y lo demás que te quieras llevar –le dice Keira al aparcar en el jardín delantero de casa.

Connor entra en la casa y sube las escaleras de dos en dos, intentando hacer el menor ruido posible. En cuanto entra en su dormitorio, busca la foto y da varias vueltas sobre sí mismo, intentando decidir si llevarse algo más. Al final, llevado por las prisas más que por la lógica, guarda la foto en el bolsillo interior de la chaqueta y sale con las manos vacías. En cuanto llega a la planta de abajo, se encuentra con Keira acompañada de sus tíos.

–¿Pensabas irte sin despedirte? –le dice su tía abrazándole con fuerza.

–Son las dos de la madrugada, Maud.

–Da igual –asegura mientras vuelve a achucharle hasta casi dejarle sin respiración–. Keira nos ha contado todo muy por encima y tengo que decirte que lo que vas a hacer es lo correcto. No tengas miedo, ¿vale?

–Lo sé.

–Al final, ¿no te llevas nada más? –le pregunta Keira.

–No, ya vendré a buscar mis cosas o lo que sea...

–Escucha –vuelve a hablar Maud–. Si por cualquier motivo, la cosa no saliera bien, sabes que aquí tienes un sitio, ¿verdad? Aquí siempre habrá una cama para ti.

–Y una mierda –asevera entonces Rory–. Ni se te ocurra volver por aquí.

Su mujer y su hija le miran asustadas, hasta que ven a Connor sonreír asintiendo con la cabeza y a Rory mirándole con ojos orgullosos.

–Me lo prometiste, ¿te acuerdas?

–Sí...

–Este no es tu sitio, y lo sabes. Tu sitio está allí, con ella. Y a no ser que vengas para presentármela, ni se te ocurra poner un pie de nuevo en Irlanda.

Las caras de Maud y Keira se relajan ostensiblemente mientras ambos se quedan quietos, sonriendo con la vista fija en el suelo, hasta que Connor la levanta levemente y le mira.

—Oh joder, ven aquí —dice Rory abriendo sus brazos y, susurrándole en el oído, a la par que le abraza con fuerza—. Estoy muy, pero que muy orgulloso de ti.

—Lo sé.

—Tu padre también lo estaría, tenlo muy claro.

—Gracias —contesta Connor visiblemente emocionado.

—Y te voy a echar de menos.

—Y yo. Gracias por todo.

—Corre, vete. Ve a por Zoe.

Lleva treinta minutos corriendo alrededor del gran lago de Central Park. Su ritmo es bueno, a pesar de que hace bastante que no salía a correr. Es temprano, poco más de las siete, así que se sorprende al cruzarse con muchos más corredores de los que se imaginaba. De repente, gira la cabeza a la derecha y ve que se aproximan al claro donde los domingos asistía a su clase semanal de yoga. Su mente viaja sin freno hasta aquel domingo de hace unos meses, a aquella mañana en la que Connor aceptó acompañarla solo para pasar tiempo a su lado, y logró convertirla en una de las clases más divertidas a las que había asistido nunca.

Entonces se da cuenta de que, sin ser consciente de ello, su zancada se ha ralentizado. Aprieta los dientes con fuerza y, haciendo acopio de las pocas fuerzas que le quedan en las piernas, vuelve a aligerar el paso para alejarse de allí lo antes posible.

—Vamos, Zoe —se anima a sí misma—. No me jodas... No me digas que eres incapaz de hacer nada sin acordarte de él...

Varios metros más allá, haciendo un esfuerzo sobrehumano por intentar no pensar en nada y manteniendo la vista al frente para evitar cualquier estímulo que le pueda jugar una mala pasada, cuando los pulmones empiezan a quemarle, deja de correr. Pone las manos en su cintura y coge grandes bocanadas de aire por la boca mientras camina de un lado a otro, estirando las extremidades. Cuando ya ha recuperado el aliento y su corazón vuelve a latir a un ritmo casi normal, saca el móvil de la riñonera para detener el programa de correr. Casi nueve kilómetros, no está mal, piensa, justo antes de que el corazón se le vuelva a acelerar de golpe.

–Un mensaje. Tengo un mensaje. Tranquilízate. No vas a abrirlo hasta que no estés relajada y sosegada. Así que, o te calmas, o guardo de nuevo el móvil –se dice a sí misma–. ¡Y una mierda!

Con dedos temblorosos, aprieta el icono del sobre y, como un jarro de agua fría, ve que, aunque tiene varios mensajes, ninguno es de Connor. Los abre y los lee por encima. Todos son mensajes de ánimo, felicitándola porque su gran día ha llegado y deseándole toda la suerte del mundo en esta nueva andadura.

Hola, nena. Ya estoy en Nueva York. ¿Estás en casa? Voy hacia allí.

–¡Mierda! Me olvidé de mi padre.

Como si no hubiera tenido bastante, sale de nuevo a la carrera hacia el apartamento. Esta vez, hace parte del trayecto en metro, así que tan solo quince minutos después, llega frente al edificio, donde su padre ya la espera.

–Hola, cariño –dice abrazándola.

–Estoy sudada, papá.

–Me da igual. Cuando eras un bebé, me vomitaste y cagaste encima varias veces, así que no me importa. ¿Has salido a quemar adrenalina?

–Sí, algo así –contesta ella abriendo la puerta del portal.

En cuanto entran en el apartamento, Matthew silba mirando alrededor.

—Menuda choza.

—Sí... —dice ella sin mostrar la menor ilusión—. Ven, que te enseño donde dormirás.

Media hora más tarde, ya duchada, otra vez, se sienta en el sofá junto a su padre, que parece estar muy interesado en un documental del canal National Geographic acerca de la pesca con mosca. Permanecen callados durante un rato, hasta que Zoe se estira y apoya la cabeza en las piernas de su padre.

—Cariño, intenta disfrutar de este día, aunque te cueste —le dice Matthew acariciando su cabeza, peinándole algunos mechones de pelo.

—Lo sé, y estoy muy emocionada, no pienses lo contrario, pero...

—Connor —dice Matthew sin más.

Zoe se incorpora mientras mueve la cabeza asintiendo.

—Si tanto le echas de menos, ¿por qué no se lo dices? Puede que él espere a que tú des algún paso al frente, ¿no?

—Le... Anoche le envié un mensaje...

—¿En serio? ¿Anoche?

—Sí... Él me preguntó cómo estaba por lo de la inauguración de la exposición y yo le contesté que muy nerviosa y que... bueno, que me gustaría que estuviera aquí.

—¿Y él qué te contestó?

—Nada —contesta Zoe agachando la vista hacia las manos—. No sé si lo ha leído o no, y si lo ha hecho, tengo dudas de que no lo haya borrado directamente, cansado de mis cambios de opinión... Aunque, en realidad, nunca he cambiado de opinión... O sea, yo nunca quise que se marchara... Con unas semanas separados me hubiera bastado para darme cuenta de que se ha vuelto indispensable en mi vida, y de que mi felicidad va intrínsecamente ligada a él.

–Seguro que no lo ha borrado.

–Bueno, pues entonces no me contesta porque pasa de mí.

–Eso también lo dudo.

–Pues estará muy ocupado tirándose a otra.

–Tampoco lo creo.

–¿Y tú cómo lo sabes? –pregunta arrugando la frente, hasta que, al ver la cara de su padre, de repente cae en la cuenta y, abriendo mucho los ojos, le pregunta–: Papá, ¿no habrás...? Ay, Dios mío... ¿No habrás cumplido tu promesa?

–Me dejé el arpón en casa, tranquila...

–¡¿Fuiste a Irlanda?!

–Me venía de camino e hice una corta parada...

–Ya, de camino. De Alaska a Nueva York, pasando por Irlanda...

Matthew se encoge de hombros y aprieta los labios hasta formar una línea.

–Dime que no le agrediste.

–No le agredí.

–¿Nada de nada?

–Bueno, un pequeño roce...

–¿Cómo de pequeño?

–Un puñetazo en la cara.

–¡Papá!

–Pero pequeño, muy pequeño. Casi sin fuerza. –Zoe chasquea la lengua mientras resopla contrariada–. Por eso sé que es incapaz de borrar tu mensaje, o de pasar de ti y que, ni mucho menos se está tirando a nadie. Ese tío está loco por ti, cariño...

–Sarah me dijo que cuando se largó, le dijo que se

rendía... Puede que no se haya olvidado de mí, pero a lo mejor se ha cansado de intentar recuperarme.

–Puede ser, no te voy a engañar... Así que ahora te toca a ti demostrarle que quieres que te recupere. Si ese mensaje no surte el efecto que tú quieres, insiste.

–Bueno...

–Sí... Bueno...

Connor y Keira se miran a los ojos, parados frente al arco de seguridad que da paso a la zona de embarque del pequeño aeropuerto de Cork.

–Esto me está costando mucho –dice Connor con los ojos llenos de emoción.

–No me hagas esto –dice ella pegándole un manotazo mientras gira la cabeza para que no la vea llorar.

–Te voy a echar de menos... Mucho.

–Y yo –confiesa ella con las mejillas ya mojadas.

Connor la agarra del cuello y la acerca a su pecho mientras la estrecha con fuerza con ambos brazos. Apoya la barbilla en su cabeza y la besa en el pelo justo antes de cogerla por la cara y obligarla a mirarle a los ojos.

–Te escribiré y te llamaré, ¿vale?

–Vale. En dos semanas viene Rick...

–No sé... Ya te diré algo...

–Podrías venir con él y Holly... Y ya de paso traerte a Zoe contigo, porque sin ella, mi padre no te dejará poner un pie en tierra.

–Vamos a ver qué se puede hacer... De momento, a ver cómo me lo monto para verla esta noche, porque mi vuelo llega como varias horas después de que la exposición se inaugure...

–Pues intenta que te haga una visita privada, solo para ti.

–Sí... –Connor sonríe agachando la cabeza–. Algo tendré que hacer para poder verla esta noche...

–Lo harás, seguro.

–Cuídate, ¿vale? –le dice él, estrechándola entre sus brazos.

–Ahora a ver a quién contrato yo para que no me baje la clientela del pub... ¿George Clooney sabrá tirar cervezas o es más de café?

–No me compares con ese viejo... –contesta Connor riendo–. Me tengo que ir...

–¡Corre a por ella! ¡Y llámanos para contárnoslo!

–¿Me puedo mover ya?

–No, espera.

–Kai, cariño, ni le vas a escuchar ni te va a dar ninguna patada.

–Es mi hijo y eso se tiene que notar de alguna manera. Me tiene que dar un puñetazo.

–Y ni por asomo empieces a dar por sentado que será un niño. Espera mejor a ver si se ve en la ecografía de esta tarde.

–Me da igual si es una niña, dará puñetazos igual.

–Oh, por favor... –dice Sarah exasperada, levantándose de la cama a pesar de que Kai la agarra del brazo para impedírselo–. Me voy a duchar. Y tú deberías afeitarte. Y esta noche te pondrás camisa.

Sarah se mete en la ducha cuando el agua está ya caliente. Deja que resbale por su cuerpo desnudo, relajada y con los ojos cerrados. Siente una corriente de aire que la acaricia y enseguida unos labios pegados a su cuello, unos brazos que rodean su cintura y la abrazan por la espalda, y unas manos que se posan y acarician su vientre.

–¿Estás bien? Pareces cansada...

—No te preocupes, estoy bien.

—Debes empezar a tomarte las cosas con más calma. Acuérdate de lo que te dijo el médico.

—Kai, estoy solo de cuatro meses...

—Me da igual. Sigues sufriendo mareos y acabas todos los días tan cansada que a veces no tienes ganas ni de cenar. No puedes ir de un lado a otro ocupándote de los demás. Puedes ayudar igual haciendo más trabajo de oficina...

—Odio el papeleo.

—Pero es lo que hay... Ahora es el momento de que nos ocupemos de ti. Vicky y yo estamos aquí para ayudarte.

—Vicky tiene sus clases y está en edad de divertirse y salir, y tú estás liado con el gimnasio. No podéis estar por mí las veinticuatro horas del día.

—¿Que no? Pruébame...

Kai le da la vuelta a Sarah con cuidado. Se miran a los ojos durante un rato, sonriendo, hasta que él agarra el bote de gel y echa un poco en la esponja. Después de estrujarla para hacer salir el jabón, empieza a frotar la piel de los hombros de Sarah con suma delicadeza, trazando suaves círculos. Enjabona cada centímetro de su cuerpo mientras ella se deja hacer, relajada, con los ojos cerrados, pensando que dejarse cuidar de vez en cuando, no es tan mala idea. Entonces siente unos labios en su vientre. Abre los ojos y, al agachar la cabeza, ve a Kai arrodillado frente a ella.

—Hola... Soy papá... —susurra él contra su piel—. Tienes que portarte bien para que mamá no lo pase mal, ¿vale? Vamos a hacer un trato: si te portas bien, te compro lo que quieras... Una bicicleta, o un balón de fútbol, o unos guantes de boxeo, o te llevo a ver a los Knicks, o...

—O una muñeca...

—Shhhh... —dice Kai para hacerla callar—. Estamos hablando.

Sarah ríe y apoya las manos en la cabeza de él, esperando pacientemente a que acabe de conversar con su barriga.

–Está bien, muñecas también, pero te advierto desde ya que yo ni me disfrazo de princesa, ni asisto a fiestas de cumpleaños de princesas. Y tampoco prometo llevarte al cine a ver una película de princesas y no dormirme.

–Vale. Nos ha quedado claro, las princesas y tú no os lleváis bien. –Ríe Sarah–. Va, que llegaremos tarde a la cita con la ginecóloga. Vamos a ver si se deja ver y así te puedes ir preparando mentalmente para lo que te espera...

El avión llega puntual a Madrid. El problema es que le toca esperar varias horas hasta que salga el vuelo hacia Nueva York. Ya lleva cerca de tres horas en las que ha caminado arriba y abajo, ha comprado *The New York Times* y lo ha leído con detenimiento, ha tomado un café, e incluso ha comido algo, lo poco que los nervios le han dejado.

Ahora está sentado en el suelo de una de las terminales, cansado ya de las incómodas sillas, con el periódico en el regazo, releyendo los resultados deportivos.

–¡Joder! Mira que sois malos... –dice al ver la posición de los Knicks en la tabla de clasificación.

–Has dicho una palabrota –dice una voz a su izquierda.

Cuando gira la cabeza, ve a una niña de unos ocho años, sentada en una silla cercana con los pies colgando, moviendo las piernas hacia delante y hacia atrás.

–¿Y se puede saber qué palabrota he dicho?
–Joder.
–¡Ja! Tú también has dicho una palabrota –dice señalándola con el dedo mientras se burla de ella.

–Uy, ¡qué maduro eres! Además, el que la has dicho eres tú, yo solo contestaba a tu pregunta.

–Yo soy un adulto, puedo decirlas –responde él.

–¿Y quién ha decidido que los adultos podéis decir palabrotas y los niños no? ¿Un adulto, quizá? Porque no lo encuentro un trato muy justo.

La niña se levanta y se sienta en el suelo, junto a Connor. Él la mira y luego busca alrededor a algún adulto que pueda estar con ella.

–Soy Amy –dice tendiéndole la mano para estrechársela.

–¿Viajas sola?

Amy le enseña la insignia que lleva colgada al cuello.

–Menor acompañada. Mis padres están separados. Mamá y yo vivimos en Nueva York, y papá aquí en Madrid. Vengo de vez en cuando a pasar unos días para no perder... como se dice... contacto con mi padre y mis hermanastros. Tengo dos hermanastros de un año, gemelos. ¿Cómo te llamas? ¿A qué vas a Nueva York? ¿Qué has hecho en Madrid? ¿Viajas solo?

–Cuando dices, menor acompañada, ¿quién es tu compañía? ¿No soy yo, no?

–No –contesta Amy riendo–. Es una azafata, pero aún no ha llegado y me han dicho que espere aquí.

Connor la mira durante un rato, en silencio, y Amy le imita, aunque, tal y como Connor sospechaba, no aguanta mucho callada y enseguida vuelve a la carga.

–¿Por qué has dicho esa palabrota? –dice apoyándose encima de él para mirar el periódico.

–Por los Knicks –contesta Connor para ver si así se la puede quitar de encima.

–¿Eres de los Knicks? –pregunta Amy estallando en carcajadas.

–Sí. ¿Algún problema?

—¡Pero si son malísimos!
—Me da igual. Me encanta verles jugar.
—¿Por qué?
—Porque los partidos eran la excusa perfecta para que mis hermanos y yo nos reuniéramos en casa de mi padre —dice sin saber bien por qué le da tanta información a esa cría.
—Mola...

Amy agacha la cabeza y se mira las manos. Al ver el cambio sustancial en su estado de ánimo, Connor decide cambiar de tema para intentar animarla.

—¿De qué equipo eres tú? —le pregunta.
—Soy más de Béisbol.
—De los Yankees, supongo.
—Por supuesto —dice Amy con una sonrisa en la cara.
—¿Eres más de Derek Jeter o de Alex Rodríguez?
—Siempre de Jeter —contesta mientras hace chocar el puño contra Connor.
—Me llamo Connor, por cierto.
—Genial. Ya me has respondido a una de las preguntas. Te quedan tres más.
—A ver... Sí, viajo solo, y estoy en Madrid haciendo escala. Vengo de Cork, en Irlanda.
—¿Qué hacías allí?
—Visitar a la familia —contesta tras decidir acortar la respuesta.
—Ah. Entonces, ¿Nueva York es tu casa?
—Ajá. Vuelvo a casa.

—Espera, espera, que me pongo un preservativo...
—No, Evan, no.
—¿Cómo que no? Hayley, no nos podemos arriesgar...
—Evan, cariño, es que quiero arriesgarme.

—¡¿Qué?!

Evan se separa de golpe de Hayley. Ella, preocupada por su reacción y por su cara de pánico, se sienta en la cama tapándose la desnudez con la sábana.

—¿Estás...? ¿Estás bien, Evan?

—No, no estoy bien.

—Sé que no habíamos hablado nunca de ello... —dice ella frotándose los ojos para impedir que las lágrimas broten de sus ojos—. Y hasta hace unos meses, yo nunca me hubiera imaginado diciendo esto, pero me apetece ser madre, y... Pero si a ti no te apetece, pues lo hablamos y ya está...

—¡Por supuesto que quiero ser padre! ¿Quién te ha dicho lo contrario?

—Hombre, si esa es tu reacción de alegría ante mi proposición, no quiero saber cómo es la de tristeza o la de pánico.

—Compréndelo, me has cogido desprevenido. Esto es algo que se habla antes de follar, no se decide así sin más...

—¿Por qué no?

—Pues porque... porque... porque no. No sé, tener un hijo es algo muy serio, no se puede tomar a la ligera.

—¿Por qué? Y no me respondas porque no.

Evan abre la boca para hablar, pero al darse cuenta de que su respuesta acababa de ser invalidada, se queda callado, en blanco.

—Evan, las cosas son todo lo complicadas que uno quiera hacerlas. Nos queremos, nos llevamos bien, tenemos buenos trabajos, un sitio perfecto donde poder criarles... ¿Qué más necesitamos pensar?

Él la sigue mirando en silencio durante unos segundos más. Segundos que a ella se le antojan eternos, llegando incluso a contener la respiración, hasta que ve como se le dibuja una leve sonrisa.

–¿En serio que quieres tener un bebé?
–Sí... –contesta con la voz tomada por la emoción y la cabeza agachada.
Evan se vuelve a acercar a ella y, dejando su cara a escasos centímetros, espera a que le mire, y entonces dice:
–Conmigo. Quieres tener un bebé conmigo.
–Quiero tener un bebé con mi marido.

–Y aquí le tenemos –dice la doctora moviendo el ecógrafo por la ya prominente barriga de Sarah–. Hola, preciosidad. Saluda a papá y mamá.
–Hola, mi vida... –dice Sarah llorando.
Kai, sentado en un taburete a su lado, le agarra con fuerza de la mano, sin dejar de mirar la pantalla situada frente a ellos.
–Ahora escucharemos su corazón... que late perfectamente –dice la doctora conectando el sonido–, y os voy explicando. Veamos... Vuestro bebé mide unos quince o dieciséis centímetros, es grande, y pesa unos doscientos gramos. Las extremidades están perfectamente formadas y... esperad... ¿queréis saber el sexo?
–¿Se ve ya? –pregunta Sarah.
–Ajá... –contesta la doctora sonriendo.
–Pues sí, queremos saberlo.
–¿Queremos? –le pregunta Kai a Sarah.
–¿Bromeas? Por supuesto que lo queremos. No estoy dispuesta a aguantarte los cinco próximos meses...
–Vale, pues queremos saberlo –le dice Kai a la doctora.
–Pues bien, vais a ser papás de un niño.
–¡¿En serio?! ¡¿Nada de princesas?! ¡Dios mío! ¡Voy a comprarle unos guantes de boxeo hoy mismo!
–Me parece que prefería un niño...

—Puede apostar a que sí, doctora.

Poco después, al salir de la consulta, Kai sigue sin poder reprimir la sonrisa. Agarra la mano de Sarah y mira hacia su vientre, el hogar de su bebé, de su niño.

—¿Y bien? ¿Qué nombre vamos a ponerle? —le pregunta ella, divertida.

—Me da igual. El que tú quieras.

—Yo... He estado investigando... —Sarah se frena en seco y, tirando de la mano de Kai, le obliga a detenerse a él también—. Quiero que nuestro hijo tenga un nombre irlandés.

—¿En serio? ¿Y qué nombres has elegido?

Kai acaricia la nariz de Sarah, justo antes de besar sus labios con delicadeza.

—Bueno, si era niña —dice ella separándose escasos centímetros, solo los que él le permite—, me gustaba Cara, pero ese parece que no lo vamos a utilizar ya.

—No... ¿Y para niño?

—Niall.

—Niall... Me gusta. Niall O'Sullivan.

Llevan ya dos horas de vuelo. La película no ha conseguido captar la atención de Connor, está demasiado cansado como para leer una revista o un libro, y ya ha navegado por todas las páginas de interés, así que se entretiene manteniendo la vista fija en la fotografía. Intenta pensar en una estrategia para poder encontrarse con Zoe esta misma noche. Está muerto de sueño y agotado físicamente, pero, aun así, sería incapaz de irse a la cama sin verla.

—¿Quién es ella?

Se sobresalta al escuchar la voz de Amy a su lado. Gira la cabeza hacia su izquierda y se encuentra con ella plantada a su lado, en mitad del pasillo.

—¿Qué haces aquí? ¿Sabe tu azafata canguro que estás aquí?

—Hago este viaje un mínimo de seis veces al año, desde hace tres, así que no me asusta volar, no necesito compañía durante todas las horas de vuelo. Y ellas no son tan divertidas como tú.

—Qué suerte la mía...

—Perdone —dice entonces Amy, llamando la atención del hombre sentado a la derecha de Connor—. Le cambio el sitio. ¿Me deja sentarme en su asiento y yo a cambio le cedo el mío en primera clase?

—¿Perdona? —dice el extrañado pasajero.

—¿Vuelas en primera y prefieres sentarte aquí a mi lado? —le pregunta Connor con las cejas levantadas.

—Tómatelo como un cumplido. —Y, dirigiéndose al pasajero, dice—: Espere aquí que traigo a una azafata para que me crea.

Amy corre hacia delante, hacia la zona de primera clase. A los pocos segundos, vuelve con una azafata de la mano, y pocos minutos después, ya está sentada al lado de Connor, mirándole con una sonrisa en la cara.

—A partir de este momento, tú eres mi azafata canguro.

Amy sonríe enseñando los dientes y Connor la imita durante un segundo.

—No me has contestado, ¿quién es esa chica?

—¿Te has llegado a plantear, aunque sea por un momento, que puede que no me apetezca hablar contigo?

—¿Y qué vas a hacer si no hablas conmigo?

—Ver la tele, leer, dormir...

—Pues hazlo.

Al rato, después de mirarse fijamente, Amy ríe y le coge la foto de las manos.

—Es muy guapa. Hacéis muy buena pareja. ¿Cómo se llama?

Connor vuelve a fijar la vista en la arrugada foto, tanto viaje no le ha sentado bien.
—Zoe.
—Zoe y Connor. Me gusta, queda bien. ¿Es tu novia? —Amy le mira con los ojos muy abiertos mientras él niega con la cabeza—. ¿Exnovia? ¿Amiga?
—Ambas cosas.
—Pero ella aún te gusta. ¿Le gustas a ella?
—Eso creo. Bueno, me dijo que no me quería, pero a la vez me dijo que le gustaría que estuviera con ella... Así que vuelvo para... no sé, para ver qué quiere de mí.
—Estás completamente enamorado de ella, ¿no? —Connor se encoge de hombros y hace una mueca con la boca—. ¿Sabe ella que vuelves?
—No.
—¡Oh, qué romántico! ¿Y vas a ir corriendo hasta ella?
—Bueno, por mucho que corra no llegaré a tiempo a donde quiero llegar... —Connor se fija en la cara de desconcierto de Amy, que le mira sin entender nada, así que, sabiendo que no tiene nada mejor que hacer, le explica parte de la historia
—¡Tienes que llegar a tiempo, tiene que verte en la exposición!
—Aterrizaremos varias horas más tarde...
—¿Y por qué no la llamas para decirle que vas?
—Ya lo he probado, pero tiene el teléfono apagado...
—Vale, pensemos... —dice Amy, hasta que la cara se le ilumina y enseguida dice—: ¡Flores! ¿Le enviamos flores?
—¿Flores?
—Claro, para que sepa que has pensado en ella, y en la tarjeta puedes escribir lo que quieras. ¿Sabes la dirección de la galería?
—Sí. ¿Pero...?
—Déjame a mí —dice Amy agachándose hacia su mo-

chila y sacando una tableta electrónica–. Regalo de mi padre. Una de las ventajas de tener padres separados. Creen que pueden suplir la falta de cariño con regalos... ¿Conoces alguna floristería?

–Sí.

–Pues todo tuyo.

La niña le tiende la tableta y él enseguida busca la dirección de la floristería que usaba habitualmente. Después de navegar durante unos minutos, gira la pantalla hacia Amy y le pregunta:

–¿Te gustan?

–Guau. ¡Qué bonitas!

–Perfecto. Ahora pongo la dirección de la galería y me aseguro de que las entreguen a su hora...

–¿Qué le has escrito en la nota?

Connor sonríe y gira de nuevo la pantalla para que Amy pueda leer su mensaje.

Estas no las he robado. Espérame.

–¡Esto es fantástico, cariño! –le dice Matthew después de dar varias vueltas por toda la galería–. Son todos muy buenos.

–Gracias, papá. Ella es Sophie, la dueña de la galería. Sophie, él es Matthew, mi padre.

Mientras ellos dos conversan animadamente, Zoe se acerca hacia Hayley, Sarah y los demás. Todos la saludan de forma cariñosa y le dan la enhorabuena.

–No tengo ni puñetera idea de arte, y me alucina cuando alguien se queda más de cinco minutos mirando fijamente un cuadro que perfectamente podría estar pintado por mi hija Holly, pero, aun así, enhorabuena –dice Rick haciendo una mueca con la boca y encogiéndose de hombros.

–Gracias por tu sinceridad, Rick.

–Eh, pero prometo comprarte uno para mi casa. Vendré con Holly, que seguro que entiende más que yo.

–No le hagas caso. ¡Esto mola un montón! –le dice Vicky.

–Gracias y... enhorabuena a los tres, sobre todo a ti, Kai. –Ella le abraza y él la estrecha con fuerza entre sus fuertes brazos.

–Gracias. Estoy que no me lo creo... Que si hubiera sido niña, me hubiera gustado igual, pero yo soy muy bruto y las chicas sois dulces y delicadas... Los niños son más... malos y cafres, más como yo.

–Dios mío, hablas como si estuviera gestando en mi interior a una mezcla entre Al Capone y Hulk –interviene Sarah.

–¿Y ya habéis pensado nombre? –pregunta Hayley.

–Sí –dice Kai tocando el vientre de Sarah–. Niall.

–Es precioso.

–Sí, queda bien. Niall O'Sullivan –dice Evan.

La galería se llena por momentos y Zoe, aunque intenta atender a todos los asistentes y a la gente del mundillo que Sophie le presenta, no puede evitar mirar hacia la puerta constantemente, como está haciendo ahora mismo.

–¿Qué te pasa? –le preguntan Sarah y Hayley discretamente.

–Nada... Solo estoy algo abrumada por toda la gente que hay...

–¿Por qué no dejas de mirar hacia la puerta? ¿Esperas a alguien?

–No, supongo que no.

–No te veo muy convencida... –insiste Hayley.

–He estado escribiéndome con Connor –confiesa ella entonces, ante la cara de estupor de sus amigas–. Es una larga historia que ahora no viene al caso, pero me preguntó qué tal iban los preparativos de esta noche y cuando le contesté, acabé confesándole que me gustaría que estuviera aquí para verlo.

—¡¿En serio?! —le pregunta Sarah con una gran sonrisa—. ¡¿Y qué te dijo él?!

—Nada, no me contestó. Y como me estaba volviendo loca mirando el teléfono cada tres segundos para ver si respondía, acabé por apagarlo.

—¡Pero puede que te haya respondido algo y no lo hayas visto! ¡O que te haya intentado llamar!

—Es igual... Si no está aquí, está claro cuál es su respuesta.

—Cariño, Kinsale queda algo más lejos que el Bronx, créeme —asegura Hayley.

—Entonces, ¿quieres...? ¿Vas a...? —balbucea Sarah nerviosa—. Oh, Dios mío, ¡cómo me alegro! ¡Tienes que llamarle! ¡Insiste! ¡Hazlo, ahora! ¡Llámale!

—Yo...

La campanita de la puerta vuelve a sonar y, como un acto reflejo, Zoe vuelve a desviar la vista. Esta vez, quien entra es un chico con un ramo de flores en la mano.

—Me parece que son para ti —dice Sophie acercándose al chico y firmando el albarán de entrega.

Cuando se las da, Zoe lo mira embelesada, hasta que ve el pequeño sobre entre los tallos. Le pasa el ramo a Hayley, que se lo coge con cuidado, mientras ella lo abre.

—¿De quién son? —pregunta Kai.

—No lo sé... —contesta nerviosa, antes de sacar la nota.

En cuanto lo hace y la lee, un cúmulo de distintas emociones la invade de repente, y se encuentra riendo de felicidad mientras las lágrimas ruedan por sus mejillas.

—¿De quién son? —insiste Evan.

—Son de Connor.

Sin decir nada más, coge el ramo y camina con él hacia el almacén de la galería. Necesita estar sola y llorar hasta quedarse completamente seca.

—¿Deberíais ir, no? —dice Kai al verla cruzar la puerta.

—En un rato. Ahora necesita un tiempo a solas.

—Yo me he perdido —apunta Evan—. Lloraba y reía a la vez... Entonces, ¿le han gustado o no? ¿Alguien ha visto qué ponía en la nota?

—Me parece que lo que pusiera es lo de menos... —contesta Sarah.

—Son de Connor, y eso es todo lo que importa —añade Hayley.

—¿Le habrán entregado ya las flores? —le pregunta Connor a Amy mientras el avión inicia las maniobras de aterrizaje.

—Claro. Pusiste que se las entregasen entre las ocho y las nueve, ¿no? Son cerca de las diez de la noche...

—¿Le habrán gustado, no? Ahora que lo pienso, a lo mejor debería haber sido más cariñoso en la nota... Quizá fui muy escueto, pero hay cosas que prefiero decirle a la cara y no que un extraño las teclee en un ordenador y se lo diga por mí...

—Le habrán encantado, Connor.

—Le dije que me esperara... ¿Lo habrá entendido? O sea, ¿sabrá que me refiero a que me espere esta noche? —Amy ríe ante el desconcierto de Connor—. ¿Por qué te ríes?

—Porque los adultos sois muy complicados. Si quieres estar seguro de que te ha entendido, en cuanto pongas un pie en la terminal, déjate de tonterías y llámala.

Unas pocas turbulencias sacuden el avión y enseguida Amy coge la mano de Connor. De forma inconsciente, apoya la espalda completamente recta contra el respaldo del asiento y empieza a respirar profundamente por la boca.

—No me digas que este era el secreto para hacerte callar... Unas simples turbulencias de nada... —dice Connor para intentar relajarla—. Si lo sé, hubiera sobornado al piloto al despegar para que le diera unos meneos al volante.

Amy empieza a reír a carcajadas y relaja la presión en el agarre de la mano, pero sin llegar a soltarla. De hecho, a pesar de que la azafata que la acompaña se coloca a su lado, no la suelta cuando bajan del avión, ni cuando caminan por la lanzadera, ni cuando él, a pesar de no llevar maleta, espera a su lado a que salga la de ella.

—Es esa rosa de allí —dice la niña al verla.

En cuanto salen a la terminal, Connor se agacha frente a ella y le tiende la mano.

—Deséame suerte.

—No la necesitas —contesta ella pasando de su mano y colgándose de su cuello—. Ha sido el viaje en avión más divertido de mi vida.

—Puede que coincidamos alguna vez más.

—Ojalá. —Amy le da un beso en la mejilla y enseguida le dice—: Llámala, haz algo para que no se vaya de la exposición.

Nada más acabar de despedirse de Amy, empieza a correr hacia la salida. Ya en el exterior, tal y como estaba planeado, se encuentra con Raj y su enorme sonrisa.

—¡*Siñor* Connor!

—Al final voy a tener que pagarte un sueldo fijo al mes.

—No me importa recogerle donde sea. Me cae usted bien y siempre hacemos cosas divertidas.

—Eso es cierto. Te lo debes de estar pasando en grande conmigo.

—¿A dónde vamos hoy?

—Aquí —contesta Connor pasándole la tarjeta de Sophie mientras se lleva el teléfono a la oreja—. Ahora necesito silencio, ¿vale Raj?
—*Siré* como una *tiumba*.
El vehículo no tarda en meterse dentro del denso tráfico de taxis y autobuses que pugnan por llegar a la ciudad, pero confía plenamente en Raj y sabe que, a diferencia de la mayoría de taxistas de Nueva York, puede no prestar atención al recorrido que tome porque no le intentará timar. Busca el teléfono de Zoe en el listado de las últimas llamadas realizadas y resopla con fuerza antes de apretar al botón verde.
—Mierda. Sigue apagado.
Decidido a hablar con ella, busca el teléfono de Hayley y la llama.
—Vamos Hayley, vamos. Óyelo, escucha el teléfono... ¡Vamos Hayley!

En la galería, todos los asistentes a la inauguración se han ido con excepción de Sophie, Hayley, Evan, Sarah, Kai, Vicky, Rick, y Matthew.
—Zoe, ha sido todo un éxito —le dice Sophie—. Han venido muchos críticos de arte y todos han coincidido en que eres fantástica.
—Vaya, gracias...
—Oye, mañana tómatelo con calma, pero pasado mañana, hablamos. Te llamarán muchos, pero quiero hacerte una oferta para que te llegues a plantear quedarte conmigo...
—Vale... Estoy algo abrumada, la verdad.
—Tranquila. Escucha, si queréis quedaros un rato más, toma las llaves. Yo tengo otra copia en casa.
—Te lo agradezco, no he tenido mucho tiempo para

estar con ellos y me vendría bien celebrarlo un poco con mi gente.

—Perfecto. En la nevera aún queda alguna botella de champán.

En cuanto Sophie sale por la puerta, Zoe se da la vuelta y, con una enorme sonrisa en los labios, mira a todos. Se lleva las manos a la cara, emocionada, cuando se empieza a escuchar un teléfono.

—Hayley, tu móvil —la avisa Evan.

En cuanto ella mete la mano en el bolso y saca el teléfono, levanta la vista hacia Zoe de inmediato.

—¿Qué pasa? —le pregunta ella, alertada por la cara de Hayley, que descuelga la llamada sin apartar los ojos.

—¿Connor?

Al escuchar ese nombre, todos clavan los ojos en Hayley. Kai incluso mira el reloj, intentando calcular mentalmente la hora de Irlanda.

—¡Hayley! ¡Bien! Escucha, Zoe tiene el teléfono apagado, ¿está contigo?

—Sí, lo sé. Lo ha apagado esta mañana. —Zoe la mira y se señala mientras su amiga asiente con la cabeza—. Está aquí. Te la paso.

Hayley tapa el móvil con una mano para que Connor no la oiga, y se acerca a su amiga, que la mira tapándose la boca con ambas manos y con lágrimas en los ojos.

—Es para ti —le dice sonriendo.

Zoe agarra el teléfono y respira profundamente varias veces antes de llevárselo a la oreja y contestar.

—Hola.

—Hola. ¿Cómo ha ido?

—Bien, muy bien. Estoy aún en las nubes.

—Me alegro.

—Oye, gracias por las flores.

—¿Las recibiste?

—Sí, son preciosas.

—Estas sí las he pagado...

—Lo sé —contesta ella riendo mientras se toca el pelo con la otra mano—. Leí tu nota.

En cuanto los demás la ven reír, radiante de felicidad, sonríen y se apartan para dejarles algo de intimidad. Kai incluso coge a Evan por los hombros, y le zarandea como muestra de su alegría.

—Cuéntame, ¿ha ido mucha gente?

—Sí, Sophie no ha parado de presentarme a gente. La verdad es que no me acuerdo de ningún nombre. Ha habido momentos en los que me he sentido algo abrumada, pero supongo que es normal. Lo bueno es que parece que mis cuadros gustan.

—¿Lo ves? ¿Convencida de que no era solo cosa mía?

—Sí. —Ríe Zoe sentándose en uno de los sillones repartidos por toda la galería.

Encoge las piernas, se quita los zapatos de tacón y se frota la planta de los pies con la mano libre.

—Oh, qué bien —susurra para sí misma.

—Te acabas de quitar los zapatos, ¿verdad?

—Sí. ¿Cómo lo sabes?

—Te conozco demasiado. Tengo grabado en mi memoria cada gesto tuyo, cada ruido, tu risa, tus muecas... Además, suenas cansada.

Zoe traga saliva con dificultad por culpa del nudo que se le acaba de formar en la garganta.

—Estoy agotada —contesta al rato.

—Entonces, ¿no me vas a hacer una visita personalizada por la exposición?

—¿Cómo? —contesta con el corazón latiendo con tanta fuerza como si pugnara por salir del pecho.

—Descríbeme lo que ves. Cerraré los ojos y me lo imaginaré.

—Bueno —dice intentando no sonar demasiado desilusionada, poniéndose en pie y empezando a caminar descalza.

Pasea por toda la galería con parsimonia, como si viera la exposición por primera vez, disfrutándola más que cualquiera de las decenas de veces que la ha recorrido antes. Se siente muy cómoda y a un solo paso de la felicidad absoluta, paso que, por desgracia, es demasiado grande como para darlo. Zoe resopla con resignación, agachando la cabeza.

—¿Estás bien? —le pregunta Connor.

—Sí... —contesta ella no muy convencida.

—¿Seguro?

—Sí, solo estoy cansada. He dormido poco estos días.

—¡Jajaja! Bienvenida a mi mundo...

—Y hablando de dormir, ¿tú no duermes? ¿Qué hora es en Kinsale?

—Pues... Deben de ser las cuatro y pico de la madrugada, supongo.

—¿Supones? ¿No tienes reloj?

—Pues... sí... pero marca las once y cuarto de la noche.

Zoe se aparta el teléfono de la oreja, confundida al escuchar su voz, no solo a través del auricular, sino mucho más cerca. Empieza a darse la vuelta lentamente, sin dejar de mirar la pantalla iluminada, hasta que al levantar la cabeza, se queda de piedra. De pie, a escasos metros de ella, está Connor, mirándola con el teléfono aún pegado a la oreja.

—Hola —le dice guardando el móvil en el bolsillo.

—Hola —solloza ella—. ¿Qué...? ¿Qué haces aquí?

—Me dijiste que... —Connor camina mientras habla, acercándose a ella cada vez más—. Me pareció que querías... No podía perderme esto por nada del mundo, Zoe. En cuanto recibí tu mensaje, yo... He cogido tres aviones diferentes para poder llegar. He venido con lo puesto, sin equipaje, y llevo... dos días sin dormir. No puedo vivir alejado de ti, porque da igual la distancia que haya entre nosotros, no consigo olvidarte... Yo...

Zoe deja caer el teléfono de su mano y corre hacia él. Se lanza a sus brazos y se agarra con fuerza a su camiseta.

–Te quiero. Te quiero. Te quiero –repite Zoe una y otra vez–. Te mentí. No quiero que te vayas. No te alejes de mi lado, nunca más. Prométemelo.

–Te lo prometo –susurra él en su oído mientras le coge la cara con ambas manos–. Te amo, más que a nadie en el mundo. Nunca quise hacerte daño. Me... me moriría antes de hacértelo...

Zoe le pone un dedo en los labios para hacerle callar.

–Todo eso está olvidado.

Se miran a los ojos durante unos segundos, justo antes de besarse como si les fuera la vida en ello.

–¿No deberíamos irnos? –pregunta Evan en voz baja.

–¡¿Qué dices?! Como se calienten un poco más, tenemos porno gratis –contesta Kai–. Y con lo faltos que están los dos, estamos a pocos minutos de presenciarlo.

–Vámonos –dice Sarah tirando de él.

–Pero quiero saludar a mi hermano –se queja él–. Tengo que contarle que va a tener un sobrino...

–Mañana –le corta ella–. Déjale recuperar el tiempo perdido.

Cuando escuchan la campanilla de la puerta, Zoe y Connor dejan de besarse y miran alrededor.

–Me parece que se ha ido todo el mundo –dice ella.

–Ah, pero, ¿acaso había alguien más? –bromea Connor.

–Ven.

Zoe tira de él hasta la puerta, cogida de su mano, y cierra con llave.

–¿No querías una visita guiada? ¿Qué te parece una solos tú y yo?

–Tú y yo... Tú y yo... Suena genial.

EPÍLOGO 1

AIDAN

—¡Llegarás tarde, cariño! —grita Hayley—. El autobús se irá sin ti.

—¡Voooooooooy!

Evan entra en la cocina y deja el maletín encima de la barra de la cocina. Se acerca a Hayley y la abraza por la espalda, hundiendo la cara en su cuello.

—Buenos días —le susurra en el oído—. Odio despertarme y que no estés.

—Alguien tiene que levantarse temprano para pelearse con tu hijo.

—¿Otra vez?

—Es muy lento, Evan. Y, además, se hace el remolón.

—No te preocupes, ya le llevaré yo en coche.

—¿Otra vez?

—Sí, otra vez.

Hayley pone un par de tortitas en un plato y se lo tiende a Evan, que lo coge dándole un beso cariñoso en los labios.

—¡Aidan O'Sullivan! —insiste Hayley con la paciencia totalmente agotada—. ¡Preséntese en la cocina en tres, dos, uno...!

—Ya está, ya está —dice Aidan entrando en la cocina con la mochila colgando de un hombro y la cabeza agachada, con todo el pelo cubriéndole la cara.

Evan y Hayley le observan subirse al taburete, al lado de su padre, y hundir la cara en el plato del desayuno. Hayley se acerca, se planta frente a él y, apoyando los codos en la barra, agacha la cabeza y le busca la mirada.

—¿Dónde están tus gafas?

—No sé —responde encogiéndose de hombros.

—Aidan...

—¿Qué?

—Mírame.

Chasqueando la lengua para demostrar su fastidio, hace caso a su madre y levanta la cabeza.

—Dime la verdad.

—Se me han roto.

—¡¿Otra vez?! ¡Llevas tres pares de gafas este mes! ¿Tú te piensas que son gratis? ¡Aidan, por favor, ten más cuidado!

—Lo siento...

—Hijo, tienes nueve años, ya no eres un bebé. Tienes que tener más cuidado con tus cosas —le dice Evan, que se levanta y, saliendo de la cocina, añade—: Prepárate que te llevo yo al cole en coche. Salimos en cinco minutos.

—Esa es otra, cariño —interviene de nuevo Hayley—. A partir de mañana, te despertaré a las seis. A ver si así te da tiempo de ducharte y vestirte para coger el autobús del colegio.

Evan vuelve a aparecer en la cocina y se pone la americana del traje. Se acerca a Hayley y le da un beso de despedida, susurrándole algo al oído. Aidan, cabizbajo, se baja del taburete y se vuelve a colgar la mochila al hombro.

—¡Venga! Dale un beso a mamá, que nos vamos.

Hayley se agacha frente al crío y le retira el pelo de la cara, peinándoselo a un lado. Le muestra la bolsa marrón con el almuerzo y cuando él se la va a coger, la retira rá-

pidamente y le sonríe señalándose la mejilla. Aidan sonríe tímidamente, le da un beso y la abraza.
—Lo siento, mamá.
—Yo también. Esta tarde iremos a mirar otras, ¿vale?
—A lo mejor no me hacen falta ya... A lo mejor si me vuelven a mirar los ojos, ven que me he curado y no necesito gafas nunca más...
—A lo mejor, quién sabe —contesta Hayley mirando a Evan de reojo—. Te quiero, lo sabes, ¿verdad?
—Sí. Y yo a ti.
Cuando Hayley se incorpora, Evan se acerca a ella y, agarrándola por la cintura, la besa con dulzura en el cuello. Ella ladea la cabeza sonriendo, hasta que al fijarse en su hijo, ve que intenta leer *The Times*, acercándoselo y alejándolo de la cara, entornando los ojos por el esfuerzo.
—No te preocupes —le dice Evan al verle la cara de preocupación—. Hablaré con él ahora.
—Sí me preocupo. Algo le pasa, y no nos lo quiere decir... ¿Le preguntaste a Kai si Niall le ha contado algo?
—Sí, y él dice que Niall le dijo que no pasaba nada...
—Pues algo le pasa.
—Si lo dice la teniente de homicidios, la creeremos —bromea Evan.
—Déjate de rollos. Lo sé porque soy su madre, y punto.
—Vale, vale. Veré qué puedo hacer. Nos vemos luego.
—Saldré tarde, ¿vale?
—Vale... Te quiero...
—Y yo, mi friky...
—Me lo tomaré como un cumplido —contesta él subiéndose las gafas, gesto que sabe que a Hayley le encanta.

Padre e hijo bajan a la calle y se dirigen hacia el coche. Aidan camina detrás de él, arrastrando los pies y mirando al suelo. A pesar de que siempre ha sido algo taciturno y muy reflexivo, también tenía mucho sentido del humor, que había heredado de su madre y sonreía mucho, pero últimamente costaba mucho verle hacerlo. Creían que era una de las fases por las que pasan todos los niños, pero se está alargando más de lo normal.

En cuanto Evan pone en marcha el coche y se adentra en el tráfico, mete la mano en el bolsillo de su camisa y saca las gafas de pasta negras de Aidan.

—Toma —le dice mientras su hijo las mira apretando los labios con fuerza.

Las coge con una mano temblorosa y se las pone agachando la cabeza. Evan le mira de reojo y decide parar el coche a un lado. Se gira y mira a su hijo, apoyando la espalda en la puerta del coche.

—¿Por qué no me lo cuentas?

—Porque no hay nada que contar.

—¿Por qué no quieres llevar gafas? —insiste Evan.

—Porque no. Porque me quedan mal. Porque parezco un pringado con ellas.

—Yo llevo gafas. ¿Te parezco un pringado?

Aidan niega con la cabeza sin levantar la vista.

—¿Y por qué lo vas a ser tú?

—Porque sí.

—Pero si no te las pones, ¿cómo verás en clase?

—Me las apañaré.

—Vamos a hacer un trato, me quedo con tus gafas y pruebas a ver qué tal te va hoy sin ellas. ¿Te parece? —le dice a sabiendas de que por la tarde llegará con semejante dolor de cabeza que le suplicará que se las devuelva.

—Vale —contesta Aidan con una sonrisa en la cara, la primera en varios días.

—Pero tienes que prometerme que me contarás las cosas, hijo. Habla con tu madre y conmigo. Si algo te pasa, sabes que puedes confiar en nosotros.

—Lo sé —dice peinándose el largo flequillo a un lado,

despejando su frente y dejando ver esos enormes y cristalinos ojos azules que heredó de él.

Aún no muy convencido, pero contento con el pequeño cambio de actitud, Evan vuelve a ponerse en marcha hacia el colegio. Realizan el corto trayecto en silencio, escuchando las noticias deportivas y chasqueando la lengua, a la par que negando con la cabeza, al oír cómo hablan de los Knicks.

–Listo –dice Evan al parar el coche frente al colegio–. ¿Volverás a casa con el autobús?

–Sí –contesta Aidan mirando el edificio por la ventanilla.

–¿Estás bien? ¿En serio? –le pregunta su padre al verle tragar saliva.

–Sí –le responde con una sonrisa forzada.

–Mira, ahí está Niall.

Aidan gira la cabeza para mirarle y se apresura para salir del coche y correr junto a él. Evan baja la ventanilla y silba para llamarles la atención. Niall se gira y levanta la mano para saludarle con una gran sonrisa en la cara. Es clavado a su padre, tanto de aspecto como de carácter y, cuando le ve, es como si estuviera viendo a Kai con su misma edad.

–¿Dónde tienes las gafas? –le pregunta Niall.

–Me las he dejado...

–¿Y ves algo o te tengo que llevar de la manita hasta clase?

–Niall, por favor... –le pide hablando entre dientes.

–Vale, vale. Yo solo digo que la ceguera y la popularidad no van ligadas...

–Me gustas más cuando no vas de listo.

Niall le mira serio, levantando una ceja. Aidan, que sabe cómo se las gasta su primo, enseguida se arrepiente del comentario y dice:

–Lo siento. Perdona.
–¿A qué hora?
–En el recreo, por favor.
–De acuerdo. Allí estaré.
–Genial. Gracias.

Aidan sube las escaleras para entrar en el edificio del colegio y camina decidido hacia su clase, sin levantar la vista del suelo, sin fijarse en los niños de alrededor, con el corazón a mil por hora y la sangre bombeando con fuerza. Ya en su taquilla, la abre con dedos temblorosos y guarda dentro la mochila, sacando solo los libros de cálculo. En cuanto llega a su clase, a pesar de faltar cinco minutos y de no haber sonado aún la campana, entra y se sienta en su pupitre. Intenta tranquilizarse, respirando profundamente. Aquí dentro está a salvo de Freddy y su pandilla.

En cuanto empieza la clase, la señora Adams les pide que le dejen los deberes encima de la mesa. Uno a uno, todos se van levantando, excepto Aidan que se queda muy quieto.

–¿Aidan? –le pregunta.
–¿Qué? –contesta él con toda la chulería posible.
–¿No tienes nada que entregarme?
–No.

Los latidos de su corazón retumban con fuerza en sus oídos. Nunca antes se había dejado los deberes por hacer, y mucho menos a propósito.

–¿Estás bien? –insiste acercándose a su mesa–. Tienes mala cara. ¿Te encuentras bien?
–¡Estoy bien, joder! ¡Déjeme en paz!

La profesora le mira con la boca abierta. No es una reacción propia de Aidan, pero decide no tomar cartas en el asunto, al menos de momento, y sigue con la clase con normalidad. Después de media hora intentando leer la pizarra, el dolor de cabeza es considerable. Deja el bolígrafo y se tapa los ojos con las palmas de las manos.

—¡Aidan!

De repente escucha como la profesora llama su atención y, por su cara, debe de llevar un rato haciéndolo.

—¿Sí? —dice entre las risas de algunos de sus compañeros.

—Que si puedes decirme el resultado de esta operación de aquí

—No, no puedo. —Básicamente porque no ve ninguno de los dígitos escritos en la pizarra.

—Vamos, inténtalo de nuevo —insiste ella, sabiendo que si alguien de la clase puede responder correctamente a esa operación, será precisamente él.

Aidan mira de nuevo a la pizarra mientras un sudor frío le empieza a recorrer todo el cuerpo. Esto no es nada habitual en él, pero esta vez, por más que quiera responder bien, es incapaz de ver nada.

—¿Estás bien? —vuelve a preguntarle la profesora.

—¡Que sí! —grita poniéndose en pie de golpe, moviendo el pupitre hacia delante, con el pecho subiendo y bajando a gran velocidad.

—Ve al despacho del director, Aidan.

Sin mediar palabra, con la frente totalmente empapada en sudor, coge los libros y sale dando un portazo. Una vez en el pasillo, a pesar de que todos los alumnos están en sus respectivas clases, mira nervioso a un lado y a otro. Enseguida empieza a caminar con paso ligero hacia el despacho del director. A medio camino, suena la campana y los pasillos se llenan enseguida. Aterrado por llegar a cruzarse con Freddy, empieza a correr y no se detiene hasta que no abre la puerta del despacho del señor Zachary y la cierra a su espalda, apoyándose en ella.

—¿Estás bien? —le pregunta la secretaria del director.

—Sí, sí —responde con los ojos muy abiertos—. Me... me envía la señora Adams.

—¿Para qué?

—Estoy castigado.

—¿Castigado? ¿Tú?

—Sí.

—Está bien. Siéntate allí —dice señalando unas sillas—. Ahora aviso al señor Zachary. ¿Dónde tienes las gafas, por cierto?

—Se han roto —contesta ya sentado en una de las sillas, mirando al suelo.

La secretaria avisa al director y, al salir, le dice a Aidan que ya puede pasar. En cuanto entra, se lo encuentra sentado detrás de su escritorio, firmando unos papeles. Las leyendas cuentan que debe de tener más de setenta años, de hecho, ya era director cuando su padre y sus tíos estudiaban en esta misma escuela. De todos modos, ni su aspecto, ni sus ideas, concuerdan con su supuesta edad, sino al contrario, es un tipo afable y considerado, con el que se puede hablar.

—Hola, Aidan —le saluda el señor Zachary con una sonrisa en la cara—. No me puedo creer que estés castigado. ¿Qué has hecho?

—No haber hecho los deberes que mandó la señora Adams —responde con un hilo de voz—. Y supongo que contestar mal.

—¿Supones?

—Estoy seguro, señor.

—¿Y por qué has contestado mal?

—Porque no paraba de preguntarme si me encontraba bien.

—¡No me fastidies! ¡Qué desfachatez! ¡Mira que interesarse por ti!

Aidan se le queda mirando durante unos segundos hasta que, finalmente, se le escapa la risa.

–Supongo que... me he pasado. Estaba un poco nervioso.

–No pasa nada, Aidan. Todos tenemos un mal día... ¿Una gominola? –dice tendiéndole una bolsa de las que guarda en el cajón de su escritorio.

–Gracias.

–¿Todo bien en casa? ¿Qué tal está tu padre?

–Bien. Muy bien.

–¿Trabaja de contable, verdad? –pregunta, mientras Aidan asiente con la cabeza–. Siempre fue una máquina con los números. Dile que venga a verme algún día.

–Lo haré, señor.

–Me recuerdas tanto a él... –dice mirándole fijamente de arriba abajo–. ¿Y tus tíos?

–Bien... Trabajando también. Connor dirigiendo la agencia de publicidad y Kai en su gimnasio.

–De tal palo...

–Sí... –contesta Aidan con una sonrisa.

–¿Estás mejor? –pregunta mientras el pequeño asiente con la cabeza–. Es bueno relajarse de vez en cuando. Puedes quedarte aquí hasta que suene la campana del recreo.

–Vale.

–Toma las gominolas, porque como siga comiendo, se me va a disparar el azúcar y me voy a llevar una soberana bronca de mi mujer.

Aidan sale del despacho y se sienta en la misma silla de antes. Dirige la vista al reloj y, tras comprobar que aún faltan diez minutos para que suene la campana, mira el libro de cálculo y, sin poder resistirlo, lo abre por la página de las operaciones que debería haber traído resueltas.

–¿Me deja una hoja? –le pregunta a la secretaria.

–Claro. Toma.

Absorto en las operaciones, las resuelve en escasos cinco minutos, justo antes de que la campana suene. Guarda la hoja y espera dos minutos antes de salir al pasillo. Camina con paso ligero hasta su taquilla, guarda los libros dentro, coge la bolsa con su almuerzo y se dirige al patio. En cuanto llega, se sienta en una de las mesas, intentando alejarse de todo el mundo. Saca el sándwich de la bolsa y sonríe al leer la nota diaria de su madre:

Es de mortadela de olivas, pero como sé que no te gustan, te las he quitado. Esta tarde iré a comprar y te recompensaré con una semana entera de sándwiches de mantequilla de cacahuete. TE QUIERO. Mamá.

–¡Eh, tú! –le grita Freddy, asustándole.

Mierda, piensa Aidan agachando los hombros con pesadez.

–¿Dónde te has dejado las gafas, cuatro ojos?

Aidan se levanta e intenta alejarse de él. Freddy, rodeado de su habitual grupo de «secuaces», le sigue de cerca, dándole pequeños empujones.

–¡Eh! –le grita agarrándole de la camiseta mientras él intenta revolverse–. Cuando te hable, me respondes. ¿Dónde te has dejado las gafas?

–No las necesito...

–¿Ah, no?

Freddy suelta el agarre, propinándole un empujón hacia delante que le hace caer de rodillas en el suelo. Aidan recoge el bocadillo del suelo y busca la nota desesperadamente.

–¡Uy! ¿Qué es esto? ¿Una notita de mamá? ¡Mirad! ¡La mamá de Aidan le escribe notas en el almuerzo!

–¡Eh tú! ¡Apártate de él! –grita Penny, acercándose a ellos y agachándose al lado de su primo–. ¡Aidan! ¿Estás bien?

–Penny, vete.

Cuando se levanta, se da cuenta de que se le ha roto el pantalón a la altura de la rodilla y, sin poderlo evitar, las lágrimas se agolpan en sus ojos.

—¡No me jodas que ahora te defiende esta niña pequeña! —se mofa Freddy mientras sus colegas ríen a su alrededor.

—¡Métete con los de tu tamaño, gilipollas! —insiste Penny.

—¡Jajaja! ¡Pero bueno! Reconozco que los tienes bien puestos —le dice Freddy agachándose a su altura—. ¿No te da vergüenza que esta enana tenga más cojones que tú?

—¡Penny, vete! —le grita Aidan apretando la mandíbula, con los puños cerrados con fuerza a ambos lados del cuerpo.

—Eso Penny, échate a un lado para que pueda arrearle tranquilo.

Freddy ríe a carcajadas mientras sus amigos han formado un círculo alrededor de ambos, dejando fuera a Penny. El corazón le vuelve a latir a mucha velocidad, haciendo resonar, de nuevo, los latidos en sus oídos. Da vueltas sobre sí mismo para intentar buscar una posible escapatoria, pero, al no encontrarla, se detiene y, con la respiración agitada, se tira contra Freddy. Este, al pillarle desprevenido, no ve venir los primeros puñetazos, que le impactan de lleno en la cara. Aidan, al ver que su ataque obtiene cierto éxito, se envalentona y sigue propinándole puñetazos y patadas, hasta que un fuerte golpe impacta en su cara y cae hacia atrás, aturdido. Se frota la cara y cuando se mira las manos, las ve llenas de sangre. Levanta la vista justo a tiempo de ver a Freddy abalanzarse sobre él, pero entonces, providencialmente, Niall se interpone entre ambos. Le agarra por el cuello y le propina varios puñetazos en el estómago que le obligan a doblarse. Todo sucede muy deprisa. Enseguida la masa de espectadores se dispersa y dos profesores separan a Niall de Freddy. Cuando Aidan les mira, ve que este último tiene la cara bastante ensangrentada, mientras que su primo no tiene ni un rasguño.

De lo siguiente que es consciente es de estar en la enfermería del colegio, estirado en una camilla, mientras Niall y Penny le observan de cerca.

–¿Estoy muy mal?

–Fatal. Tienes la cara desfigurada –le contesta Niall.

–¡¿Qué dices?! A mamá le va a dar algo.

Penny se pone a reír y le pone las dos manitas en las mejillas.

–¡Qué no, tonto! Que estás muy guapo, como siempre. Solo tienes un poco hinchada la ceja donde te han puesto los puntos –le confiesa para su alivio–. Pero Freddy no puede decir lo mismo.

–¿Le has dado bien? –le pregunta Aidan a Niall, que se encoge de hombros sin ningún cargo de conciencia.

–Los dos le hemos dado bien. Has estado espectacular.

–No me acordé de nada de lo que me enseñaste. Simplemente me ofusqué y me lancé a saco a por él. Ni siquiera sabía si alguno de mis golpes le había dado.

–Normal, sin gafas no ves una mierda.

–Así aprenderá a no meterse con un O'Sullivan –dice Penny muy orgullosa.

En ese momento, el director entra en la enfermería y se queda mirando a los tres. Tras unos segundos, niega con la cabeza, chasqueando la lengua a la vez, y se acerca para interesarse por Aidan.

–Esto me trae ciertos recuerdos... –les dice–. Parece que no te habías relajado del todo, ¿eh?

–¿Va a llamar a mis padres? –le pregunta Aidan, asustado.

–No.

–Menos mal...

–No les voy a llamar porque ya lo he hecho. Tu padre viene de camino. Cuando te dije que tenía ganas de verle, no pensé que te lo ibas a tomar tan en serio...

–Se van a enfadar mucho...

–Haberlo pensado antes de liarla... –Se gira hacia los otros dos y añade–: En cuanto a vosotros dos... Penny, vuelve a tu clase y tú, Niall, ve a mi despacho.

–¡No castigue a Niall! Él solo le defendía –se apresura a decir Penny.

–¡Calla, Penny! –le grita Aidan.

–¿Defenderte de qué, Aidan? ¿Qué ha pasado entre tú y Freddy?

–Nada.

–Si no me lo cuentas, no puedo hacer nada. –Y digiriéndose a Niall, dice–: Espérame allí que ahora voy.

–Ven, enana –dice Niall cogiéndola en brazos–, que te llevo a clase.

Penny se cuelga del cuello de su primo mientras este la lleva dando vueltas por todo el pasillo, haciéndola reír. En cuanto llegan a la puerta de la clase, Niall la deja en el suelo y ella le da un largo beso en la mejilla.

–Antes he dicho gilipollas –susurra a Niall en el oído.

–¿En serio? Pero sabes que esas palabras no podemos decirlas a menudo... Ahora ya hasta, a ver... dentro de, por lo menos dos semanas, no puedes decir ninguna más.

–Bueno...

–Y nunca delante de tus padres, ¿vale? Solo las puedes decir conmigo.

–Vale. Te quiero, Niall.

–Y yo. Pórtate bien y haz caso a la profesora.

–Lo sé –contesta ella poniendo los ojos en blanco–.

No hace falta que me lo repitas tanto, que ya tengo seis años.

—Y yo once, pero, aun así, a veces me olvido de ser bueno —dice él guiñándole un ojo mientras abre la puerta y ella entra contenta.

Evan entra en el colegio y corre por el pasillo hacia la enfermería. Recuerda el camino perfectamente ya que él, en sus tiempos, también era asiduo de las curas de la señora Roberts. Cruza la puerta sin siquiera llamar, nervioso por cómo se va a encontrar a Aidan. Cuando le llamó la secretaria, solo le dijo que se había peleado y que le habían llevado a la enfermería. Nunca antes se había pegado con nadie, un ejemplo más de lo raro que está últimamente.

—¡Aidan! —dice abrazándole al verle sentado en una camilla.

—Estoy bien, papá...

—Déjame que te vea.

Evan le aparta el pelo y observa detenidamente la ceja cosida.

—Solo me han puesto dos puntos...

—¿Cómo...? ¿Por qué...? Aidan, cariño, ¿qué te pasa?

Al ver que agacha la cabeza, avergonzado, Evan decide dejar el interrogatorio para otro momento y le vuelve a abrazar con fuerza.

—Vale, vale, tranquilo... Ya está... Estoy aquí, ¿vale? Me quedo contigo...

Unos segundos después, el señor Zachary se acerca a ellos. En cuanto Evan le ve, esboza una sonrisa y, sin soltar a su hijo, le estrecha la mano.

—¿Le...? ¿Le parece bien si me lo llevo? Vamos a pasar el resto del día juntos... —le pregunta Evan.

—Me parece una idea estupenda. ¿Sabes si tu hermano estará en el gimnasio?

—¿Kai? Seguro. ¿Por?

—Tengo que llamarle.

—¿Por Niall? ¿Está bien?

—Sí. Que te cuente Aidan, si quiere.

Caminan en silencio por el pasillo, dirigiéndose hacia la taquilla para recoger la mochila. Mientras lo hace, Evan no le quita ojo, y le mira preocupado, incluso cuando se meten en el coche.

—¿Te apetece un perrito caliente?

Aidan, sin mirarle, se encoge de hombros mientras se toca la tela del pantalón. Su padre se fija en el roto de la rodilla y cuando le toca con la mano, le pregunta:

—¿Las rodillas te las han mirado? A lo mejor tienes herida...

—No, no tengo nada. Siento lo del pantalón... Mamá se va a enfadar...

—No se va a enfadar por el pantalón, pero sí al saber que te has peleado... Aidan, yo también estoy enfadado —dice mientras conduce—. Últimamente estás muy raro, como apático. Tus notas han bajado en picado, nos contestas mal, y ahora nos enteramos de que te metes en peleas.

Ambos se quedan en silencio, Aidan con la cabeza agachada, mirándose las manos, y Evan centrando su atención en el tráfico. Unos veinte minutos después, entran caminando en Central Park. Compran un par de perritos y se sientan en la hierba.

—Por cierto —dice Evan sacando las gafas del bolsillo de la camisa y tendiéndoselas—. Póntelas.

Aidan le hace caso y en cuanto se las pone se da cuenta de lo mucho que las ha echado de menos.

—¿Mejor ahora? ¡Sorpresa, soy yo! ¡Tu padre!

–Sí –contesta riendo sin miedo.

Cuando se acaban el perrito, los dos se quedan mirando al frente, hacia el lago. Evan pone el brazo alrededor de los hombros de su hijo y le acerca hasta él.

–Papá...

–Dime.

–Yo no quiero pegarme con nadie, no me gusta. Me da miedo. Cuando pegaba a Freddy, tenía los ojos cerrados...

–No pasa nada. Yo tampoco sé pelear y nunca lo hice... A pesar de que me machacaban constantemente.

–¿Por ser listo?

–Por ser listo, por llevar gafas, por tener siempre los deberes hechos, por levantar la mano en clase para contestar a las preguntas de los profesores...

–¿Y qué hacías?

–Nada.

–¿Nada?

–Kai y Connor me intentaban proteger, pero ellos no estaban siempre conmigo...

–¿Y...? ¿Y por qué no te quitaste las gafas para que no te pegaran por ello? ¿Por qué no te dejabas los deberes sin hacer? ¿Por qué no dejabas de levantar la mano en clase?

–¿Y por qué debería hacerlo? ¿Hubiera cambiado eso algo las cosas?

Evan mira a su hijo, que arruga la frente pensativo, mordiéndose el labio inferior de forma compulsiva.

–¿Te ha funcionado a ti? –se atreve a preguntarle, cayendo entonces en la cuenta de que el comportamiento errático de su hijo pudiera estar debido al mismo acoso que él sufría de pequeño.

–No –confiesa Aidan con lágrimas en los ojos.

–Ven aquí.

Evan se sienta detrás de su hijo y le aprieta contra su

pecho. Enseguida siente sus pequeñas manos agarrándole con fuerza los antebrazos y cómo su pequeño cuerpo empieza a temblar.

–No sé qué le he hecho, papá... Nunca me metí con él. Ni siquiera va a mi clase. No me conoce de nada –empieza a explicar Aidan, llorando desconsoladamente.

Evan apoya los labios en la cabeza de su hijo mientras le estrecha con más fuerza, todo ello sin mediar palabra, dejando que se desahogue a gusto. Cierra los ojos con fuerza, mientras se le rompe el corazón al escuchar a su hijo llorar sin consuelo, pero aguanta estoicamente. Pasados varios minutos, las lágrimas cesan para dar paso a fuertes sollozos y, cuando estos también acaban, Aidan se sorbe los mocos repetidas veces mientras se seca la cara con la manga de la camiseta. Evan le ayuda, sonriéndole y besando su frente.

–Mamá y yo te queremos mucho, y estamos muy orgullosos de ti, cariño.

–Lo sé.

–Confiamos en ti plenamente y, aunque te veíamos raro, como no nos contabas nada, pensamos que estarías pasando por una de esas fases de la pre-adolescencia... Lo siento, siempre has sido tan maduro que a veces olvidamos que tienes solo nueve años... Deberíamos haber insistido en preguntarte.

–No, papá... No fue culpa vuestra... No... –Aidan chasquea la lengua y se decide a contárselo todo–. Freddy... Él... llevaba unas semanas metiéndose conmigo. Todo empezó en el recreo. No me gusta el fútbol, no se me dan bien los deportes y no me gusta jugar con las niñas a muñecas o a animales, así que prefiero sentarme solo en un rincón a leer. Él me vio y empezó a meterse conmigo. Al principio era solo unas burlas en el recreo, luego empezó a perseguirme también en los pasillos y en los lavabos, incluso en el autobús... Por eso siempre intento retrasarme y que me lleves tú...

–¿Te ha pegado?

–No, solo empujones y amenazas... Pero me pone tenso y... tengo miedo.

–¿Por qué no nos dijiste nada?

–Porque no quiero parecer débil... Por eso le pedí a Niall que me enseñara a pegar... Me ha estado dando algunas clases y consejos... Y también me vigila siempre en el recreo...

–¿Hoy le ha hecho algo al abusón ese?

–Sí –contesta Aidan asintiendo con la cabeza–. Yo le empecé a pegar y como no se lo esperaba, conseguí cogerle desprevenido, pero cuando reaccionó, me abrió la ceja de un puñetazo. Ahí fue cuando apareció Niall y le empezó a pegar.

–¿Ese tal Freddy va a clase con tu primo?

–Qué va. Es mayor que Niall. Pero Niall es más fuerte y Freddy le tiene miedo. De hecho, todo el colegio se lo tiene y nadie se mete con él.

–No sé por qué no me extraña...

–Papá, ¿alguna vez dejaron de meterse contigo en el colegio?

–Claro.

–¿Y cómo lo conseguiste?

–No haciéndoles caso. Quizá, yo no era muy diestro con los puños, pero sí con esto –dice tocando la cabeza de su hijo con un dedo–. Aidan, hijo, haz frente a las situaciones con tus mejores armas. Piensa, desármale, déjale en ridículo. Eres capaz de ello, seguro.

–Sí... Es un poco... limitado.

–No dejes de ser tú mismo. Eres increíble, Aidan. Y no solo porque seas muy inteligente. Eres bueno y divertido.

–Sí... Mamá dice que he salido a ella...

—Eso seguro —contesta Evan, mientras los dos ríen a carcajadas—. Hablando de mamá, ¿quieres que la llamemos para ver si puede comer con nosotros?

—¡Pero...! ¡Pero...! ¡Aidan!
—Hayley, por favor... —le pide Evan—. No le pegues la charla...

Los tres están sentados en un restaurante japonés en Tribeca, el sitio que ha elegido Aidan para comer. Al contrario que la mayoría de niños, él prefiere mil veces comer aquí que en un restaurante de comida rápida. Le traen desde los tres años, motivo por el cual maneja los palillos con total destreza.

—Tú has tenido tu tiempo con él, ahora me toca a mí —le dice Hayley para hacerle callar.

—Mamá, lo siento...

—Estos casos hay que denunciarlos, cariño. Es un claro ejemplo de acoso escolar.

—¡Mamá, no! ¡No soy un chivato! Prefiero ocuparme yo solo de esto...

—¿En serio? ¿A qué le llamas tú ocuparte? ¿A salir corriendo? ¿A dejar de hacer los deberes y preferir no ver a llevar gafas? ¿O a hacer que Niall se pegue por ti?

—Lo siento mucho, mamá... ¡Pero hoy me enfrenté a él! —dice con los ojos muy abiertos—. Al menos dos de mis puñetazos le dieron.

—A lo que me refiero es que no hace falta llegar a los extremos a los que has llegado. Llevas semanas retraído, encerrado en ti mismo, aterrado. Tus notas bajaron en picado y tu relación con nosotros también... Si te hubieras «ocupado» de ello mucho antes —dice entrecomillando las palabras con los dedos—, quizá lo de hoy no hubiera llegado a pasar.

–¿Se va a meter Niall en líos? –pregunta Aidan agachando la cabeza.

–Probablemente. Dependerá de lo mal que haya dejado a ese chico –responde Hayley que, tras ver la mueca que hace su hijo con la boca, añade–: Y por tu cara deduzco que los tendrá.

–Yo no pretendía... No quería ponerle en un aprieto...

–Tranquilo, ya nos encargaremos de eso a su debido tiempo. El otro chico no es que fuera un santo.

–Debería haberme enfrentado a él antes... –dice Aidan agachando la cabeza.

–Deberías. ¿Y sabes por qué? Porque por nada del mundo quiero que un mierda como ese me quite a mi niño. Eres increíble tal como eres, cariño. No permitas que nadie te obligue a cambiar. ¿De acuerdo?

–Vale –contesta Aidan sonriendo con timidez.

–Y no te quites nunca esas gafas porque te quedan realmente bien. Estás mucho más guapo que tu padre, y eso es mucho decir.

–¿Más? –interviene Evan–. Me voy a poner celoso...

–Dale un beso de buenas noches a tu madre –le dice Evan llevándole a hombros como si fuera un saco de patatas.

–Buenas noches, mamá.

Hayley se encuentra con la cara de su hijo, boca abajo, frente a ella. Se la agarra con las manos y le empieza a dar un montón de besos mientras él ríe.

–¡Mamá! ¡Vale ya!

–Ni hablar. Eres todo mío –contesta ella acariciando su nariz.

–Te quiero –le dice Aidan.

–Y yo, mi vida.

Evan le lleva hasta su dormitorio a cuestas, haciéndole cosquillas mientras él se revuelve riendo a carcajadas.

—Te tiro, ¿vale?

—¡Sí!

—¿Preparado? A la una, a las dos y a las...

Sin haber llegado a tres, Evan lanza a su hijo encima de la cama y, acto seguido, se estira a su lado.

—¿Qué toca hoy? —le pregunta para ver qué cómic les toca leer—. ¿*Batman*? ¿*Flash*?

—No. —Aidan se levanta y corre hacia su mochila, volviendo con un libro en las manos—. Necesito que me ayudes con unas cosas...

—¿Qué es? —le pregunta cogiendo el libro. Mira la página que le enseña Aidan y, arrugando la frente, le pregunta—: ¿Estáis estudiando esto?

—Aún no —le dice mordiéndose el labio inferior—, pero me llama la atención. ¿Me puedes explicar cómo se resuelven estas operaciones? Prometo que cuando la señora Adams lo explique, haré ver que no sé cómo se hacen...

—Son unas raíces cuadradas algo complejas, Aidan.

—Lo sé... Por eso me gustan...

Evan gira la cabeza y mira a su hijo durante unos segundos. Le recuerda tanto a él a su edad, que no puede evitar sonreír al ver su cara ilusionada.

—No debería decir eso en voz alta, ¿verdad?

—¿Por qué no? Algunas operaciones matemáticas pueden llegar a ser apasionantes.—Al darse cuenta de sus palabras, hace una mueca con la boca y añade—: Vale, mejor nos guardamos estas cosas para cuando estemos los dos solos. Será nuestro secreto.

—¡Vale!

—Mira...

Evan coge un lápiz y empieza a garabatear en un papel para explicarle cómo resolver este tipo de raíces cuadradas, siempre bajo la atenta mirada de Aidan que, aunque no pierde detalle, empieza a bostezar de cansancio.

–Venga, mañana seguimos –dice Evan cerrando el libro y guardándolo en la mochila de su hijo.

Se acerca de nuevo a su cama, le arropa con cuidado y le da un beso en la frente, después de apartarle el pelo para comprobar el estado de la herida.

–No me duele, no te preocupes. Además, Niall dice que las cicatrices hacen sexy.

–¿Ah sí?

–Sí. Y Penny me dijo que seguía estando muy guapo. Mañana veré si Lauren opina lo mismo.

–Menudo peligro tenéis juntos los tres... –dice Evan negando con la cabeza, encantado de que los tres se lleven tan bien–. Y por cierto, ¿quién es esa Lauren? ¿Una chica de tu clase?

–Coincidimos en algunas asignaturas... El problema es que en una de las que coincidimos es en educación física y en eso soy un negado... Ella sube la cuerda más alto que yo...

–¿Y en qué más coincidís?

–En ciencias y música. No sé yo si la impresionaría mucho diseccionando una rana, pero quizá si le canto algo...

–Seguro que se te ocurre algo –dice revolviéndole el pelo de forma cariñosa–. Buenas noches.

–Buenas noches –contesta Aidan abrazándole con fuerza–. Eres el mejor padre del mundo.

Evan le estrecha entre sus brazos, realmente emocionado, levantando la vista al techo mientras da las gracias mentalmente. Ahora entiende el esfuerzo y sufrimiento de su padre, su empeño en que tanto él como sus hermanos estuvieran bien y fueran felices.

–Aprendí del mejor.

EPÍLOGO 2

NIALL

Niall está sentado en una de las sillas frente a la secretaria, mientras su padre está dentro del despacho del señor Zachary, hablando con él. Tiene la cabeza echada hacia atrás, mirando al techo, y masca chicle haciendo enormes pompas que le explotan en la cara.

–Rose, ¿aún no han venido a cambiarte ese fluorescente? –le pregunta señalando a uno de los paneles de luces del techo.

–Pues no, cariño.

–El martes ya no funcionaba.

–¿El martes, dices? ¿Estuviste aquí el martes? –pregunta ella, pensativa–. ¿Cuándo hiciste saltar la alarma de incendios?

–No, eso fue la semana pasada. El martes fue cuando me pillaron en el vestuario de las chicas...

–Es verdad... Cariño, deberías empezar a comportarte...

–Es que me aburro, Rose... –dice poniéndose en pie, acercándose hasta su mesa y sentándose encima de ella–. ¿Has hecho magdalenas?

–Toma... –Rose saca una del cajón y se la tiende mientras Niall le sonríe de forma pícara–. Eres un sinvergüenza, como lo era tu padre.

–Entonces, esto es como una especie de justicia divina. Los dioses –dice señalando hacia arriba–, le están haciendo pagar por todo.

–Ya, el problema es que no sé qué culpa tiene tu pobre madre...

En ese momento, la puerta del despacho del señor Zachary se abre, y Niall cambia automáticamente la cara. Esconde la magdalena a su espalda mientras se pone en pie de un salto y clava los ojos en su padre para intentar averiguar su estado de ánimo.

–Hasta mañana pues –dice el director.

–Aquí estaremos.

El señor Zachary gira entonces la cabeza hacia él y, con cara impasible, le dice:

–Descansa y reflexiona un poco acerca de lo ocurrido.

Kai se despide de Rose con un par de besos y un fuerte abrazo, demostrando el cariño que se tienen debido a la multitud de veces que él había estado en este despacho. Luego, abre la puerta y sale al pasillo sin dirigirle la palabra a su hijo.

–Adiós, Rose...

–Suerte, cariño.

Kai camina hacia la salida dando grandes zancadas, y Niall tiene que hacer verdaderos esfuerzos para seguirle el ritmo.

–Papá... Tengo que coger la mochila... –le dice parándose en mitad del pasillo, señalando hacia las taquillas.

Kai, sin decir nada, se frena y cruza los brazos sobre el pecho. Niall le observa durante unos segundos y cuando su padre le hace una seña con la mano, corre hacia su taquilla y coge la mochila.

–Papá, lo siento... Yo... –se empieza a excusar Niall, pero en cuanto ve a su padre empezar a caminar de nuevo, vuelve a correr tras él.

Ya en el exterior, al ver que su padre sigue sin dirigirle la palabra, Niall corre y se planta frente a él antes de que se suba en el coche.

–Papá, háblame, por favor...

–¿Y qué quieres que te diga, Niall? ¿Cuántas veces hemos hablado de esto?

–Muchas –contesta agachando la cabeza.

–¿Qué crees que dirá tu madre cuando lo sepa?

–¡No, papá, por favor! ¡No se lo cuentes! Ni a ella ni a Vicky... Será nuestro secreto. Por favor...

–¿Estás loco? Tu madre y tu hermana son como espías de la CIA. Es imposible esconderles nada.

–Pero si mamá se entera, me castigará sin poder pisar el gimnasio.

–Haberlo pensado antes de liarte a hostias. Además, si tu madre averigua que yo lo sabía y no le dije nada, me las cargaré yo.

–¡Pero a ti no te castigará!

–¿Que no? Qué poco conoces a tu madre si piensas eso...

–¡Pero a ti no puede prohibirte acercarte al gimnasio!

–Pero sí acercarme a ella, y eso me jodería mucho más.

–Pero papá... Yo...

–Sube al coche, Niall, no tengo ganas de discutir.

Kai, con el ceño fruncido, agarra el volante con tanta fuerza que los nudillos se le vuelven blancos. No despega los ojos de la carretera ni por un segundo, mientras que Niall le mira de reojo. Su padre no suele enfadarse a menudo, y mucho menos con él, por eso no está nada acostumbrado a verle con esta actitud.

–¿Dónde vamos, papá? –le pregunta al ver que se desvían un poco del camino a casa.

–Tengo que pasar por el gimnasio un momento. He tenido que salir corriendo cuando el señor Zachary me llamó y tengo que ocuparme de algunos asuntos antes de ir para casa.

Niall asiente con la cabeza sin decir nada más. No quiere hacer ni decir nada que haga enfadar más aún a su padre. Así que permanecen en silencio todo el resto del trayecto, escuchando la radio, hasta que Kai aparca frente al gimnasio. Se apea y Niall hace lo propio, siguiéndole de cerca hacia el interior.

–Quédate ahí –le advierte su padre mientras se pierde en la oficina del fondo.

Niall se deja caer en una de las sillas, resoplando resignado. Patea el aire, contrariado, cuando Marty, la mano derecha de su padre, sale de uno de los vestuarios y al verle, llama su atención.

–¡Eh, Niall!

–Hola, Marty –le saluda con desgana.

–¿Qué haces ahí? ¿No vienes a machacar un rato el saco?

–No puedo... –le dice Niall levantándose de la silla para acercarse con cautela hasta él–. Estoy castigado.

–¿Qué has hecho?

–Pelear.

–Bueno...

–En el recreo del colegio.

–Eso ya no...

–Le rompí la nariz y le trabajé bien las costillas.

–¡Joder, Niall! ¿No podías haberte cortado un poco?

–Quizá... –contesta encogiéndose de hombros.

Marty agarra el saco y le hace una seña a Niall para que empiece a golpearlo. Por instinto, en un gesto muy natural para él, ya que lo lleva haciendo desde que tiene uso de razón, empieza a golpearlo, siguiendo siempre un ritmo pausado y acompasado, combinando golpes directos con otros de derechas y de izquierdas.

–Sabes que a tu padre no le gusta que te metas en líos en el colegio.

–Lo sé –contesta sin dejar de golpear el saco.

–Y que siempre te dice que dejes las peleas para cuando estés en la lona.

–Sí.

–Y que tu madre ya te ha advertido varias veces de que si sigues peleándote fuera del gimnasio, te prohibirá venir.

Esta vez, Niall no contesta, sino que empieza a golpear con más fuerza, apretando la mandíbula hasta hacer rechinar los dientes.

–Pones a tu padre en un aprieto. Él quiere traerte, porque sabe que te encanta y a él también le gusta que practiquéis juntos. Pero nunca va a contradecir una decisión de tu madre, y menos cuando sabe que lleva razón.

Los golpes de Niall se hacen cada más fuertes, y el ritmo crece por momentos. Los puñetazos vuelan sin ningún ritmo ni patrón identificado, provocando que su respiración se vuelva irregular y costosa.

–Si sabes todo eso, ¿por qué le has roto la nariz a ese chico?

Kai sale del despacho en ese momento, y observa la escena detenidamente.

–¡Porque ese imbécil lleva semanas molestando a Aidan!

Kai se acerca al instante, con la frente arrugada, preocupado por las palabras de su hijo.

–¡Le perseguía! ¡Se burlaba de él! –grita golpeando con tanta fuerza que hace mover a Marty del sitio.

–Niall... –dice Kai.

–¡No era justo! ¡Freddy es mayor que Aidan!

–Hijo... –Kai se interpone entre Niall y el saco, llegando a encajar alguno de los golpes, y le abraza con fuerza–. Niall, tranquilo. Explícame qué ha pasado.

Le conduce hacia un lado, y le sienta en una de las sillas, agachándose frente a él, apoyando las manos en las rodillas de su hijo.

–Cuéntame el motivo de la pelea.

–Aidan no quiere que se lo cuente a nadie... –dice intentando recuperar el aliento–. No debería haber dicho nada...

–No creo que a Aidan le importe que yo lo sepa. Mírame, Niall –dice cogiéndole de la barbilla para obligarle a mirarle a los ojos–. Soy yo.

–Papá... –Niall se fija en que tiene los puños cerrados con fuerza y los relaja de inmediato, frotándose las palmas en el pantalón–. Freddy acosaba a Aidan. Se burlaba de él delante de todo el mundo, le asustaba y amenazaba, le amargaba la existencia...

–¿Desde cuándo?

–No sé... Dos meses o así...

–¿Lo saben Evan y Hayley?

–No. Él no quería que se lo dijéramos a nadie... Ni siquiera se lo contó nunca a ningún profesor... Yo tampoco me había dado cuenta de nada hasta que me vino pidiendo ayuda. Me pidió que le enseñara algunos golpes.

–¿Y lo hiciste?

–Sí, pero es un negado, así que decidí empezar a... prestarle atención. Le espero en la puerta del cole al llegar, estoy cerca de él en el recreo... Pero Aidan se dio cuenta de ello, y me pidió que no interviniera en ningún momento... Era un pelele en sus manos, papá, y nunca me metí porque solo eran insultos y algún empujón esporádico. Pero hoy, cuando vi que le pegaba ese puñetazo en la cara... Simplemente yo... –Niall se mira de nuevo las manos, cerradas en forma de puño, otra vez–. No podía soportar que le hiciera daño, papá. Es Aidan.

–¿Por qué no se lo dijiste al señor Zachary?

–Porque Aidan no quiere que lo sepa.

–Niall, mañana tenemos que ir a hablar con el director y te impondrá un castigo. Puede que incluso te expulse durante un tiempo. Si le explicas los motivos de la pelea, puede que el castigo se rebaje considerablemente...

–Me da igual –insiste Niall–. No voy a traicionar a Aidan.

Kai resopla resignado y se sienta en la silla de al lado de su hijo. Le observa durante un rato, y aunque quiere enfadarse con él, admira su determinación y lealtad hacia su primo. Le ha defendido y lo seguirá haciendo sin importarle las consecuencias que le pueda acarrear, justo como él hacía con Evan cuando eran pequeños. Al rato, le agarra por la cabeza y le atrae hasta él.

–Siento si te he metido en problemas.

–No es para tanto...

–Me refiero a problemas con mamá. Porque me vas a echar un cable con ella, ¿verdad?

–¡Hola! ¡Estamos en casa! –dice Kai nada más traspasar la puerta principal.

–¡Hola, chicos! ¡Estoy en la cocina! –Oyen que Sarah les dice–. Vicky y Erik vienen a cenar.

–Genial –susurra Niall entre dientes–. El aquelarre al completo...

Kai le da una colleja a su hijo y le hace una seña para que se calle y camine hacia la cocina. En cuanto los dos entran, Sarah les mira y se queda quieta.

–Vale, ¿qué pasa? ¿Qué habéis hecho?

—Y tú pretendías ocultárselo... —le susurra Kai a su hijo.

—Mamá, antes de nada, quiero que sepas que te quiero un montón —le dice Niall acercándose a ella y poniendo su mejor cara de niño bueno.

Kai niega con la cabeza, sabedor de que la táctica que ha elegido su hijo va a ser un fracaso absoluto, así que decide tomar cartas en el asunto y, acercándose a ella, le dice:

—No es nada grave, cariño. Se ha peleado en el colegio... —Sarah gira la cabeza de golpe hacia Niall, que se encoge temeroso—. Pero ha sido por una buena causa.

—No me digas que sois miembros de una nueva ONG llamada «Mamporros sin fronteras» o algo por el estilo.

—No... —contesta Kai intentando aguantar la risa, cosa que Niall no consigue hacer.

—Yo que tú no estaría tan risueño —le dice Sarah.

Kai aparta a Niall para que no la fastidie más y se coloca frente a ella, intentando calmarla un poco.

—Verás, Niall se peleó para defender a Aidan.

—¿Aidan? ¿Qué pinta él en todo esto?

—Mamá —interviene Niall poniéndose a su lado—, ese tío, Freddy, llevaba semanas molestando a Aidan. Le acosaba y le tenía acojonado... Aunque estaba atento, me mantuve al margen porque él me lo pidió así, pero hoy...

Niall agacha la cabeza y vuelve a apretar los puños con fuerza. Cierra los labios y respira profundamente por la nariz.

—¿Qué...? ¿Qué quieres decir con acosar? —Sarah se agacha frente a su hijo mientras mira también a Kai.

—Aidan le tenía mucho miedo, mamá. Freddy se metía con él delante de todo el mundo y le amenazaba con pegarle. Empezó a no hacer los deberes, a no salir al patio, e intentaba retrasarse para no coger el autobús y que el tío Evan le llevara en coche. Todo por no encontrarse con él...

–¿Por qué no se lo dijo a nadie?

–Porque le daba vergüenza.

–¿Por qué no nos dijiste tú nada?

–Porque él me pidió que no lo hiciera.

Niall mira a su madre a los ojos y ella le peina el pelo de forma cariñosa. En ese momento, se abre la puerta y Vicky entra con su novio, Erik. En cuanto llegan a la cocina, se quedan quietos, observando la escena.

–Hola... –saluda con cautela acercándose a Kai para darle un beso en la mejilla, mientras Erik le estrecha la mano–. ¿Qué has hecho ya, Niall?

–Nada, doña perfecta.

–Lo que tú digas... Pero tiene pinta de reprimenda.

–A ver, que nos desviamos del tema –dice Sarah cogiendo a su hijo de la mano y conduciéndole hasta una de las sillas de la mesa de la cocina, lugar que ha sido testigo de todas las confesiones de esta familia durante muchos años–. ¿Qué ha pasado hoy? Porque doy por hecho por vuestras caras que algo ha pasado...

–Freddy empezó a meterse con él, y le empujó. Aidan le pegó y entonces el gilipollas le dio un fuerte puñetazo que le partió la ceja. No pude contenerme mamá, y me metí en la pelea.

–¿Qué le hiciste, cariño?

–Le rompí la nariz... Y creo que también debe de tener algún hematoma en las costillas... Sé que me pasé, mamá, pero no podía permitir que le siguiera haciendo daño a Aidan. Lo siento... No me entrometí hasta hoy, lo prometo...

–De acuerdo, cariño –dice cogiéndole de las manos y, mirando a Kai, añade–: Y esta pelea, ¿qué consecuencias tendrá?

—Mañana tenemos que ir al colegio para hablar con el director. Me ha dicho que también avisará a los padres de ese tal Freddy y que también llamará a Evan...

—Y... ¿qué consecuencias tendrá aquí en casa, mamá? –le pregunta Niall con cautela–. Yo no quiero dejar de ir al gimnasio. Por favor, mamá. Te prometo que... que... a partir de hoy seré el encargado de poner y recoger la mesa todos los días.

—Mmmmm... Suena bien, pero...

—Y... –sigue Niall, estrujándose la cabeza para encontrar cosas que hacer–. ¡La ropa sucia! Prometo no acumularla debajo de la cama y bajarla al lavadero todos los días.

—¿Acumulas ropa sucia debajo de la cama? –pregunta Sarah haciendo una mueca de asco con la boca.

—No... No, no... ¿Qué digo? Me he confundido...

—¿Subo a mirar?

—¡No! Bueno, a lo mejor hay un calzoncillo y alguna camiseta...

Sarah suspira resignada porque sabe que Niall es un calco de su padre e, irremediablemente, comparten los mismos defectos, pero también las mismas virtudes, y son muchas.

—Ven aquí –le pide.

Niall se levanta de la silla y se sienta en el regazo de Sarah, que le abraza por la espalda, apoyando la barbilla en su hombro.

—¿Qué voy a hacer contigo? –le pregunta.

—¿Perdonarme y comprarme las Nike que me gustan?

El director les ha reunido a todos en la sala de profesores, ya que su despacho no es lo suficientemente espacioso para dar cabida a todos.

A un lado están Aidan, Evan y Hayley. Aidan parece nervioso, y evita a toda costa cruzar su mirada con Freddy. En cambio, mira repetidamente a Niall, que le sonríe para darle confianza cuando le ve. Hayley en cambio, no puede dejar de mirar al causante del miedo de su hijo. Si por ella fuera, le esposaría aquí mismo y le enviaría derecho a un correccional, para que aprendiera qué se siente al pelear contra chavales mucho mayores y fuertes que él. De todos modos, hará caso de Evan e intentará mantenerse calmada. Aidan quiere afrontar la situación él solo y contar toda la verdad.

En medio están Niall, Kai y Sarah. Niall permanece tranquilo, sabe que sus padres le apoyan y entienden que, aunque quizá no midió su fuerza, sólo pretendía defender a su primo pequeño. Es consciente además de que se le impondrá un castigo, pero está dispuesto a aceptarlo sin rechistar.

–Niall, pensaba que Freddy era de tu edad... –le susurra Kai.

–No –responde con total normalidad–. Es dos años mayor.

–¿Y le dejaste así tú solo? –le pregunta mientras Niall sonríe a modo de respuesta–. ¡Caramba! ¿En cuántos golpes?

–Dos derechazos y un gancho de izquierdas.

–¿Él te alcanzó alguna vez?

–No.

Kai le da unas palmadas en el hombro, sonriéndole con orgullo.

–Kai, por favor, no le agasajes –le reprocha Sarah al oído.

–Pero entiende que me sienta muy orgulloso...

–Lo que tú digas, pero delante de él, al menos haz ver que estás algo decepcionado con su comportamiento. Que solo te falta sacarle a hombros de aquí, por favor.

Al otro lado está Freddy, rodeado de sus padres. Tiene la nariz completamente tapada por una venda y un hematoma morado debajo de cada ojo. Agacha la cabeza, mirando al suelo, intentando no cruzarse en la trayectoria visual de Niall. En cambio, sus padres le miran de arriba abajo, con cara de horror, como si fuera un monstruo, como si estuvieran frente al mismísimo Charles Manson.

–O la estirada esa deja de mirar así a mi Niall, o al salir vamos a intercambiar más que palabras –dice Sarah.

–Cariño, tienes que dar ejemplo a tu hijo... No me falles, al menos, que uno de los dos lo haga...

–A saber la historia que les habrá contado su hijo.

–Tranquila... Lo importante es que nosotros sabemos la verdad.

En ese momento, el señor Zachary entra y se sienta al otro lado de la mesa y, tras saludarles a todos, se dirige a los tres chicos:

–Poneos en pie, por favor. Venga, ¿quién me explica qué pasó ayer a la hora del recreo?

–Que se abalanzó sobre mí de repente –dice Freddy de forma apresurada.

Niall arruga la frente, pero mantiene la vista fija en el señor Zachary.

–¿Y por qué Aidan tiene la ceja rota?

–Le empujé sin querer y se cayó al suelo de cara. Él se pensó que le estaba pegando y se abalanzó sobre mí sin preguntar.

–¿Es eso verdad, Niall? –pregunta y, tras varios segundos esperando una respuesta que no llega, insiste–: ¿Eres consciente de que si eso es verdad, te caerá un castigo ejemplar?

–Niall, cariño –dice Sarah, pero Kai la coge de la mano para pedirle que se mantenga al margen.

—¡No es verdad! —grita Aidan—. ¡Freddy lleva haciéndome la vida imposible desde hace semanas! ¡Niall solo me estaba defendiendo!

Aidan, como si le hubieran dado cuerda, con los ojos llorosos pero con mucha valentía, empieza a contar por todo lo que ha pasado y lo que sucedió exactamente en la mañana de ayer. Cuando acaba, el señor Zachary gira la cabeza hacia Freddy y, muy serio, le pregunta:

—¿Qué tienes que decirme al respecto?

—¿Frederick? —dice su madre—. ¿Es eso verdad?

Ante el silencio de su hijo, la mujer se lleva una mano a la boca y mira hacia Aidan, totalmente consternada.

—De acuerdo —dice el señor Zachary—. Aidan, quiero pedirte disculpas, en mi nombre y en el del resto de profesores, por no habernos dado cuenta de nada. Te puedo asegurar que esto no se va a volver a repetir.

—Pero no quiero que castigue a Niall, señor...

El señor Zachary le sonríe y luego mira a Niall.

—En cuanto a ti... A veces el fin no justifica los medios, Niall. Entiendo los motivos, pero no comparto las maneras. Necesito que me prometas que esto no volverá a pasar.

—No puedo señor —contesta Niall sin cortarse un pelo, ante la estupefacción de todos.

—Niall... —le reprende Kai.

—No puedo prometerlo porque volvería a actuar de la misma manera si alguien se vuelve a meter con Aidan, o con Penny. Ellos son sagrados para mí y no me arrepiento en absoluto de lo que hice. Quizá me pasé y no medí la fuerza, pero él tampoco tuvo mucha consideración con Aidan.

Sarah aprieta la mano de Kai y sonríe orgullosa agachando la cabeza, mientras él no puede dejar de mirar a su hijo. Es cierto que Niall es como un clon suyo, pero por suerte, ha heredado la inteligencia de su madre.

—Freddy —se dirige a él el director—. ¿Qué me dices tú?
—Lo... lo siento mucho, señor.
—Me parece que no es a mí a quien debes pedir disculpas.

Freddy gira la cabeza hacia Aidan y, aunque temeroso por tener que pasar al lado de Niall, se planta frente a él y le dice:

—Lo siento mucho, Aidan... Te prometo que no volverá a pasar.

—Ya me encargaré yo de ello... —susurra Niall, recibiendo una pequeña patada de su padre.

Niall, subido a un lado del cuadrilátero, en una de las esquinas, no pierde detalle del combate. Incluso mueve la cabeza a un lado y a otro, de forma inconsciente, imitando los movimientos de su padre, que lucha contra uno de los boxeadores semi-profesionales que entrenan en el gimnasio. Es un tipo enorme y mucho más joven que él, pero, a pesar de eso, Kai le está poniendo las cosas complicadas. Aun así, poco antes de acabar el tercer asalto, el combate se empieza a decantar hacia el joven adversario, el cual, mediante un par de certeros ganchos de izquierda, tumba a Kai en la lona. Marty, que hace las veces de árbitro, empieza a contar. Niall se agarra con fuerza a la cuerda, aguantando la respiración hasta que ve a su padre levantarse. En ese momento, suena la campana. Kai se levanta y llega con mucho esfuerzo hasta la esquina. Marty, se acerca hasta él, le quita el protector bucal y le echa agua en la cara mientras le da alguna consigna. Niall se mantiene en un segundo plano, pero no le quita ojo de encima, con aspecto preocupado. Kai, en lugar de prestar atención a las palabras de Marty, mira a su hijo y le pide que se acerque.

–Estoy bien, tranquilo. No te asustes.

–Vale –contesta algo compungido.

–Me has visto pelear antes, y sabes que siempre me levanto.

–Eso es lo que me preocupa. Quizá –dice mirando hacia el lado opuesto del *ring* y agachando luego la cabeza–, es un oponente demasiado fuerte para ti, y deberías saber cuando no levantarte.

–¿Hablas en serio?

–No quiero que te hagan daño, papá.

–Hablas como tu madre... Pensaba que confiabas un poquito más en mí.

–Y confío...

–Ya lo veo.

Sin esperar más, Kai se vuelve a colocar el protector bucal y se levanta para empezar el cuarto asalto. Pero las palabras de Niall le han desconcentrado totalmente. Sus golpes no son nada certeros, y baja la guardia hasta el punto que, tan solo tres minutos después de comenzar el asalto, Marty vuelve a verse obligado a golpear la lona con la palma de la mano mientras cuenta hasta diez. Con mucho esfuerzo, antes de llegar al siete, Kai vuelve a levantarse, aunque con evidentes signos de mareo. Niall chasquea la lengua contrariado, igual que Marty, que conociéndole como le conoce, sabe que no vale la pena decirle nada porque Kai hará lo que le dé la real gana, y se retira a un lado para dejar que continúe el asalto.

–Papá... –susurra Niall con voz entrecortada y cara de preocupación.

Un minuto después, Kai vuelve a caer. Permanece boca arriba durante un buen rato, incluso después de que Marty haya contado hasta diez, con el labio y la ceja partidos. Incluso el otro boxeador se agacha al lado de Kai para comprobar su estado. Niall, muy asustado, corre hasta ellos y se arrodilla junto a su padre.

—¡Papá! ¿Estás bien? ¿Me oyes?

Niall zarandea a su padre agarrándole por los hombros, pero no es hasta que Marty le tira agua en la cara, que este no reacciona. Abre los ojos de golpe y se intenta incorporar rápidamente, pero se ve obligado a estirarse de nuevo, cogiéndose la cabeza con ambas manos. En cuanto el mareo cesa y vuelve a abrir los ojos, se encuentra con la mirada de preocupación de su hijo. Contrariado y molesto, se levanta y camina hacia el vestuario, donde se encierra durante varios minutos.

—Tranquilo Niall. Tu padre odia perder, ya lo sabes —le dice Marty—. Voy a ver cómo están sus heridas.

—Hola... —saluda Sarah asomando la cabeza por la puerta que da al jardín trasero.

Kai no dice nada, se limita a levantar el brazo para indicarle donde está. Sarah se acerca hasta la tumbona, disculpándose.

—Siento mucho llegar tan tarde, pero con la reunión de hoy en el colegio, se me han atrasado varios casos... ¿Habéis cenado? Porque yo he parado en...

En cuanto llega al lado de Kai y le ve la cara magullada, se queda muda. Se sienta a un lado de la tumbona y acerca su cara a la de él.

—Kai... ¿Qué...? ¿Qué te ha pasado? ¿Otra pelea?

Él no contesta, se limita a dar un largo trago a su cerveza.

—¡Me lo prometiste, Kai! ¡No más peleas! ¡Tienes el brazo derecho destrozado! ¿Quieres tener que volver a pasar por el quirófano y que no lo puedas mover nunca más?

–¡Joder, Sarah! ¡Fue una puta pelea de entrenamiento! ¡Solo eso! –dice Kai poniéndose en pie y caminando de un lado a otro.

–¡¿En serio?! ¡¿Entrenando dices?! ¡Pues te dejó la cara bonita!

–¡Lo sé! ¡Perdí! ¡Soy consciente de que ya no valgo para pelear! No hace falta que me lo recuerdes...

Kai, totalmente fuera de sí, da un fuerte puñetazo al tronco de uno de los árboles del jardín. Sarah se acerca rápidamente y, antes de que pueda propinar otro golpe, se pone frente a él y, cogiéndole la cara con ambas manos, le obliga a agachar la cabeza para mirarla.

–¿Qué pasa?

Al ver que él no contesta y rehúye su mirada, le da unos golpes en el pecho para intentar hacerle reaccionar. Kai la mira, con los ojos llenos de lágrimas y es entonces cuando Sarah se empieza a preocupar de verdad. Le coge de las manos y le conduce de nuevo hasta las hamacas. Le obliga a sentarse en una de ellas y se pone a su lado.

–Pensaba que ya habíamos hablado de esto y que estabas de acuerdo... Kai, sé que boxear es tu vida, pero el médico te lo dejó muy claro. Tienes el brazo bastante mal y si tiene que operarte de nuevo, puede que tenga que fijarte la articulación del codo y no lo podrías volver a mover nunca más...

–Lo sé...

–Hicimos un trato –insiste Sarah acariciando la mejilla de Kai–. Me prometiste que no habría más peleas, y antes de que me repliques, estoy segura de que lo de hoy, si era un entrenamiento, tú no te lo tomaste como tal. ¿Por qué?

Kai agacha la cabeza y fija la vista en el suelo. Al hacerlo, alguna lágrima que permanecía retenida a la fuerza en sus ojos, resbala por la mejilla.

–Quería... Quería hacerlo bien. Quería ganar... –solloza–. Por Niall.

–¿Niall?

–No quiero que piense que estoy acabado. Quiero... –Kai resopla, intentando encontrar las palabras para no sonar como un completo fracasado–. Quiero seguir siendo... ¡Oh, joder! No quiero que me vea como un puto inválido fracasado, Sarah.

–¡Niall no te mira así! ¡Te tiene en un pedestal!

–Hoy no... Hoy me miraba como si... como si tuviera claro que perdería el combate. Quería que dejara de pelear, que me rindiera.

–No quería que te rindieras, quería que no te hicieran daño.

–No quiero que me vea como un inútil... Recuerdo cómo me miraba hace un tiempo, cuando me veía pelear, su cara de orgullo y...

–Kai, mírame –le pide cogiendo su cara entre las manos–. Yo también me preocupo por ti, y encontrarte fue lo mejor que me ha pasado en la vida. Soy muy feliz a tu lado y estoy muy, pero que muy orgullosa de ti. La manera como te comportaste con Vicky desde el primer momento, lo mucho que cuidas de mí y lo buen padre que siempre has sido con Niall... Y lo que siento por ti, no va para nada ligado a que pelees más o menos, o a que ganes o pierdas tus combates. Para mí, siempre serás el mejor.

Sarah le da un beso en la boca, mordiéndole el labio inferior y tirando de él. Al ver que Kai no responde al gesto, vuelve a besarle, esta vez hundiendo la lengua en la calidez de su boca, saboreando el gusto a cerveza que aún perdura. Al fin, Kai rodea su cintura con un brazo y con un movimiento ágil, la tumba de espaldas en la hamaca, reclinándose encima de ella con suavidad.

–Jodidamente sexy y perfecta. Solo para mí...

—Solo para ti... —repite ella—. Acuérdate de lo que hablamos. Si tienes que volver a pasar por quirófano y te tienen que fijar la articulación del codo, que te lo dejen en la postura perfecta para que no dejes de abrazarme nunca...

—Te lo prometo. Nunca en la vida dejaré de tocarte —responde Kai riendo, sin despegar los labios de los de ella—. ¿Seguimos arriba?

Kai sube las escaleras hacia el piso de arriba, llevando a Sarah en brazos, sin dejar de besarla en ningún momento.

—¿Niall duerme? —le susurra ella al llegar al pasillo.

—Supongo. Subió a su habitación después de cenar...

—Déjame que vaya a ver...

La deja en el suelo y se pega a su espalda cuando ella abre la puerta del dormitorio de Niall. Está metido en su cama, tapado hasta la cintura, dándoles la espalda. Sarah entra y se acerca a él para darle un beso y arroparle bien, mientras Kai se queda apoyado en el quicio de la puerta.

—¿Mamá?

—Hola, cariño —responde ella en un susurro—. No pretendía despertarte.

—No estaba dormido del todo...

Sarah le mira sonriendo, ladeando la cabeza, mientras le acaricia la cabeza de forma cariñosa.

—¿Quieres que mañana vayamos a mirarte esas zapatillas que querías? —Niall se encoge de hombros y Sarah, sorprendida ante esa reacción, le pregunta—: Llevas semanas pidiéndolas... ¿Estás bien, mi vida?

—Papá se ha enfadado conmigo...

—No, cariño... —le dice Sarah mirando a Kai, que permanece quieto al lado de la puerta.

—No quiero que le vuelvan a operar. Prefiero seguir

entrenando con él a que no pueda mover el brazo... No... no quiero que le hagan daño, mamá...

–Niall... –interviene Kai.

El crío se pone tenso de golpe, sin esperarse la presencia de su padre. Niall mira a su madre, tragando saliva, asustado.

–Habla con él, cariño... –Sarah le da un beso y le abraza con fuerza antes de salir del dormitorio.

–Ahora voy –le dice Kai cuando ella sale por la puerta.

–Me voy a dar una ducha mientras te espero.

En cuanto ella se pierde por el pasillo, Kai entra en el dormitorio y cierra la puerta a su espalda. Se acerca hasta la cama de su hijo y se estira a su lado, encima de la manta. Niall se gira de cara a él, aunque rehúye su mirada, hasta que Kai le arropa de forma cariñosa y apoya la palma de la mano en su cara.

–Niall, lo siento. No quiero que pienses que me he enfadado contigo...

–Pero desde que salimos del gimnasio, no me has vuelto a hablar.

–Lo sé y lo siento. Estaba enfadado contigo y conmigo mismo. Me... Me cuesta hacerme a la idea de que ya no soy el mismo de siempre. No me acostumbro a la idea de que ya no puedo pelear como antes. Y... hoy te he visto sufrir por mí, y no quiero que esa sea tu cara cuando me veas boxear. No quiero que sientas lástima por mí, sino que estés orgulloso. ¿Te acuerdas cuando te llevaba a los combates y te sentabas en una esquina para verme? Solía mirarte, y ver tu cara, sonriendo orgulloso, me hacía sentir genial. Tengo miedo de... de dejar de ser tu héroe...

–Estaba preocupado porque no quiero que te hagan daño. Si te fijan el codo, no podré volver a entrenar contigo y eso sería una mierda... No quiero que pelees más, no hace falta, para mí sigues siendo el mejor, y no solo el mejor boxeador, sino también el mejor padre del mundo.

−¿El mejor padre del mundo? ¿Yo?

−Te lo digo de verdad −dice Niall, asintiendo a la vez con la cabeza−. Eres divertido, me escuchas, puedo contarte cualquier cosa, me ayudas en todo, cuidas de mí...

Niall se acerca a su padre y se acurruca contra su cuerpo, apoyando la frente en su pecho. Kai rodea su cuerpo con un brazo y, apoyando la barbilla en la cabeza de su hijo, suspira con fuerza.

−¿Me perdonas por haberme enfadado contigo?

−Sí. Papá −Niall levanta la cabeza y le mira directamente a los ojos−, no necesitas demostrarme nada. Para mí eres el mejor, aunque no pelees.

−¿Quieres que deje de hacerlo?

−¿De pelear? ¿Para siempre? −pregunta Niall mientras su padre asiente con la cabeza−. No. Quiero que sigas haciéndolo conmigo, prometo no darte fuerte.

Kai ríe a carcajadas mientras le abraza con fuerza.

−Oh, joder... Eres lo mejor que he hecho en mi vida, ¿sabes?

−Lo sé. Te quiero, papá.

−Y yo. No te imaginas cuanto.

−Sí me lo imagino. Estás dispuesto a dejar de pelear para siempre, por mí.

Se quedan un rato abrazados, hasta que Kai ve como se le empiezan a cerrar los ojos a su hijo.

−Descansa. Hasta mañana −susurra en su oreja−. Te quiero.

Kai le observa durante unos segundos más, apoyado en el marco de la puerta. Jamás entendió por qué su padre nunca perdió la fe en él, por qué siempre estuvo apoyándole hasta el final, incluso cuando ni él mismo creía en sus posibilidades. Hasta ahora. Daría la vida por Niall, sin dudarlo un segundo y sabe que, por muy malas que sean las decisiones que tome en su vida, nunca le dejará solo.

–¿Mejor? –le pregunta Sarah abrazándole por la espalda.

–Mucho. Es un tío estupendo.

–Como su padre.

–¿En serio? No le conozco... –bromea Kai dándose la vuelta hasta quedarse de cara a ella.

–¿No? Pues es un tipo bastante guapo.

–¿En serio?

–Ajá... Y divertido, y fuerte, y jodidamente sexy –contesta Sarah mordiéndose el labio inferior.

–¿Me tengo que poner celoso? –Kai la agarra del culo y ella coloca las piernas alrededor de su cintura, mientras besa sus labios con violencia y ella jadea de placer.

–Mucho –dice Sarah separándose de él unos centímetros–, porque creo que estoy muy enamorada.

–¿Aún? –pregunta Kai sonriendo de forma pícara.

–Más que nunca.

–¿No te has cansado de mí a pesar de todos mis defectos?

–¿Sorprendido? ¿Tan poca fe tienes en ti mismo?

–Bueno, creo que tengo, ciertos... encantos irresistibles, eso es cierto. ¿Te los enseño?

–Ya estás tardando...

EPÍLOGO 3

PENNY

Zoe abre un ojo, sintiéndose totalmente descansada y relajada. Se despereza con fuerza, estirando los brazos y las piernas, revolviéndose entre las sábanas blancas de su cama. Palpa a su derecha, buscando a Connor, pero encuentra el sitio vacío. Se gira extrañada, pero entonces le ve de pie a un lado de la cama, dándole la espalda, vestido con un bóxer y una camiseta de manga corta. Se mueve despacio, cambiando el peso de un pie a otro, meciendo al pequeño Kellan entre sus brazos mientras le canta susurrando.

–Esta noche te estás portando muy bien, ¿eh? Y vamos a dejar dormir a mamá, ¿a que sí? –dice mientras Kellan hace ruiditos con la boca y mueve los bracitos para intentar coger la cara de su padre–. ¿Tienes ganas de jugar? Si te duermes un ratito más, papá juega contigo luego. ¿Trato hecho? ¿Qué prefieres para ayudarte a dormir, que siga cantando o bailo? Como ves, las dos cosas se me dan genial, ¿a que sí?

Zoe apoya la cabeza en la mano y observa la escena con una gran sonrisa dibujada en los labios. Cuando volvieron a empezar de cero, aquella maravillosa noche de la inauguración de su primera exposición, pensó que no podía estar más enamorada de él. Pero se equivocaba. Verle hace seis años, emocionado en mitad del quirófano, meciendo a Penny entre sus brazos, fue increíble. Verle cambiar sus primeros pañales fue divertidísimo, incluso aquella vez que puso cinta adhesiva alrededor porque, según él, el pañal se abría con facilidad. Verle hacer muecas divertidas mientras Penny reía a carcajadas fue enternecedor. Verle sentado en una silla pequeñísima, jugando a las muñecas, fue genial. En definitiva, se enamoró aún más de él al convertirse en padres por primera vez. Y, afortunadamente, hacía algo más de seis meses, vino Kellan al mundo. Así que ahora, le ve ejercer de padre por partida doble.

–Eso es... –dice tumbando a Kellan de nuevo en la cuna.

Se gira con sigilo y en cuanto mira a la cama, ve a Zoe despierta, mirándole totalmente embobada.

–Lo siento –susurra metiéndose debajo de las sábanas y abrazando a Zoe–. No quería despertarte.

–No te preocupes. Me he despertado porque no tengo más sueño. He dormido de un tirón. ¡Qué pasada! Muchas gracias.

–De nada –dice besándola mientras aprisiona su cuerpo contra el colchón–. Ya sabes que ahora que Rick y yo hemos decidido pasar el testigo a los nuevos talentos, tenemos más tiempo libre. Y yo el mío he decidido dedicarlo por entero a vosotros.

–¿Te ha dado mucho trabajo esta noche?

–No. Se despertó a las dos de la madrugada, le di un biberón y se durmió enseguida hasta las seis. Se lo ha acabado enterito y esperemos que nos deje dormir hasta, por lo menos, las diez.

–Pero yo ahora no tengo sueño... –dice Zoe haciendo pucheros con el labio inferior.

–¿No? Después de varios meses durmiendo una media de tres horas por noche, yo invernaría por lo menos hasta marzo.

—Es que... ¿sabes qué pasa? Que te echo de menos... —susurra tirando de su camiseta para quitársela por la cabeza, hasta dejarle con el torso desnudo—. Y tenía la esperanza de que tú también me hubieras echado de menos...

—Bastante, para qué negarlo.

—No recuerdo ni cuándo fue la última vez que estuvimos juntos, despiertos y desnudos en esta cama...

—Hace exactamente cuarenta y ocho días.

—¿En serio? ¿Tanto? ¿Llevas la cuenta? —Connor asiente mientras Zoe le acaricia la cara—. Lo siento...

—¿Por qué lo vas a sentir? No pasa nada, es comprensible que las horas que no tenías al enano enganchado a la teta, las aprovecharas para dormir.

—Entonces, ¿qué te parece si empezamos a recuperar el tiempo perdido...?

Connor sonríe mientras, como si estuviera haciendo una flexión, acerca su cara a la de Zoe, aguantando todo el peso en sus brazos. Ella, por su parte, toma eso como un sí y mete los dedos por la goma del calzoncillo y empieza a quitárselos. Hunde la nariz en su cuello y le da pequeños mordiscos en el hombro mientras inspira con fuerza.

—Este es mi lugar favorito en el mundo. Soy un adicto a este olor, a la mezcla del coco y tu piel.

—Estás loco. —Ríe Zoe mientras Connor acaricia su piel con la incipiente barba de su mentón, dibujando un camino descendente desde el cuello, pasando con delicadeza por sus pechos, los cuales siguen siendo, de momento, de uso y disfrute únicos y exclusivos de Kellan, bajando por su vientre, hasta llegar a la tela del tanga.

—Cierto. Me tienes loco perdido...

El calor del aliento de Connor no le es indiferente a

Zoe, y la obliga a retorcerse encima del colchón. Luego, cuando él abre la boca y muerde con suavidad el tanga, ella arquea la espalda y abre los brazos en forma de cruz. De repente escucha como se rasga la tela.

—Doy por reinaugurado este espacio de ocio —dice Connor tirando el tanga hacia atrás, mientras Zoe ríe a carcajadas.

Lentamente, Connor se estira encima de ella, apoyando todo el peso del cuerpo en sus antebrazos.

Se miran a los ojos, sonriendo, mientras ella le acaricia el puente de la nariz y besa con ternura su cicatriz.

—Te amo con todas mis fuerzas —le dice él moviendo lentamente las caderas y hundiéndose en ella hasta el fondo.

Zoe hunde los dedos en el pelo de Connor y se agarra con fuerza mientras las embestidas se vuelven más rápidas y anhelantes.

—¡Mami! ¡Papi! ¡Ha ocurrido una catástrofe!

La puerta del dormitorio se abre de golpe y Penny aparece por ella. Connor da un brinco y se separa de Zoe de golpe, mientras ambos se tapan con la sábana, respirando con dificultad.

—¡Joder, Penny! ¿No sabes llamar a la puerta? —la increpa Connor.

—¡Es que es una emergencia!

—¿Qué ha pasado, cariño? —le pregunta Zoe en un tono mucho más calmado

—¡Mirad! —dice levantando los brazos y enseñándoles lo que agarra con las manos.

—¿Qué cojones es eso? —pregunta Connor.

—¡Es Chewbacca!

—¿¿Eso es el puto conejo?!

—Connor, por favor... Córtate un poco...

—¡Sí! —responde Penny con los ojos llorosos, justo en

el instante en que Kellan se despierta por el alboroto y empieza a berrear.

–Oh, genial. –Connor se tapa la cabeza con la almohada–. Parece ser que van a ser cuarenta y nueve días...

Zoe le da un manotazo y se pone su calzoncillo antes de bajarse de la cama. Saca a Kellan de la cuna y lo deja al lado de Connor, para centrarse en Penny.

–A ver, cariño –dice agachándose frente a la niña–, ¿qué...? Espera, espera. ¿Esto es pintura?

–¡Sí! Estaba pintando en mi habitación y él estaba suelto, caminando alrededor y se quiso comer la pintura. Puso las dos patitas en el bote y se le cayó todo encima.

Zoe sale al pasillo y entonces ve, horrorizada, el reguero de pintura que ha dejado por todo el pasillo, imaginándose el caos que debe de haber montado en la habitación de Penny.

–Connor, te necesito –le dice mientras ve como Kellan ha dejado de llorar y se entretiene dándole palmadas en la cara a su padre–. ¿Estás visible?

–Si me devuelves los calzoncillos o me pasas unos limpios, lo estaré.

–Me refiero a si estás ya menos... tenso... Ya me entiendes. –Zoe abre el cajón de la cómoda y le lanza unos bóxers limpios.

–Puedes estar segura. Después del susto, no me vuelvo a «tensar» hasta, por lo menos, dentro de cuarenta y ocho días más –dice ya en pie, vestido solo con el calzoncillo, llevando a Kellan en brazos.

–Tengo que limpiar todo este desaguisado. Intenta darle un baño a Chewbacca para ver si le quitamos toda la pintura de encima.

–¿Y qué pasa si no se va? –pregunta Penny con los ojos muy abiertos, abrazando al conejo y manchando su pijama de pintura.

—¡Penny! ¡No te acerques a Chewbacca a la ropa! —le pide Zoe.

—Vale, dame —dice Connor quitándole al animal de las manos, después de haber dejado a Kellan en la cuna, donde se ha quedado llorando.

Camina con paso ligero hasta el baño, seguido de cerca por Penny que, preocupada por su mascota, llora sin consuelo. Connor inmoviliza a Chewbacca contra el suelo de la ducha mientras le echa agua. El animal se revuelve nervioso, llegando a morderle en la mano.

—¡Joder! ¡Mierda!

—¡Le haces daño, papá!

—¡Me ha mordido, Penny! Gracias por preocuparte por mí.

La niña se pone las manos frente a la boca, sin despegar los ojos del pequeño conejo, que se retuerce bajo la mano de Connor, intentando zafarse de su agarre. Minutos después, viendo que la tarea se complica y que ni mucho menos consigue quitarle toda la pintura, Connor le pide a Penny que vaya a buscar la pequeña jaula de viaje. Envuelve al animal en una toalla para que no coja frío y lo mete dentro.

—¿Qué hacemos? ¡No está limpio!

—Me lo llevo al veterinario. A ver si allí le pueden limpiar del todo, y así me ahorro más mordiscos —dice mirándose la mano, llena de pequeños cortes con sangre.

Connor vuelve al dormitorio, donde encuentra a Kellan, jugando dentro de su cuna con un muñeco que le ha dado Zoe. Se pone unos vaqueros y una camiseta blanca de manga corta, se moja el pelo y se lo peina hacia atrás con los dedos. Cuando acaba, sale de nuevo al pasillo, donde se encuentra con Penny, que le mira fijamente con sus enormes ojos azules, agarrando con fuerza contra su pequeño cuerpo la jaula de Chewbacca. Arrepintiéndose de haberle gritado, se agacha frente a ella y, colocándole unos mechones de pelo detrás de las orejas, le dice:

−¿Quieres acompañarme? −Penny asiente sin abrir la boca−. Vale, pues ve a vestirte.

Ambos entran en su habitación, donde está Zoe recogiendo los botes de pintura, enrollando la alfombra y extendiendo papel absorbente por todo el suelo.

−¿Cómo ha quedado? −pregunta al verles entrar.

−No sabría decirte si se parece más al cantante de los Sex Pistols o a Cindy Lauper.

A Zoe se le escapa la risa, a pesar de la situación en la que están metidos, contagiando a Connor, mientras Penny les mira enfadada.

−¡No os riáis de Chewbacca!

−A lo mejor él se ve guapo... ¿Has probado a ponerle frente al espejo? A lo mejor nos ahorramos un viaje al veterinario... −le dice Connor.

−¡No!

−Vale, vale... −responde intentando contener la risa y, mirando a Zoe, añade−: Nos vamos al veterinario para ver qué se puede hacer.

−Vale... Yo tengo para rato aquí...

−¿Me llevo a Kellan y le dejo en casa de tu padre?

−Me parece perfecto. Pero pregúntale antes si tiene planes, no vaya a ser que tenga otra manifestación en contra del gobierno y se le ocurra volver a llevar a Kellan consigo.

−Seguro que era el manifestante más joven.

−No lo dudo...

Cuando se quedan solos, porque Penny se ha metido en el baño para asearse, Zoe se acerca a Connor.

−Míralo por el lado bueno, parece que no se ha dado

ni cuenta de lo que hacíamos cuando ha irrumpido en la habitación.

—A lo mejor nos tapaba la sábana...

—Puede... —dice Zoe arrugando la nariz.

—Mamá —dice Penny, ya vestida, asomando la cabeza por la puerta del baño—, ya estoy. ¿Me peinas?

—No puedo, cariño —responde ella mostrándole las manos sucias, llenas de pintura—. Que te peine tu padre.

Penny gira la cabeza hacia él y, encogiéndose de hombros, entra de nuevo en el baño. Connor mira a Zoe con los ojos muy abiertos, mientras ella se encoge de hombros y le hace una seña con la cabeza para que se mueva.

—A ver...

Connor, con el peine en la mano, mira la cabeza de su hija, sin saber bien por dónde empezar. Lo hunde en el pelo e intenta cepillar hacia las puntas, pero encuentra un enredo y, lejos de intentarlo desenredar con cuidado, tira con más fuerza, haciendo gritar a Penny.

—¡Papá! —se queja.

—Lo siento, lo siento.

—Hazme una coleta y ya me lo desenredará mamá.

—Vale... Una coleta... —dice Connor dando vueltas sobre sí mismo, buscando algo, aunque no sabe bien qué.

Penny se baja de la banqueta donde está subida y le acerca una goma de pelo.

—Con esto.

Connor coge el pelo de su hija y empieza a intentar recogerlo con la goma. Varios segundos después, con la frente arrugada y sacando la lengua a un lado, empieza hasta a sudar. Al final, desesperado, tira la goma a un lado, sale a la habitación y vuelve a entrar con una gorra en la mano. Se la pone en la cabeza a Penny y, cogiéndola en brazos, la pone frente al espejo para que se vea.

—Perfecta. Nos vamos.

—Hola, abuelo.

—¡Hola, pequeña! ¿Qué le has hecho al bicho? ¡Está muy moderno!

—Se lo ha hecho él solo, y no es bueno. Vamos al veterinario para ver si le pueden dar un baño a fondo... Si no, tendrán que cortarle el pelo y sin pelo... ¡parecerá una rata!

—Gracias por quedarte con Kellan —interviene Connor.

—De nada. Lo hago encantado. Y, si quieres, me quedo también con mi princesa.

—No, abuelo. Quiero acompañarle. Chewbacca no se fía de papá.

—Hace bien —dice Matthew, bajo la mirada de reproche de Connor.

—Nada de manifestaciones ni protestas.

—Hecho.

—Y nada de chocolate.

—Hecho.

—En la bolsa tienes un biberón con leche.

—Perfecto. ¿Le puedo llevar al parque?

—Como quieras. Te lo recogemos luego —contesta Connor con evidentes signos de cansancio.

—Tranquilo, Connor. No te pongas nervioso, que yo me apaño bien. Vete tranquilo.

—No te molestes, abuelo. Está de mal humor.

—Cariño, tienes que entenderlo —dice Matthew agachándose frente a su nieta—, los adultos a veces tenemos demasiadas cosas de las que ocuparnos y estamos cansados... Papá y mamá cuidan a Kellan por la noche y si los despiertas por la mañana muy temprano...

–¡Yo no los he despertado! ¡Ya estaban despiertos! Estaban desnudos en la cama, dándose besos.

Connor, que estaba dejando la bolsa de Kellan encima de la mesa del salón, se paraliza al instante. Se da la vuelta y mira a Matthew con los ojos muy abiertos, mientras este le observa con cara de querer asesinarle.

–No estábamos desnudos... –dice Connor.

–Sí lo estabais, no digas mentiras. Y hacíais el amor.

–Oh, por Dios. –Matthew se lleva las manos a la cabeza.

–Cariño... –Connor se agacha frente a su hija–. ¿Quién te ha enseñado eso?

–En el cole... Bobby dice que los mayores hacéis el amor.

–¿Hacer el amor? –insiste Connor.

–Sí, ya sabes –contesta Penny con total naturalidad–. Besarse en la boca estirados en la cama.

Connor respira algo más tranquilo, aunque sigue soportando la mirada inquisitiva de Matthew.

–Bueno, cariño, pues tienes razón. Tu madre y yo nos estábamos besando en la cama. Pero eso no es nada malo, ¿verdad? Escucha, lo siento mucho. Siento haberme puesto de mal humor y haberte gritado. ¿Me perdonas?

–Sí... –contesta Penny al rato.

–¿Vamos a ver qué podemos hacer con Chewbacca?

–Vale...

Connor coge la pequeña jaula de Chewbacca con una mano y a Penny con el otro brazo. La pequeña enseguida se agarra de su cuello y apoya la cabeza en su hombro, mirándole con ojos tristes. Él besa cariñosamente la mejilla de su pequeña.

–Todo va a ir bien, Penny. Te lo prometo. ¿Me crees?

–pregunta mientras ella asiente con la cabeza, apretando los labios.

Media hora después, Connor y Penny salen de la clínica veterinaria. La niña, cogida de la mano de su padre, no puede dejar de mirar hacia el interior, preocupada. Él, por su parte, saca el teléfono y llama a Zoe.
—Hola, guapo.
—Boletín informativo —responde él.
—Soy toda oídos.
—Kellan sigue con tu padre. No tiene manifestación o sentada alguna. Lo máximo que harán será ir al parque. Le he dejado la bolsa con el biberón, los pañales y la ropa de recambio.
—Perfecto.
—Chewbacca ya está en su sesión de peluquería. Se lo han quedado para darle un baño a fondo, aunque puede que tengan que cortarle algún mechón de pelo donde la pintura se haya secado. Nos han dicho que, en todo caso, intentarán dejarlo lo más guapo posible —dice mirando a Penny, que le sonríe tímidamente.
—Bueno, parecen buenas noticias, ¿verdad?
—Sí...

Penny ve un parque y tira del brazo de Connor para preguntarle si puede ir. Él asiente con la cabeza y deja que vaya corriendo hacia allí mientras él se sienta en uno de los bancos.
—Y por último, aprovechando que está jugando en el parque y no nos oye, tu hija le ha dicho a tu padre que esta mañana estábamos haciendo el amor.

Zoe se atraganta y empieza a toser de forma incontrolada. Cuando se calma, al cabo de un rato, le cuesta encontrar las palabras.

–¿Cómo...? ¿Qué...? ¡Dios mío, mi padre!

–Sí... Después del susto inicial, y de temer por mi vida por la cara que ha puesto, que se debe de pensar que Penny y Kellan son como una especie de milagro y han sido concebidos por telepatía, hemos averiguado que hacer el amor es darse besos estirados en la cama.

–¿En serio? –pregunta Zoe mucho más relajada, incluso llegando a soltar alguna carcajada–. ¿Y dónde ha aprendido eso?

–En el colegio. Un tal Bobby ha sido el profeta. Recuérdame que le de una colleja cuando tengamos el placer de conocerle...

–Bueno, pues parece que lo tenéis todo bajo control.

–Sí, ¿y tú qué tal?

–Bueno, el suelo ya está limpio, aunque dudo mucho que la alfombra del cuarto de Penny vuelva a ser la de siempre. Luego me acercaré a la tintorería. En un rato me voy a la galería y comeré algo por ahí. ¿Os apañáis bien?

–Sí. Ahora vamos a ir a tomar un helado y luego, ya veremos. Quizá recojamos a Chewbacca y a Kellan y nos vayamos a comer. O a lo mejor le dejo el enano a tu padre y me llevo a mi chica por ahí.

–Me voy a poner celosa... Y más sabiendo que hasta dentro de cuarenta y ocho días no se te va a volver a levantar...

–Ah, en cuanto a eso, era broma, evidentemente. Así que quizá, esta noche, podamos volver a intentarlo...

–¿Intentar... hacer el amor?

–Ajá...

–¿Darnos besos estirados en la cama?

–Y lo que surja luego...

–Bueno, me lo pensaré.

Los dos ríen, y luego se quedan un rato en silencio.

–Te amo –dice ella.

—Y yo.
—¿Desde el suelo hasta el techo? —pregunta Zoe copiando las palabras que siempre dice Penny.
—Quizá algo más.
—Papi, ¿vamos ya a por el helado? —dice Penny plantada a su lado.
—Lo siento, me reclaman.
—Eso, vete con la otra —bromea Zoe.
—Dile adiós a mamá —dice Connor poniendo el teléfono en la oreja de su hija.
—Hasta luego, mami.
—Pásalo bien, cariño.

—¿A quién le toca ahora? —pregunta la chica detrás del mostrador.
En cuanto levanta la vista y ve a Connor se queda con la boca abierta y se sonroja al instante. Él mira a su hija y ella se adelanta para pedir.
—Quiero un helado de tres bolas —dice Penny con una gran sonrisa en la cara.
La chica no le hace caso y sigue mirando embelesada a Connor.
—¡Hola! —Penny mueve los brazos para llamar su atención, cosa que no surte efecto hasta que su padre no la levanta y la coloca dentro del campo de visión de la dependienta—. ¡Hola!
—Ah... Eh... Hola... Un polo de fresa, me has dicho, ¿verdad?
—Casi aciertas. Un cucurucho con tres bolas —responde Penny sin cortarse un pelo.
—Perdona. ¿De qué sabores quieres las bolas?
—Vainilla, chocolate y fresa.
La chica empieza a montar el cono con destreza bajo

la atenta mirada de Penny, que está pegada al cristal con los ojos muy abiertos.

—Vaya pedazo de helado que te va a comprar tu... ¿padre?

—Sí —contesta Penny sin mirarla a la cara.

—¡Qué guay! ¡Cómo te cuida!

—Me está haciendo la pelota porque hoy se ha puesto nervioso y me ha gritado cuando los he pillado a él y a mamá haciendo el amor y...

—Vale. Toma, Penny —dice Connor cogiendo el cucurucho de la mano de la dependienta, que les mira con la boca abierta, y dándoselo, dice—: No estábamos... Ella no sabe lo que... Es igual. ¿Cuánto es?

—Tres dólares.

—Toma —dice dándole un billete de cinco—. Quédate con el cambio.

Salen de la heladería y Connor camina a paso ligero, tirando de Penny de una mano, mientras la pobre intenta hacer malabarismos con la otra para que no se le caiga la torre de bolas de helado.

—¡Papá! ¡Que se me va a caer!

Connor se detiene de golpe y se gira para mirar a Penny, que le observa con sus enormes ojos azules muy abiertos. Al rato, se le escapa la risa al ver los esfuerzos que hace para lamer el helado sin que la torre se incline a uno u otro lado. Saca el teléfono y dice:

—Penny, mira.

Cuando la pequeña levanta la vista, sin despegar la boca del cucurucho, le hace una foto y sonríe mientras se la envía a Zoe.

La dependienta de la heladería también sabe que esta mañana nos hemos dado besos en la cama. La noticia corre como la pólvora.

—¿A ver la foto? —le pide Penny.

Connor le da la mano y la lleva hasta un banco, donde él se sienta, poniéndola a ella en su regazo.

—Mira —dice apoyando la barbilla en su hombro.

—¿Se la has enviado a mamá? —pregunta sonriendo.

—Claro. Estás muy guapa.

—¿Como mamá?

—Sí.

—¿Te gusta mamá?

—Mucho, cariño.

—A mamá también le gustas mucho.

—¿En serio?

—Sí, el otro día, cuando estuve de compras con ella y tía Hayley, dijo que le seguías pareciendo el tío más guapo y sexy del mundo.

—¡Vaya! ¡Qué suerte la mía!

—No es tan raro, a la dependienta de la heladería también le has gustado y seguro que diría lo mismo.

—¿De esas cosas habláis cuando vais de compras? —pregunta Connor sin poder reprimir la risa.

—Sí, y del cuerpo de Kai, del culo de Evan y del dependiente de la tienda, y de las tetas operadas de la vecina de tía Hayley.

—¡Madre mía!

—¿Quieres un poco? —dice dándose la vuelta y sentándose de cara a él.

Connor acerca la boca al helado y entonces una de las bolas empieza a resbalar de la torre. Penny ríe a carcajadas mientras él intenta volverla a colocar la bola en su sitio.

—¡Ayúdame! ¡No te quedes ahí sin hacer nada!

Penny, en cambio, lejos de ayudarle, sigue riendo como una loca, moviendo la mano sin poder evitarlo, provocando que la torre de helado se desestabilice aún más. Como consecuencia de ello, la bola de chocolate cae en la camiseta de Connor.

—¡Oh, joder! ¡Qué frío!

Se pone rápidamente en pie, cogiendo la bola con una mano y a Penny debajo del otro brazo. Corre hacia la papelera más cercana y tira el helado dentro, justo en el momento en que la bola de vainilla cae en la camiseta de ella.

—¡Madre mía la que estamos liando! —dice despegando la bola de helado de la camiseta de su hija, que sigue sin parar de reír—. ¡Míranos! Mamá nos va a matar... ¡No te rías!

—¡Es que no puedo parar!

Penny se tira al suelo y se retuerce mientras Connor la observa, totalmente embelesado. Al rato, la coge y la lanza por los aires.

—¿Vamos a ver cómo está Chewbacca? —le pregunta.

—Vale. ¿Llevas pañuelos de papel para limpiarnos?

—Ups, pues no... —contesta mirando alrededor hasta que da con una fuente en un parque cercano—. Pero ahí hay una fuente.

Cuando llegan a ella, Penny le mira arrugando la frente. Está situada en mitad del parque y es enorme, con grandes chorros intermitentes que salen disparados desde los bordes hasta el centro de la estructura.

—Papá, eso no es una fuente para beber. Es una fuente de adorno, con chorros.

—¿Y? Ya verás —dice cogiéndola en alto como si fuera un avión—. ¿Lista?

—No estoy segura...

En ese momento uno de los chorros sale disparado hacia el centro de la fuente y Connor acerca a Penny hasta él.

—¡Saca las manos! ¡Corre!

Ella hace lo que le dice y se moja las pequeñas manos, dejándolas más rato de lo necesario, pasándoselo en grande. En cuanto la deja en el suelo, él también se moja las manos.

—Y ahora con las manos mojadas, nos limpiamos los churretes de helado. Déjame verte –le pregunta para ver cómo lo está haciendo–. Perfecta. ¿Y yo?

—Espera, que aún te queda un poco...

Penny se acerca de nuevo al agua y, después de hundir una mano en el agua, salpica a su padre.

—¡Pero bueno! ¿Esto qué es? ¿Me atacas por la espalda? Corre porque como te pille, te tiro de cabeza.

—¡No!

Penny sale corriendo alrededor de la fuente, mientras Connor la persigue gritando para asustarla de broma. Cuando la atrapa, la levanta y le empieza a hacer pedorretas en la barriga.

—¡Para, papá! ¡Para! –grita ella, retorciéndose de la risa–. ¡Por favor! ¡Perdona, no lo haré más!

—Bueno –dice la veterinaria–. Pues aquí tienes a Chewbacca.

Lo pone encima de la mesa y a Penny se le ilumina la cara al instante. Está perfecto, con todo el pelo limpio y bien peinado.

—¡Hola! –dice cogiéndole en brazos–. ¡Estás guapísimo!

—¡Vaya! Es verdad. Está como más... esponjoso.

Cuando Connor intenta acariciar al animal, este se revuelve y, de forma arisca, le intenta dar un mordisco en la mano.

—¡Este bicho me odia a muerte! ¡Oye, que yo te intenté limpiar! –le dice señalándole.

—No se lo tengas en cuenta, papá. Estaba asustado y confundido...

La veterinaria ríe divertida, observando a padre e hija hablar.

—Puede que esté un tiempo arisco con usted, no se preocupe —dice.

—Te tiene manía porque siempre le dices que un día lo cocinarás al horno con patatas —dice Penny abrazando a Chewbacca—. Y hieres sus sentimientos...

—Espero que me perdone... No podré vivir si no lo hace... —ironiza Connor mientras Penny le saca la lengua.

Después de pagar y salir a la calle, Connor mira el reloj y, al ver que se acerca la hora de comer, se agacha frente a su hija y le pregunta:

—¿Quieres que vayamos a comer juntos?

—¿Es una cita? ¿Solos los dos?

—Y el bicho.

—¿Sin Kellan?

—Sin Kellan.

—¡Genial! ¡Sí quiero! ¡Sí quiero! ¡Vamos a la hamburguesería que fui el otro día con mamá y Hayley!

—Vale, espera que avise a tu abuelo y a tu madre de nuestros planes.

Media hora después, ambos están sentados en una mesa de una pequeña hamburguesería cercana a su casa. Penny abre el pan y aparta la lechuga. La hunde dentro de su vaso de agua para lavarla y la mete dentro de la jaula de Chewbacca.

—¿No le das la tuya también? —le pregunta a Connor, que deja de masticar al instante, mirándola con una ceja levantada—. Por favor... Así conseguirás que te perdone más rápido...

Resignado, deja la hamburguesa en el plato, la abre y saca la lechuga. Cuando está a punto de meterla en la jaula, Penny le detiene.

–¡Pero lávala antes! Que la mostaza no le gusta.
–Ah... ¿El kétchup sí?
–El kétchup no pica y por eso sí le gusta.

Penny coge la lechuga de la mano de su padre y la sumerge en su vaso de agua. Connor hace una mueca de asco con la boca.

–¿Y ahora te vas a beber ese agua?
–¡Qué va! ¿Me compras una Coca-Cola? En una cita tienes que conseguirle todos los caprichos que te pida la chica.
–¿Y eso quién lo dice? ¿Por qué no puede ser la chica la que pague los caprichos del chico?
–Porque la chica puede conseguir otro novio enseguida, mientras que el chico se queda llorando en casa, acordándose de ella.
–Vale, me has convencido.

A última hora de la tarde, Connor llega a casa con Kellan durmiendo en sus brazos mientras Penny, incansable, brinca a su alrededor bailando con Chewbacca.

–Hola, chicos –dice Zoe que, al verles, se queda de piedra–. Esto... ¿dónde habéis estado?
–Papá y yo hemos tenido una cita.
–¿Así tratas tú a tus citas ahora? Gracias por advertírmelo, me lo pensaré mucho cuando salgamos solos, de aquí a... diez años mínimo –dice mirando a Kellan.
–Tuvimos un pequeño problema con un helado... Y luego otro con un sobre de kétchup.
–Venga, que os preparo un baño caliente para ti y tu hermano –dice cogiendo a Kellan y dándole un beso a Connor.
–No, yo quiero que me duche papá, en vuestro baño –dice Penny–. Hoy es solo mío. No tengo que compartirle con Kellan.

—Bueno, si tu padre está de acuerdo... ¿Te ocupas de ella y yo del enano?

—Vamos allá —dice cogiéndola en brazos.

—Y me pones música.

—Como usted mande.

Entran en el baño y Connor la ayuda a desvestirse mientras el agua de la ducha empieza a correr para calentarse.

—¿Quieres ver como tu madre se pone nerviosa?

—Sí —contesta la niña sonriendo.

—Espera y verás —dice guiñándole un ojo—. ¡Cariño! ¡¿La ropa de Penny la pongo para lavar o la guardo para mañana?!

—¡¿Tú qué crees?! ¡Mírala bien, Connor! —La oyen gritar mientras los dos ríen.

—Vale, vale, solo preguntaba...

—Y la tuya, te adelanto que también será para lavar.

Una vez desvestida, Connor mete la mano bajo el agua y comprueba que su temperatura es perfecta.

—Ya puedes entrar.

—Tú siéntate ahí. Ya no hace falta que me ayudes, que yo lo hago solita. Ya no soy un bebé como Kellan.

—Vale.

Connor se sienta en la taza del váter, con el albornoz rosa de las princesas y la toalla a juego en el regazo. Penny se coloca debajo del chorro de agua y, con los ojos cerrados, levanta la cabeza hacia arriba, dejando que el agua resbale por todo su cuerpo. Al rato, empieza a enjabonarse con la esponja, y luego hace lo propio con el pelo.

—¿Te ayudo un poco? —dice al ver que tiene algunos problemas para llegar a lavarse toda la melena.

—Vale, pero solo donde no llego.

Connor se pone champú en la mano y le enjabona el

pelo con brío, sacando la lengua a Penny cuando ella le mira. Cuando acaba, ella le echa y empieza a enjuagarse.

–¡Música! –dice mirándole desde detrás de la mampara, con un ojo cerrado al haberle entrado jabón.

–Uy, sí, usted perdone, señorita.

En cuanto enciende el reproductor, Penny empieza a moverse sin descanso, utilizando la esponja como si fuera un micrófono, cantando todas las canciones que suenan. De repente, se le ilumina la cara y, abriendo la puerta de la mampara, grita:

–¡Esta me encanta! ¡Sube el volumen, papi! Me la sé enterita, me la enseñaron mami y tía Hayley.

–Tiemblo ya...

Entonces, Penny empieza a cantar y a mover las caderas. Los ojos de Connor se abren como platos al ver la soltura con la que su hija se mueve y lo clara que la canta, aunque tiene dudas de que sepa lo que significa la mitad de lo que dice. La letra no es para nada apropiada para una niña de seis años, pero está tan graciosa y divertida, que Connor no puede evitar reír a carcajadas, moviendo los hombros mientras ella le mira directamente, como si le cantara a él, acercando la esponja a su boca. En ese momento, Zoe entra en el baño bailando, moviendo el culo y las caderas como su hija.

–¿Qué te parece cómo se mueve la enana? –dice sentándose en el regazo de Connor.

–Que, definitivamente, ha heredado el ritmo de su padre –contesta mientras le rodea la cintura con sus manos.

–Sí, sí, seguro.

–Y que ya os vale a ti y a Hayley. ¿No podíais enseñarle canciones infantiles?

–¿Qué va! ¡Qué horror!

Zoe apoya la espalda en el pecho de Connor y reposa la cabeza en su hombro, mientras los dos observan bailar a su hija.

—Cariño, toca salir, ¿eh? –la apremia Zoe al rato.

—Un ratito más, que creo que aún tengo jabón en alguna parte.

—¿Qué os pasa a las mujeres de esta casa con mi ducha?

—La verdad es que no la culpo. Es una gozada.

—¿Cuándo la volveremos a compartir juntos? –susurra Connor en su oído.

Zoe se gira y se coloca de cara a él. Le mira mordiéndose el labio inferior y, pasando las manos por detrás de su cuello, le besa en los labios.

—¿Esta noche, por ejemplo? –insiste él.

—Si Penny no te ha dejado demasiado destrozado...

—Algo, pero me recupero rápido.

—¿En serio? –dice besándole, sin despegar su frente de la de Connor, acariciando su nariz con la de él, rozando sus labios con los suyos–. Pues te aviso desde ya, que luego, cuando hayamos acostado a las fieras, te arrancaré la ropa.

—Ah, pues vale...

—Para que no te pille desprevenido y eso... Que no pienses: Dios mío, me están violando...

—Vale... Lo tendré en cuenta.

Él agacha la vista hasta sus manos, que agarran a Zoe por la cintura y ascienden por sus costados, levantando un poco su camiseta, mostrando parte de su tersa piel.

—Ya estoy –dice una vocecita a su lado–. Si os queréis seguir besando, me pongo yo sola el pijama...

—Míralo por el lado positivo, al menos no nos has pillado haciendo el amor... –dice Connor mientras Zoe le da un pequeño pellizco de advertencia, intentando reprimir la risa–. Como no estamos en la cama...

—Sí... Menos mal... –contesta Penny poniendo los ojos en blanco.

—Ven, te seco yo el pelo y te lo cepillo y dejamos que papá se duche.

—Sí, porque papá hace muchas cosas bien, pero cepillarme el pelo, no es su fuerte.

—Buenas noches, cariño —dice Zoe dando un beso a su hija.
—Buenas noches, mamá. ¿Dónde está papá?
—Ahora viene. Está acostando a Kellan. ¿Os lo habéis pasado bien hoy?
—Ha sido genial, mamá. Quiero volver a pasar un día así... Solos él y yo...
—Me parece perfecto.
—Como ahora está Kellan...
—Bueno, ¿y qué pasa con él? —pregunta Zoe con cautela.
—Que es un chico y es normal que papá prefiera estar con él. Le gustará más llevarle a él al baloncesto antes que a mí a ver una película de las princesas...

Penny se mira las manos y estruja la sábana entre ellas. Justo en ese momento, Connor aparece por la puerta y, al ver la cara de las dos, enseguida se pone en alerta:

—Eh, ¿qué pasa aquí? —dice acercándose a la cama mientras Zoe se pone en pie.
—Os dejo solos —dice y, susurrándole en el oído a Connor, añade—: Tiene algo que preguntarte... Te espero para darme una ducha...

Connor la sigue con la mirada y ve como ella, antes de salir por la puerta, le guiña un ojo y le lanza un beso.

—¿Me haces un hueco?
—¡No cabemos los dos! —dice Penny sonriendo—. Eres muy grande.
—Ya verás cómo sí.

Connor se estira en la pequeña cama rosa y estira a Penny encima de él. Ella sonríe, apoyando la barbilla en sus manos, que reposan en el pecho de su padre.

—¿Estás cómoda?

—Mucho.

—¿A pesar de los eventuales terremotos? —le pregunta Connor moviendo su cuerpo a un lado y a otro, haciendo que Penny se tambalee y ría a carcajadas.

—¡Papá! —grita agarrándose a la camiseta de él.

Aún sin poder parar de reír, Penny hunde la cara en el cuello de su padre, mientras este la abraza con fuerza.

—¿Te has duchado con el gel de tu madre?

—¡Sí! ¿Te gusta? ¿Huelo bien?

—Mucho —responde él sonriendo y acariciándole el pelo—. ¿Sabes? Hoy me lo he pasado genial contigo.

—¿En serio? ¡Yo también!

Penny le mira con los ojos muy abiertos y, después de unos segundos de vacilación, se deja de morder el labio y vuelve a hablar de nuevo.

—Quizá, podríamos repetir otro día... Pero no porque tengamos que ir al veterinario, sino porque quedemos los dos...

—Me encantaría.

—Y si quieres me puedes llevar al baloncesto.

—¿Al baloncesto? Pero si a ti no te gusta...

—Pero a ti sí. Sé que quieres que Kellan crezca para hacer cosas divertidas con él, pero también las puedes hacer conmigo.

—Pero cariño —dice acariciando su pequeña carita—, yo quiero estar contigo, y me da igual lo que hagamos.

—Entonces, ¿quedamos otro día tú y yo solos? ¿Sin Kellan?

—¡Claro!

—¡Genial!

Penny le da a Connor un beso enorme en la mejilla. Está realmente muy contenta, con los ojos brillantes por la emoción.

—¿Cuándo te va bien quedar? —le pregunta él.
—No sé. Miraré mi agenda.
—¿Ahora te me vas a hacer de rogar?
—Claro, la chica siempre manda. Yo decido cuando me va bien. Te avisaré con tiempo para que puedas organizarte en el trabajo.
—No te preocupes por eso, por ti cancelo las reuniones que hagan falta. ¿Eres mi chica, no?
—Sí... —Ríe Penny—. Te quiero.
—¿Cuánto?
—Del suelo al cielo.
—¡Vaya! Eso es muchísimo, ¿eh?

Connor se levanta sin soltarla y luego la tumba en la cama, arropándola con cuidado y esmero. Se arrodilla a su lado, apoyando los brazos en el colchón.

—Buenas noches, mi vida.
—Buenas noches, papá. ¿Soñarás conmigo?
—No lo dudes.

Connor cierra la puerta con delicadeza y, sin poder dejar de sonreír, se acerca hasta su dormitorio. En cuanto entra, ve luz procedente del baño y se dirige hacia allí.

—Pensaba que me ibas a esperar... —dice.
—Y lo estoy haciendo. Ni me he enjabonado aún...

Sin dejarle decir nada, le agarra de la camiseta y tira de él, metiéndole en la ducha junto a ella. Pone los brazos alrededor de su cuello y le peina el pelo mojado hacia atrás.

—Tengo una cita con tu hija.
—¿En serio?
—Hemos decidido salir de forma habitual. Te lo advierto para que no te pongas celosa.
—Vale, con Penny estoy dispuesta a compartirte. Con nadie más. Eres solo nuestro.
—Solo tuyo...

EPÍLOGO

ESTÁ SONANDO NUESTRA CANCIÓN...

–¡Mamá! ¡Vamos a llegar tarde!
–¡Hayley, por favor!
–¡Oh, por Dios, qué prisas! –dice ella, apareciendo desde el dormitorio.
–Es que el partido empieza en una hora –le informa Evan.
–¿Una hora aún? ¡¿Estamos locos o qué?! ¿Para eso tantas prisas?
–Es que he quedado con Niall que antes del partido echaríamos unas partidas a la consola –dice Aidan.
–Y, además, una cosa como la de hoy pasa una vez cada... treinta años, siendo generosos –interviene Evan–. Así que hay que prepararse psicológicamente para soportarlo.
–Querrás decir que tenéis que empezar a beber pronto para que, una vez acabe el partido y los Knicks pierdan el anillo de campeones, estar tan borrachos como para no daros casi cuenta, ¿no?

Evan y Aidan se quedan mirando a Hayley, muy serios, sin pestañear siquiera. Ella al ver que la broma no les ha gustado demasiado, sonríe tímidamente y agacha la cabeza.

–Vámonos, papá –dice Aidan tirando de la manga de la chaqueta de su padre–. Pasa de ella.

–No os enfadéis –les pide–. Era broma, chicos.

–Eres una ceniza. Estás enviando malas vibraciones a los jugadores y... y... como pierdan, será por tu culpa.

–O porque son unos paquetes...

–No te escuchamos –dicen padre e hijo tapándose las orejas mientras salen por la puerta y empiezan a bajar las escaleras.

Hayley cierra la puerta con la llave y baja detrás de ellos. En cuanto ponen un pie en la calle y se dirigen al coche, ve que la fiebre por el baloncesto se ha extendido a prácticamente todos los habitantes de la ciudad y muchos de ellos van vestidos con la camiseta del equipo y llevan potentes bocinas que hacen sonar hasta que el ruido se hace insoportable. Observa cómo Evan y Aidan se mimetizan enseguida con el entorno y saltan gritando consignas y cantando con un grupo de desconocidos que portan banderas y van vestidos como ellos.

–¿No teníais tanta prisa? –les grita ya subida en el coche, haciendo sonar el claxon y provocando a su vez que varios coches que pasan por su lado, piten, pensándose que ella lo hacía para animar a los Knicks–. Que sí, que sí, bien, viva...

–Qué guay, papá –dice Aidan cuando entra en el coche–. Estoy muy nervioso...

–Y yo –contesta Evan mientras Hayley pone los ojos en blanco y arranca el motor del coche.

–Mamá, ¿es que no te puedes emocionar aunque sea un poco? Por nosotros, al menos...

–Si ganan, te puedo asegurar que me alegraré un montón por vosotros. Pero si pierden, os lo advierto, no quiero depresiones, ni malas caras, ni mal humor de ese que os dura semanas... Solo quiero que tengáis en cuenta que puede pasar. Nos jugamos la final contra los Lakers y

Kobe promedia treinta y dos puntos por partido y catorce rebotes.

De nuevo, padre e hijo se quedan mudos, mirándola con la boca abierta.

—¿He dicho algo malo? —pregunta ella echándoles rápidos vistazos para no despistarse del tráfico—. ¿Me he equivocado de jugador?

—No —contesta Evan—. De hecho, lo has clavado.

—¿Te lo has estudiado, mamá?

—¡Como para no aprendérselo! Os llevo escuchando durante semanas hablando de lo mismo. Aunque no quiera, algo se me queda.

—¿Estamos listos? —pregunta Connor nervioso, moviéndose de un lado a otro.

—Listos —dice Zoe levantando el brazo de Kellan, que lleva puesta su primera camiseta de los Knicks.

Connor lo coge y le alza por encima de su cabeza mientras el pequeño ríe y extiende sus pequeños brazos para intentar tocar a su padre.

—¡¿Pero dónde vas tan guapo tú?!

—Penny, cariño, nos vamos —dice Zoe.

—¡Un momento! —grita desde su dormitorio.

—¡Date prisa! —grita Connor poniendo los ojos en blanco.

—Eh... —Zoe se acerca a él y le acaricia la mejilla—. ¿Estás bien?

—Sí...

—Lo digo porque estoy un poco preocupada. Has estado un poco serio hoy... Se te juntan muchas cosas... El partido, lo de tu padre...

—Estoy bien... Lo, lo llevo bien...

—¿Sabes que puedes hablar conmigo, verdad? —pregunta mientras Connor asiente con la cabeza–. Estoy aquí, ¿vale? No pasa nada si se te hace cuesta arriba, no hace falta que puedas con todo...

De repente, aparece Penny vestida con su camiseta de los Knicks, unos pantalones cortos que le van enormes y unos calcetines subidos hasta más arriba de las rodillas. Completando el conjunto, lleva unas zapatillas rosas de las Monster High, un bolso a juego y una gorra.

–¿Qué tal voy, papá? –dice dando una vuelta sobre sí misma.

–¡Genial! –contesta él agachándose frente a ella.

–Arreglada pero informal –añade Zoe–. Pero, espera... ¡Si te has pintado la cara y todo!

–¡Sí!

–¿Y con qué te has pintado la cara, cariño? –le pregunta.

–Con los rotuladores que me compró el abuelo.

–¿Esos que no se borran? –insiste Zoe.

–¡Esos! –contesta Penny con una enorme sonrisa en la cara, mientras a sus padres se les escapa la risa–. ¿Qué pasa? ¿Por qué os reís?

–Por nada, cariño –dice Connor.

–Irás unos días con la cara pintada... Eso es todo... –le informa Zoe.

–¡Genial!

–Ya sabía yo que no te importaría demasiado.

Connor se coloca la mochila de viaje para llevar a Kellan y le mete dentro. Luego coge a Penny de la mano y salen de casa para dirigirse al metro. Nada más llegar a la estación, como tiene por costumbre, Penny le pide un billete de cinco dólares a su padre y, en cuanto él se lo da, sale corriendo hacia George, un veterano de guerra al que le falta una pierna, que pasa la mayor parte del día allí sentado.

—¡George! ¡Mira lo que te traigo! —Le tiende el billete y saca varias hojas de papel en blanco dobladas de dentro del pequeño bolsito—. Esto para que te compres un perrito caliente y el papel para que puedas seguir dibujando.

—Gracias, Princesa Penny —dice el hombre haciéndole una reverencia.

—¡Jajaja! ¡Que no soy una princesa de verdad! —Ríe Penny.

—Para mí, sí.

—Hola, George —le saluda Connor en cuanto llega hasta ellos.

—Hola, señor O'Sullivan. Gracias —dice mostrándole el billete y haciendo un gesto caballeroso con la cabeza, saluda también a Zoe—. Señora.

—Hola —saluda ella.

—No hay de qué. ¿Cómo está hoy del catarro? —se interesa Connor.

—Bien, gracias.

—La chaqueta que te trajimos, te va bien, ¿verdad? —pregunta Penny.

—Sí, me va genial —contesta George mirando la chaqueta que lleva puesta, que era de Connor—. Gracias de nuevo.

—George, se lo repito —dice Connor agachándose frente a él—, si necesita algo, solo tiene que pedírmelo. Yo podría... bueno... podría conseguirle un sitio donde dormir...

—Señor O'Sullivan, ustedes hacen más de lo que deberían. No podría devolvérselo nunca.

—Es que no tiene que devolvernos nada...

El hombre sonríe y mira a Kellan que, metido en la mochila en el pecho de su padre, estira los brazos hacia George.

—Hola, pequeño... —dice dejando que le coja un dedo.

Connor suspira resignado y mira su reloj.

—Nos tenemos que ir...

—Claro. Id a divertiros —dice George con una sonrisa afable—. Y que ganen los Knicks.

—¡Sí! —grita Penny saltando.

—Adiós, preciosa.

—Adiós, George —contesta ella dándole un abrazo.

—Mañana vendré a verle, ¿de acuerdo? —dice Connor dándole la mano.

—Como quiera, aquí estaré. Adiós, señora. Adiós pequeño príncipe.

En cuanto llega el convoy y se suben en él, como va demasiado lleno como para sentarse, Zoe coge a Penny en brazos y se apoyan contra una de las paredes.

—Estoy muy orgullosa de ti, cariño —le dice Zoe, dándole un beso en la mejilla.

—Es mi amigo, mami. Es amigo nuestro. ¿A que sí, papá?

—Ajá.

—Le vemos cada mañana cuando papá me lleva al cole.

Connor sigue mirando hacia el andén, callado y pensativo, hasta que se ponen en marcha y el vagón se mete dentro del túnel. Cuando se da cuenta de que Zoe le observa, sonríe con timidez.

—Eres increíble —le susurra ella al oído.

—En realidad no hago nada. Me encantaría pagarle un sitio donde dormir, pero no quiere...

—Pues le estás enseñando a Penny unos valores extraordinarios —dice mientras los dos miran a su hija, que está absorta en la pantalla de televisión.

Ella les mira y les sonríe enseñando los pequeños dientes.

—A lo mejor —dice Zoe—, podríamos preguntarle a George si quiere venir a comer algún domingo a casa...

—¿En serio, mamá?

–¿Qué te parece? –le pregunta a Connor, que la mira con una gran sonrisa en la cara.

–Me parece una idea estupenda.

–Y en Navidad podríamos invitarle a casa y pedirle a Santa Claus algún regalo para él. ¿Creéis que Santa puede darle un sitio para vivir?

–No lo sé, cariño –dice Connor sonriendo–, pero lo de invitarle a casa por Navidad, también me parece genial.

–¡Hola! –saluda Kai a su hermano y su cuñada y, cogiendo a Aidan en brazos, le dice–: ¿Estás listo para lo de hoy?

–¡Preparadísimo!

Kai, sin dejarle aún en el suelo, le toca un brazo y Aidan, sabiendo lo que su tío va a decirle, dobla el codo y pone cara de esfuerzo mientras saca músculo.

–¿Has estado entrenando o qué?

–¡Jajaja! Un poco... Con Niall.

–¡Te estás poniendo cachas, cabrito!

–¿Dónde está mi sobrino guapo? –pregunta Sarah saliendo de la cocina con un par de cervezas para Kai y Evan.

–¡Aquí! –contesta Aidan levantando una mano–. ¿Has hecho palomitas de colores?

–¿Acaso te crees que sería capaz de dejarte sin ellas? Tienes un cuenco lleno hasta arriba en la cocina.

–Gracias, tía Sarah –dice dándole un beso, corriendo luego para cogerlo.

En ese momento, Niall baja las escaleras de dos en dos.

–¡Aidan! ¡Estoy listo!

–Genial, vamos antes de que llegue Penny y nos arruine la partida.

–Eh, eh, eh... No tan rápido coleguita –dice Hayley agarrando a Niall del brazo–. ¿Ni un beso?

—Perdona —contesta Niall sonriendo y abrazando a su tía, que le da un montón de besos y, susurrándole al oído, le dice—: Gracias, cariño, por todo.

—No es nada...

Luego saluda a Evan y suben corriendo las escaleras hacia el dormitorio de Niall.

—¿Cuántos seremos? —pregunta Hayley a Sarah ayudándola a preparar platos llenos de aperitivos.

—Pues nosotros seis, Connor y Zoe con los peques, el padre de Zoe...

—¿Y Vicky?

—No, ella y Erik están en Los Ángeles.

—Parece que les va bien, ¿verdad?

—Sí, es muy feliz con él y, aunque me fastidie que vivan en la otra punta del país, Erik tiene un buen puesto de trabajo allí...

—Es que las relaciones a distancia no funcionan... Mira el caso de Rick y Keira... Al final, él pasa horas y horas metido en un avión viajando de aquí para allá, pero no pudo vivir alejado de ella...

—Hablé con Keira hace unos días... No se lo cuentes a nadie, pero vienen también.

—¿En serio?

—Sí. Su avión aterrizó hace veinte minutos. Llegarán justos, pero vendrán directos desde el aeropuerto. Rick quería ver el partido y además, la semana que viene tiene algunas reuniones, así que aprovechará el viaje y asistirá en persona, en vez de hacerlo por videoconferencia como habitualmente...

—¿Connor sabe algo?

—No, solo yo y Holly, que les ha ido a recoger.

En ese momento, la puerta principal vuelve a abrirse y un torbellino entra corriendo.

—¡Titaaaaaaaaaaaaaaaaaaaaas!

—¡Mi pequeña Moneypenny! —dice Hayley agachándose para cogerla en brazos—. ¡Pero qué guapa y apropiada vas!

—Pareces Carmelo Anthony con bolso y zapatillas rosa —interviene Sarah dándole un fuerte beso.

Es la única niña de la familia y, por lo tanto, la mimada de todos, especialmente de las chicas, que no paran de comprarle cosas.

—Y mirad. Me he pintado los colores de los Knicks en la cara.

—¡Anda! ¡Qué bien lo has hecho! —dice Hayley mirando a Zoe con una sonrisa de pavor en la cara.

—¡Sí! —contesta Zoe, mirando a sus dos amigas con cara de circunstancias—. ¡Con rotuladores indelebles! ¿A que mola mucho?

—Sí... Sobre todo cuando tengas que quitarlo...

—Sí...

Connor aparece en la cocina con Kellan en brazos.

—Hola, chicas —las saluda.

—Hola, cosita linda.

—¡Pero qué grande y guapo estás!

—Vale, doy por hecho que esos piropos no son para mí. Así que, como veo que soy invisible, aquí os lo dejo —dice Connor tendiéndole a Kellan a Sarah.

—No te pongas celoso, que para ti también tenemos piropos, machote —suelta Hayley dándole una palmada en el culo cuando él se da la vuelta para volver al salón.

Media hora después, poco antes de empezar el partido, suena el timbre de la puerta. Todos se miran extrañados, excepto Sarah, que se acerca con una gran sonrisa dibujada en la cara.

—¿Esperamos a alguien más? —pregunta Evan mientras Kai se encoge de hombros y pone cara de no tener ni idea.

En cuanto los invitados aparecen por la puerta, los ojos de Keira y de Connor se encuentran enseguida.

—¿Se puede? —dice ella saludando con la mano.

—¡Hola! —Connor corre hacia ellos y se abraza a Keira—. ¿Qué hacéis aquí? Esto... No sabía nada...

—Era una sorpresa —contesta ella—. Rick no se quería perder el partido, y la semana que viene tiene unas reuniones... Bueno, ya sabes.

—Sí.

—Y me apetecía venir y veros a todos. Sobre todo a estos pequeños Sullys —dice mirándoles a todos—, y conocer al pequeño Kellan.

Zoe se acerca a ella y, tras darle un par de besos y un cariñoso abrazo, le tiende a Kellan, que enseguida estira los brazos.

—Oh, por favor. Qué cosa más bonita. Es otro mini Connor, ¿no?

—Sí, no puede tener dudas de que los dos son hijos suyos.

—Son preciosos, chicos. ¡Todos, porque vosotros estáis enormes! —dice mirando a Aidan y Niall, que sonríen—. Y tampoco pueden negar quién es su padre. ¡Hacéis clones en esta familia!

—¿Y tus padres? —interviene Connor—. ¿Cómo están? Tengo que encontrar el momento de ir, porque me gustaría mucho verles... Pero con los peques...

—¡Ya, ya! ¡Ganas de vernos, los cojones! Si no venimos nosotros...

Connor abre mucho los ojos y dirige la vista hacia la puerta de entrada, para encontrarse con sus tíos, mirándole divertidos y, sobre todo, muy emocionados.

—Pero...

—Ellos también tenían bastantes ganas de verte... Y se pusieron pesados y...

—Es... –balbucea él.

Connor es incapaz de articular palabra, así que se acerca hasta Rory y le da un sonoro y sentido abrazo. Mientras, Maud saluda a todos los presentes, poniendo especial atención a todos los niños.

—¿Cómo estás? –le pregunta Rory en voz baja.

—Bien, muy bien.

—Se ve –dice Rory cogiéndole de los hombros y zarandeándole con energía.

—No sabes la ilusión que me hace que estéis aquí... No quería que pasara tanto desde mi última visita... Pero nació Penny y ahora Kellan y...

—No te preocupes, lo entendemos. Los chicos te mandan recuerdos y me han dicho que te diga que te guardan un chubasquero para cuando vayas por allí.

—Vale...

—¿Me lo prestas ya? –dice Maud acercándose a ellos.

—Hola, tía Maud.

—Hola, cariño –dice mientras le besa y le abraza–. Tienes unos hijos preciosos.

—Gracias.

Penny se acerca a él y se agarra a su pierna, mirando a Rory de reojo, que se agacha frente a ella.

—Hola, preciosa.

—Hola –contesta ella.

—¡Vaya! Eres igualita a papá.

Rick se acerca a ellos y, cogiendo a Connor del cuello, se lo lleva a un aparte, aprovechando que todos están entretenidos. Caminan hacia el jardín de atrás, y cuando pasan por la cocina, Rick coge un par de cervezas de la nevera.

—¿Cómo estás? –le pregunta una vez fuera, sentados en las escaleras del pequeño porche.

—Bien.

—Connor, soy yo.

Se miran unos segundos, hasta que Connor agacha la cabeza y sonríe al suelo.

—¿Quién te envía? ¿Zoe?

—Está algo preocupada por ti —confiesa—. Sabe que algo te pasa, pero que por alguna extraña razón, a la que llamaremos «porque Connor es así», prefieres guardártelo para ti mismo antes que compartirlo con alguien. Habla conmigo, o con ella, pero habla. Comparte lo que sientes, comparte lo que te preocupa...

—¡Eh! ¡Connor! ¡Rick! ¡Empieza! —les avisa Niall.

—¡Vamos, joder! —grita Kai puesto en pie.

—¡Ese árbitro está ciego! ¡Eso era falta en ataque! —grita Evan.

—¡Qué gilipollas! —grita Penny de repente.

Todos los ojos se clavan en ella, que lejos de amedrentarse, se sienta en el sofá con los brazos cruzados y el ceño fruncido, muy enfadada. Niall, por su parte, coge unas pocas palomitas y las lanza hacia el televisor.

—Quizá deberíais intentar rebajar el número de insultos... —les pide Zoe señalando a Penny con la cabeza.

—Lo siento —contesta Kai.

Vuelve a sonar el timbre y Connor se pone en pie de un salto, mientras Sarah empieza a recoger algunas latas vacías para hacer sitio en la mesa de centro.

—¡La cena! —dice ella.

—¿Qué estáis tramando? —pregunta Hayley mirándolos a los dos.

—Esto es cosa de Connor. Yo estaba en el ajo, pero no he tenido nada que ver.

Cuando cierra la puerta, deja las bolsas con la cena encima de la mesa. Al ver el logotipo dibujado en ellas, la mayoría esboza una sonrisa. Pero él solo está pendiente de Zoe, que mira la comida con la boca abierta, con la misma cara que hace unos años, la noche en que sus vidas cambiaron para siempre.

–¿Te apetece? –le pregunta finalmente.

–Eres... increíble. Lo has vuelto a hacer... –dice ella esbozando una sonrisa.

–Aquel día me funcionó, ¿no? Me trajo suerte. Ganamos el partido y luego... bueno, cambiaste mi vida para siempre. Así que no me costaba nada volver a intentarlo.

–Te quiero –susurra ella acercándose a él y besando sus labios.

–Ese día fue perfecto. Solo intento que se parezca lo máximo posible.

Zoe le mira y le peina algunos mechones de pelo. Los demás, intentan no prestar atención a su conversación, pero les es inevitable. Así que, cuando Connor se da cuenta de que se han convertido en el centro de atención, desvía su atención de nuevo hacia la comida.

–Aidan, sé que no te va esta comida, así que he pedido que te hagan un bocadillo de lomo ahumado con queso. Créeme –dice tendiéndole el bocadillo–, me ha costado horrores que el tailandés entendiera lo que quería, así que... «mente abierta» con el bocadillo.

–¡Hecho! –contesta Aidan con una sonrisa–. Gracias, tío Connor.

–Rory, Maud, hay cosas que pican un poco y otras que no... Vosotros mismos...

–No te preocupes –dice Maud animada mientras mira todos los recipientes que van poniendo sobre la mesa–. Tiene todo una pinta fantástica.

–Y huele aún mejor. ¿Y los cubiertos? –dice mirando a un lado y a otro, hasta que Connor le enseña los palillos–. Y una mierda voy a comer con eso.

–¡Jajaja! ¡Y una mierda voy a comer con eso! –repite Penny riendo a carcajadas mientras come unos fideos usando los palillos como una auténtica profesional.

–Lo siento –dice Rory cuando Connor le reprocha su lenguaje con la mirada.

–Te traigo un tenedor, pero a mí me daría vergüenza que una niña de seis años sepa usarlos y tú no...

A falta de quince minutos para el final del partido, los Knicks pierden por cuatro puntos. Connor, incapaz de contener los nervios, sale al jardín trasero y se sienta en las escaleras del porche. Mantiene la vista fija en las dos hamacas frente a él mientras mueve una pierna de forma compulsiva.

–¿Estás bien?

Se gira y ve a Zoe de pie, detrás de él, abrazándose el cuerpo con ambos brazos para protegerse de la fría brisa que corre.

–Ven –le dice estirando el brazo hacia ella.

Zoe le da la mano y se sienta entre sus piernas, un peldaño por debajo de él, dejándose abrazar. Connor le frota los brazos y ella se apoya contra su pecho.

–¿No quieres ver el final del partido?

–Me pongo demasiado nervioso.

–Kellan se ha dormido en brazos de tu tía.

Connor mantiene la vista al frente, mientras las comisuras de sus labios se curvan hacia arriba levemente.

–Me han preguntado si mañana pueden venir a recoger a los niños para llevarlos al parque. Les he dicho que sí. ¿Te parece bien?

Zoe se pone de lado para poder mirarle y así ve como Connor asiente con la cabeza.

–Penny se ha puesto como loca de contenta porque dice que les va a enseñar un montón de sitios chulos. Como una especie de guía turística infantil...

–No saben donde se meten... Van a querer adelantar la fecha de vuelta a Cork.

Zoe ríe mientras coge las manos de Connor y las coloca alrededor de su cuerpo. Él acerca la frente y la apoya en el hombro de ella mientras Zoe le acaricia el pelo.

–Le echo mucho de menos, Zoe –confiesa él al cabo de un rato–. Normalmente lo llevo muy bien, pero hoy me está costando horrores...

–Lo sé. Aunque no me lo quisieras decir, lo sé...

–Han pasado doce años y nunca me costó tanto como hoy...

–Porque sabes que hubiera disfrutado como un enano con todo esto.

–Sí...

–El partido decisivo de la final soñada. Sus hijos juntos en su casa, como siempre. Sus nietos correteando por aquí...

–Se lo habría pasado en grande con ellos. Miro a Niall y sé que hubiera estado muy orgulloso de él. Y hubiera alucinado con la inteligencia de Aidan, y con Penny y Kellan se habría vuelto loco. Él debería estar hoy aquí...

Zoe se separa de él para poder mirarle a los ojos. Connor la mira, y traga saliva, apesadumbrado. Se pone de rodillas para quedar a su altura y, cogiéndole la cara entre las manos, besa sus labios con delicadeza. Connor no reacciona al principio, deja que ella le bese, hasta que se le escapa un sollozo.

–Lo siento –dice entonces.

—No pasa nada —responde ella abrazándole con fuerza, agarrada a su cuello.

—Recuerdo esa noche como si fuera ayer.

—Nunca me has hablado de ello. Pensaba que, como todo ocurrió de forma precipitada, la recordarías como imágenes confusas en tu cabeza...

—Lo recuerdo todo perfectamente... La última conversación que mantuve con él, fue ahí mismo... —Zoe mira hacia donde él señala, a las hamacas—. ¿Sabes de qué hablamos?

—No.

—De ti —contesta él colocándole un mechón de pelo detrás de la oreja—. Yo lo estaba pasando fatal, te echaba tanto de menos que incluso dolía, y él me pidió que no me rindiera. Luego, se durmió y le subí a su habitación, y... le dejé solo un rato porque, porque estuve discutiendo por teléfono con Sharon.

—¿Con...? ¿Con Sharon?

—Sí, bueno, ella quería... volver a quedar.

—Insistente la zorra —susurra Zoe para sí misma, pero lo suficientemente alto como para que él la escuche.

—Sí, pero no le surtió efecto... —contesta él sin más—. Cuando volví a subir él estaba tosiendo y temblaba. No me veía, no respondía a mis intentos para que volviera en sí, así que llamé a la ambulancia.

—No fue culpa tuya, cariño.

—Me costó un tiempo convencerme de ello... Luego, cuando estábamos solos en la habitación, antes de... justo antes de morir, se quitó la mascarilla y me habló. Me volvió a pedir que luchara por ti, y me dijo que no podía irse sin que le prometiera que lucharía por ser feliz, a tu lado.

—Se preocupó por ti hasta el final —dice Zoe con la voz tomada por la emoción.

—Sí... Pero no le contesté a tiempo. —Las lágrimas ruedan por las mejillas de Connor—. Fui incapaz de hablar, y él me repetía: ¡prométemelo! ¡prométemelo! Y de repente escuché ese pitido, ese que tengo metido aquí en la cabeza, y empecé a gritarle que se lo prometía, que lo haría... Pero era demasiado tarde... A veces, alguna noche, ese sonido consigue despertarme.

—Connor, cariño... Él lo sabía, sabía que lo harías, seguro.

—No lo sé, por eso me encantaría que me viera ahora. Que me viera contigo —dice acariciándole el pelo—, y que pudiera disfrutar de Penny y de Kellan. A veces me descubro mirando al cielo y pregunto si me ve, si sabe que le hice caso, que seguí sus pasos, tal y como me pidió, y que volví a casa contigo.

—Estoy segura de ello. Y no solo sabe eso, sino también que te has convertido en un padre increíble. Así que Donovan —dice Zoe mirando y señalando al cielo—, que lo sepas. Cuidó de mí incluso cuando estábamos separados, volvió a por mí cuando los dos nos convencimos de que solo juntos seríamos felices, y me hizo los dos mejores regalos del mundo.

Un gran estruendo se escucha entonces dentro de casa. Connor gira la cabeza al darse cuenta de que los que gritan son sus hermanos.

—¿Hemos ganado? —le pregunta a Zoe poniéndose en pie de golpe—. ¿Somos campeones?

—Eso parece... —responde ella mirándole con lágrimas en los ojos, mientras él la levanta en brazos.

Han pasado varias horas desde el final del encuentro, y lo siguen celebrando, aunque debido a los niños, ya no en el pub, sino que se quedan en casa. Mientras los chicos y los peques juegan un partido de baloncesto improvisado, ellas están sentadas alrededor de la mesa.

—¿Cómo está Connor? —le pregunta Sarah a Zoe, que tiene a Kellan durmiendo entre sus brazos—. ¿Has podido hablar con él?

—Sí —contesta ella mirando hacia el jardín, sonriendo al verle sostener a Aidan en sus hombros para que enceste en el aro—. Hoy es un día muy especial, y ya sabéis cómo es... Le da demasiadas vueltas a las cosas.

Zoe se queda callada mientras acaricia la cabeza de su pequeño. Le besa la coronilla y luego mira hacia el jardín.

—Donovan estaría muy orgulloso de sus chicos —dice Sarah.

—Sí. Y de nosotras. —Sonríe Hayley—. Éramos sus chicas, ¿os acordáis?

—¡Sí! —Ríen las tres.

En el exterior, Niall coge a Penny en brazos para intentar bloquear un tiro de Connor y la niña se le tira en brazos, provocando que él deje ir el balón y se tire al suelo para agarrarla. Ambos ríen a carcajadas, y más aún cuando Niall y Aidan se le echan encima.

—Dice que su padre se merecía vivir algo así y que, por eso, aunque hoy sea un día genial, nunca podrá llegar a ser perfecto —continúa Zoe—. ¿Pero sabéis qué? Que voy a intentar que lo sea. Se lo merece. Necesito que recuerde este día con una sonrisa.

Se pone en pie, decidida, siempre bajo la mirada atenta de todas. Deja a Kellan en brazos de Sarah y sale al jardín.

—Os lo cojo prestado un momento —les dice a los demás, agarrando a Connor de la mano y llevándoselo a un aparte.

Las chicas se levantan y salen a la puerta para no perderse nada de la escena, mientras que los chicos y los niños dejan de jugar, sorprendidos.

—Abuelo, ¿qué pasa? —le pregunta Penny a Matthew.
—No tengo ni idea, cariño.
—Ven aquí —le dice Kai cogiéndola en brazos cuando ve que ella está a punto de correr hacia ellos—, que tus padres necesitan un ratito a solas.
—¿Qué pasa? —pregunta Connor a Zoe, extrañado.

Ella no le contesta. Se limita a sacar el teléfono del bolsillo y a trastear las teclas hasta que empieza a sonar una música. Se guarda el móvil de nuevo y mira a Connor con timidez.

—Está sonando nuestra canción, ¿no? —le pregunta Zoe.
—Sí...
—¿Recuerdas lo que pasó? ¿Recuerdas las palabras exactas que nos dijimos? —pregunta mientras Connor asiente con la cabeza—. ¿Bailas?
—¿Aquí? —contesta él con una sonrisa.
—¿Está prohibido?
—No me parece el sitio más indicado...
—Cualquier lugar es perfecto...
—Siempre y cuando estés con la persona indicada —dicen entonces los dos a la vez.

Empiezan a mecerse lentamente de un lado a otro, abrazándose con fuerza, sin dejar un solo centímetro de separación entre ellos. Entonces, Zoe acerca la boca a la oreja de él, y susurra:

—A veces, ni siquiera la canción importa.

Connor sonríe e intenta deshacerse del nudo que se le ha formado en la garganta. Ella le mira, esperando a que diga lo mismo que aquella noche, pero entonces ve que tiene los ojos totalmente bañados en lágrimas y le acaricia la mejilla.

—Pero en este caso —prosigue Zoe, apoyando la cara en el pecho de él—, acierta en todo, porque tú haces que todo vuelva a valer la pena.

Connor la estrecha aún con más fuerza entre sus brazos, posándole una mano en la cabeza, apretándola contra su pecho mientras mueve los labios, cantando la canción.

—¿La estás cantando? —pregunta ella mirándole divertida.

—*And I'm running to you, baby. You are the only one who saves me. That's why I've been missing you lately. Cause you make it real for me.*

Zoe se cuelga de su cuello mientras él sigue cantando sin dejar de llevarla de un lado a otro y sin dejar de mirarla a los ojos en ningún momento.

—*I guess there's so much more I have to learn. But if you're here with me, I know which way to turn. You always give me somewhere, somewhere I can run. You make it real for me.*

Hayley y Sarah se secan las lágrimas mientras Keira observa la escena totalmente embobada. Rick les hace una seña a los demás para que las miren.

—Eh... ¿Por qué lloráis? —susurra Kai a Sarah cuando llega junto a ella, con Penny aún en brazos mientras ella sostiene a Kellan.

—Porque esto es demasiado bonito.

—Así es como debería haber sido siempre —añade Hayley señalándoles con el dedo—. Desde aquella noche, siempre juntos.

Mientras, Connor y Zoe, ajenos a todo, siguen a lo suyo, bailando.

—Esa noche cambiaste mi vida para siempre —le dice él.

Zoe asiente con la cabeza mientras alza las manos. Connor apoya las palmas en las de ella y entrelazan los dedos.

—Quiero que este día sea perfecto para ti —dice ella—. Te mereces que así sea, porque soy muy feliz a tu lado.

Connor se la queda mirando unos segundos. Al rato, dibuja una sonrisa de medio lado y arruga la nariz.

—¿En serio? ¿Quieres que sea perfecto? —pregunta él.

—Sí... —contesta Zoe.

Connor levanta un dedo y le pide que espere ahí. Se separa de ella sin dejar de mirarla y se acerca hasta Matthew.

—Sé que quizá esto llega un poco tarde y quizá no tiene sentido que te lo pregunte a estas alturas, pero quiero que sepas que voy a hacerlo...

—Adelante —responde Matthew—. Ve y no la hagas esperar más.

Connor sonríe abiertamente y corre de nuevo hacia Zoe. En cuanto se planta delante, se arrodilla y, mirándola a los ojos, le dice:

—Tengo la sensación de que debería haber hecho esto mismo aquella noche, porque ya lo sabía entonces, y lo sigo teniendo claro ahora. Eres la mujer de mi vida... Zoe, cásate conmigo, por favor. ¿Lo harás?

—Sí —contesta ella tapándose la boca con ambas manos—. Sí, sí, sí.

—Te amo —dice Connor cogiéndola en volandas mientras la besa repetidas veces—. Te amo, te amo. Siempre, y nunca dejaré de hacerlo. Te lo prometo.

—Lo sé —contesta ella apoyando la frente en la de él, rozando sus labios.

Sarah intenta retener las lágrimas y los sollozos para no despertar a Kellan. Matthew les mira con orgullo, llorando como un crío al ver la felicidad de su hija reflejada en su cara. Hayley abraza a Aidan, que aguanta estoicamente los llantos de su madre, mientras Evan agarra a Niall de los hombros. Rory y Maud no caben en sí de orgullo, al sentirse en parte responsables en el cambio de actitud de Connor.

—¿Mamá y papá no están casados? —pregunta entonces Penny, aún en brazos de Kai.

—No, cariño —responde Sarah.

—¿Y cómo hemos nacido Kellan y yo?

Todos intentan contener la risa, hasta que Kai, después de pensarlo unos segundos, intentando usar palabras que ella pueda entender, le dice:

—¿Sabes cuando papá y mamá se dan besos en la cama? —Penny asiente con los ojos muy abiertos—. Pues así, a veces, se hacen hijos. Y para hacer eso no hace falta estar casados.

—¿No?

—No —asegura Kai de nuevo. Pero entonces, al caer en la cuenta de sus palabras, añade—: Pero sí mayor de edad. Muy mayor de edad, pero mucho, mucho.

—¿Más que Niall?

—Mucho más —interviene Sarah.

—¿Más que Holly? —vuelve a insistir Penny.

Rick se atraganta con la cerveza y, después de golpearse el pecho con fuerza, contesta:

—Muchísimo más. De hecho, Holly sí tiene que estar casada para darse besos en la cama con alguien.

—¡Papá! —se queja ella.

—Estoy de acuerdo con él. ¡A mi niña no la toca nadie! Y pobre del que lo intente. Que te cuente Connor como me las gasto yo... —interviene Rory.

Penny mira a unos y a otros sin entender nada. Al final, le pide a Kai que la baje y corre hacia sus padres, que siguen ajenos a todo, riendo y besándose como unos adolescentes.

—Hola, cariño —dice Zoe agachándose a su lado.

—Hola.

—¿Te parece bien que nos vayamos a casar? —le pregunta Connor.

—No sabía que no lo estuvierais, pero Kai ya me ha aclarado que aunque no estéis casados, sí podéis daros besos en la cama y tener hijos.

—Qué majo tu tío... —dice Connor.

—Y los demás me han dicho que hay que ser mayor para hacerlo. Menos Holly, que dicen Rick y Rory que nunca va a poder hacerlo.

Connor y Zoe estallan en carcajadas.

—Mamá, ¿voy a poder llevar un vestido nuevo a vuestra boda?

—Claro que sí.

—¿De princesa?

—Vale.

—¿Y zapatos de tacón?

—Me lo pensaré.

En ese momento, empiezan a caer unas gruesas gotas de lluvia. Los niños al instante, corren hacia el césped, mirando al cielo y abriendo los brazos.

—¡Aidan! ¡Niall! —grita Hayley—. ¡Entrad en casa!

—¡No, mamá! —contesta Aidan, tirándose por el suelo junto a su primo.

A Penny se le ilumina la cara al ver a sus primos correr de un lado a otro, y enseguida sale corriendo detrás de ellos. Connor mira al cielo y se estira en el suelo boca arriba, dejando que las gotas golpeen su cuerpo, sonriendo al sentirse inmensamente feliz.

—¡Es solo lluvia! —grita Penny, acercándose a su padre y estirándose encima de él, utilizando las mismas palabras que usó Donovan en su día—. ¿A que sí, papá?

—Sí, cariño, es solo lluvia...

AGRADECIMIENTOS

A todos los que han decidido dedicar algo de su valioso tiempo en leerme. A los que lo hacen desde antes de que la aventura empezara y a los que se han añadido luego. Gracias por vuestras palabras de ánimo.

A todos mis asesoras y presionadoras... Vuestra ayuda es impagable, aunque a veces, cumplir vuestras exigencias es una locura... Es coña, os adoro igual.

A mi correctora y lectora desde el principio. Lutxi, no hay palabras suficientes en el mundo...

A mis «agentes literarias», por la cantidad de risas que nos pegamos. Recordad que tenemos un viaje pendiente... ¡Lo que nuestros hijos unieron, no lo separa nadie!

A mis tres chicos, mis personas favoritas en este mundo… Por serlo todo para mí. ¡Os quiero del suelo al cielo!

ÚLTIMOS TÍTULOS PUBLICADOS EN HQN

Enamorada de un extraño de Brenda Novak

El retrato de Alana de Caroline March

Gypsy de Claudia Velasco

Un beso inesperado de Susan Mallery

El huerto de manzanos de Susan Wiggs

El tormento más oscuro de Gena Showalter

Entre puntos suspensivos de Mayte Esteban

Lo que hacen los chicos malos de Victoria Dahl

Último destino: Placer de Megan Hart

Placer prohibido de Julia London

En mi corazón de Brenda Novak

Está sonando nuestra canción de Anna Garcia

Siempre un caballero de Delilah Marvelle

Somos tú y yo de Claudia Velasco

Noches de Manhattan de Sarah Morgan

Azul cielo de Mar Carrión

El Puerto de la Luz de Jane Kelder

Printed by Amazon Italia Logistica S.r.l.
Torrazza Piemonte (TO), Italy